W. WILKIE COLLINS

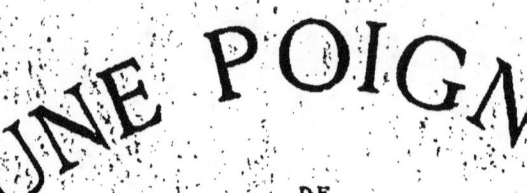

UNE POIGNÉE

DE

ROMANS

TRADUITS SELON LE VŒU DE L'AUTEUR

PAR

E. D. FORGUES

SECONDE SÉRIE

PARIS
LIBRAIRIE INTERNATIONALE
15, BOULEVARD MONTMARTRE
J. HETZEL & LACROIX, ÉDITEURS

UNE POIGNÉE

DE ROMANS

y^2

Imp. L. TOINON et Cie, à Saint-Germain.

WILKIE COLLINS

—

UNE POIGNÉE

DE

ROMANS

traduits selon le vœu de l'auteur

PAR

E.-D. FORGUES

—

IIᵉ SÉRIE

PARIS

LIBRAIRIE INTERNATIONALE

5, BOULEVARD MONTMARTRE

J. HETZEL & LACROIX, ÉDITEURS

—

1864

UNE
POIGNÉE DE ROMANS

MONKTON-LE-FOU

I

Les Monkton de Wincot-Abbey avaient dans notre pays la réputation de gens fort insociables. Jamais ils n'allaient chez personne, et sauf mon père, — sauf également une dame et sa fille, qui habitaient leur voisinage, — personne n'allait chez eux.

Bien que tous, très-certainement, eussent à se reprocher le péché d'orgueil, ce n'était pas ce sentiment, mais bien la crainte, qui les faisait se tenir ainsi à l'écart de leurs voisins. De génération en génération, la famille avait vu se perpétuer chez elle l'horrible fléau d'une folle héréditaire ; et ses membres reculaient à l'idée de mettre les étrangers dans le secret de cette calamité, ce qui fût inévitablement arrivé s'ils s'étaient mêlés à la petite communauté affairée dont ils faisaient partie.

On a l'histoire effrayante d'un crime commis jadis par deux des Monkton, proches parents l'un de l'autre, crime auquel on reportait, par hypothèse, l'origine de cette insanité mentale qui était devenue le triste apanage de la famille ; — mais il ne servirait à rien de choquer, en consignant ici ce chapitre de leurs annales, l'esprit de quelque lecteur. Il suffira de savoir qu'à de certains intervalles, la folie se manifestait alternativement sous diverses formes dans le sein de cette famille condamnée ; la monomanie était néanmoins, de toutes ces tragiques variantes, celle qu'on voyait se reproduire le plus fréquemment. Je tiens de mon père ces détails intimes, ainsi que deux ou trois autres qu'il me faut relater encore.

Au temps où j'étais jeune, il ne restait à l'abbaye que trois des Monkton : le mari, la femme et leur unique enfant, Alfred, l'héritier du domaine. Le seul autre membre de cette branche (l'aînée de la famille) qui vécût encore était Stephen, le frère cadet de M. Monkton. Resté célibataire, il possédait une belle propriété en Écosse ; mais il passait sur le continent la plus grande partie de son existence, et avait acquis la réputation d'un homme sans

mœurs et sans scrupules. La famille établie à Wincot ne communiquait pas avec lui plus fréquemment qu'avec les voisins au milieu desquels elle
vivait.

J'ai déjà mentionné mon père, plus une dame et
sa fille, comme possédant seuls le privilége d'être
admis à Wincot-Abbey.

Mon père avait été d'abord à l'école, puis au
collége, le camarade de M. Monkton ; et les hasards
de la vie les avaient ensuite si souvent réunis, qu'il
était facile de comprendre comment leur intimité
s'était perpétuée depuis lors. Je ne pourrais pas
expliquer aussi bien par quels motifs mistress
Elmslie (la dame à qui j'ai déjà fait allusion) se
trouvait vis-à-vis des Monkton sur le pied d'une
amitié familière. Le mari qu'elle avait perdu était
parent éloigné de mistress Monkton, et il avait
désigné mon père comme tuteur de sa fille. Mais ces
titres-là même, — bien qu'ils impliquassent très-
certainement une liaison et des égards quelconques,
— ne me semblaient pas assez forts pour rendre
tout à fait intelligibles les relations intimes qui
existaient entre mistress Elmslie et les habitants
de l'Abbaye. Ces relations n'en existaient pas
moins, et le continuel échange de visites qui avait
lieu entre les deux familles amena, par la suite des
temps, un résultat facile à prévoir : — le fils de
M. Monkton et la fille de mistress Elmslie con-
çurent l'un pour l'autre une affection réciproque.

Je n'ai jamais été à même de pouvoir apprécier

complétement cette jeune fille; je me souviens seulement qu'elle était délicate, douce, aimable, et, dans son extérieur aussi bien que dans son caractère, tout à fait l'opposé d'Alfred Monkton; peut-être faut-il chercher là une des raisons de leur amour. Cette inclination, bientôt découverte, fut loin d'être désapprouvée par les parents des deux jeunes gens. Les Elmslie étaient, sur tous les points essentiels, — sauf pourtant la fortune, — les égaux des Monkton ; mais la dot d'une fiancée n'avait pas d'importance pour l'héritier de Wincot, car Alfred, après la mort de son père, devait hériter à coup sûr d'un revenu de trente mille livres sterling.

Aussi, quoique les deux familles ne jugeassent pas les jeunes gens d'âge à être mariés, on ne vit aucun empêchement à les fiancer, pensant qu'on les unirait lorsque Alfred Monkton aurait atteint sa majorité, c'est-à-dire deux ans plus tard. Mon père, en qualité de tuteur de la jeune Ada, était, après les parents, la personne à consulter sur cette affaire; il savait que mistress Monkton, cousine de son mari, avait subi, bien des années auparavant, l'atteinte du mal qui décimait ceux de sa race. La *maladie*, — comme on disait alors en termes significatifs, — avait été palliée par un traitement assidu; elle avait disparu, assurait-on. Mais mon père ne pouvait s'y tromper; il savait où se pouvait cacher encore le germe de ce mal héréditaire, et il envisageait avec horreur la possibilité que cette fatale infirmité reparût un jour chez les enfants de la fille

unique de son ami ; — aussi refusa-t-il positivement de consentir à cette mutuelle promesse de
mariage.

Ce refus eut pour résultat de lui fermer les portes
de l'Abbaye et celles de la maison de mistress
Elmslie. Durant cette courte interruption de nos
rapports d'amitié, mistress Monkton vint à mourir ;
son mari, qui lui était sincèrement attaché, prit,
en accompagnant ses funérailles, une maladie qui
l'emporta au bout de quelques mois. Alfred
Monkton se trouva ainsi possesseur de la grande et
vieille abbaye et des magnifiques dépendances qui
l'environnent.

A cette époque, mistress Emslie eut l'indélica-
tesse de solliciter une seconde fois le consentement
de mon père au mariage promis. Celui-ci refusa de
nouveau, et d'une manière plus péremptoire encore. Un peu plus d'une année s'écoula ainsi ; le
temps approchait rapidement où Alfred allait être
déclaré majeur. Je quittai le collége et mes va-
cances me ramenèrent chez moi, circonstance qui
me donna l'occasion de faire quelques frais pour
me lier plus étroitement au jeune Monkton. Ces
avances furent déclinées — avec politesse, bien certainement, — mais cependant de façon à m'empêcher
de lui offrir encore mon amitié. La mortification
qu'aurait pu me faire éprouver ce petit échec fut
effacée de mon esprit par un malheur réel, qui vint
altérer notre tranquillité domestique.

Depuis quelques mois, la santé de mon père avait

été en s'affaiblissant, et justement à l'époque dont je vais parler ici, ses fils eurent à déplorer l'irréparable perte qu'ils firent en sa personne.

Cet événement, — par suite de quelque défaut de forme ou quelque vice de rédaction dans le testament de feu M. Elmslie, — livrait absolument à la mère de miss Ada l'avenir de cette jeune personne. Il s'ensuivit que l'engagement matrimonial, auquel mon père avait si fermement refusé de consentir, fut immédiatement ratifié.

Aussitôt que ce bruit fut devenu public, quelques-uns des plus intimes amis de mistress Elmslie, instruits de ce qu'on disait au sujet de la famille Monkton, se permirent de mêler à leurs félicitations officielles une ou deux allusions significatives à l'état mental de feue mistress Monkton, et y ajoutèrent quelques questions assez pressantes sur la santé du fils qu'elle laissait. Mistress Elmslie répondit qu'elle savait parfaitement à quoi s'en tenir : elle traita « d'infâmes calomnies » les rapports de ses amis, affirmant que le mal héréditaire avait disparu depuis plusieurs générations. « Alfred était le meilleur, le plus doux, le plus sensé des hommes ; il aimait l'étude et la retraite ; Ada sympathisait avec lui, et l'avait choisi en toute liberté. Si l'on donnait encore à entendre qu'on la sacrifiait dans un pareil mariage, cela devait être pris pour une insulte à sa mère, dont il était monstrueux que l'on mît en doute l'affection et la prudence.... » Cette manière de parler réduisit tout le monde au silence, mais ne

convainquit personne. Mistress Elmslie fut soup-
çonnée d'être une femme égoïste, mondaine,
avide, qui, voulant avant tout voir sa fille riche-
ment mariée, ne s'inquiétait pas des conséquences d'une telle union, pourvu qu'elle vît
Ada propriétaire des plus riches domaines du
comté.

Il sembla, cependant, qu'une sorte de fatalité
vînt se mettre à la traverse des projets ambitieux
de mistress Elmslie, car à peine la mort de mon
père avait-elle fait disparaître un des obstacles qui
semblaient devoir empêcher ce mariage, projeté
sous de si funestes auspices, qu'il s'en présenta un
autre, fondé sur l'état fâcheux de la délicate santé
d'Ada. On consulta tous les médecins du pays ; le
résultat de leurs avis fut que le mariage devait être
différé : il fallait, selon eux, que mistress Elmslie
quittât l'Angleterre pour résider pendant un certain temps sous un climat plus doux, — dans le
Midi de la France, si je ne me trompe. Il arriva
donc qu'à la veille de la majorité d'Alfred, Ada et
sa mère partirent pour le continent. L'opinion s'é-
tablit que l'union des deux jeunes gens était indé-
finiment ajournée.

Les voisins d'Alfred étaient assez curieux de
savoir quel parti prendrait le jeune Monkton en
pareille circonstance. Suivrait-il la dame de ses
pensées ? S'adonnerait-il à ces navigations de plai-
sance qui sont le délassement favori de tant de
jeunes Anglais ? Ouvrirait-il enfin les portes de la

vieille abbaye pour tâcher d'oublier, dans une vie de plaisirs, l'absence d'Ada et l'ajournement de son mariage?

Il ne fit rien de tout cela. Il resta simplement à Wincot, menant une existence aussi étrange, aussi solitaire, aussi suspecte que celle de son père. Pour unique société il avait à l'Abbaye celle du vieux prêtre (les Monkton, j'aurais dû le dire, étaient catholiques romains), auquel, dès le début, avait été confiée l'éducation d'Alfred. Le jour où l'héritier devint majeur, il n'y eût pas même à Wincot, pour célébrer cet événement, le moindre dîner prié. Les familles du voisinage, — résolues à mettre de côté les griefs que leur avait laissés l'attitude réservée de son père, — l'appelèrent toutes chez elles. Ces avances furent poliment refusées. Quelques visiteurs se présentèrent résolûment à l'Abbaye, et furent résolûment éconduits, leurs cartes une fois remises.

Il y eut de tous côtés des gens à qui la combinaison de tant de circonstances irritantes et de mauvais augure faisaient secouer la tête d'un air mystérieux quand on venait à prononcer devant eux le nom du jeune Alfred Monkton, et qui parlaient tout bas de « la malédiction attachée à sa famille, » se demandant avec aigreur ou tristesse, selon l'humeur d'un chacun, « à quoi le jeune homme pouvait passer son temps dans le vieux château désert? »

Il n'était pas facile de répondre à cette question. Par exemple, il eût été tout à fait inutile de la poser à l'ecclésiastique dont nous avons parlé. C'était un vieux *gentleman* calme et poli; il était toujours prêt à répondre par des phrases qui, dans le moment, semblaient donner toutes les informations désirables, mais qui, lorsqu'on venait à y réfléchir, n'offraient généralement rien de saisissable et de précis. La femme de charge, — espèce de vieille fée aux façons brusques et repoussantes, — était trop farouche et trop taciturne pour qu'on osât l'aborder. Les domestiques de l'intérieur vivaient depuis assez longtemps au service de la famille pour avoir appris à se taire; c'était donc seulement auprès des valets de la ferme qui approvisionnait la table de l'Abbaye, qu'on pouvait obtenir quelques renseignements ; — encore ces renseignements étaient-ils bien vagues.

Quelques-uns d'entre eux avaient observé leur « jeune maître » qui arpentait la bibliothèque, ayant aux mains des monceaux de papiers poudreux. D'autres avaient entendu des bruits étranges dans les parties inhabitées de l'Abbaye, et, levant les yeux, l'avaient vu ouvrir violemment les vieilles croisées, comme pour laisser pénétrer l'air et la lumière dans des appartements qu'on supposait rigoureusement clos depuis bien des années. Quelquefois aussi on l'avait aperçu, debout, au sommet périlleux d'une des tourelles à demi-écroulée, où l'on n'avait pas gardé mémoire que personne fût monté jamais, et que la croyance populaire représentait comme habitée par les fantômes des moines

1.

qui avaient autrefois possédé cette demeure. Le
résultat de ces observations et de ces découvertes,
passant ainsi de bouche en bouche, fut naturellement d'imprimer dans les esprits la conviction
« que le pauvre jeune Monkton prenait la route
où le reste de sa famille avait marché avant lui. »
Cette opinion semblait acquérir sur le public un
ascendant considérable, encore fortifié par cette
conviction — à l'appui de laquelle n'existait aucune
preuve — « qu'au fond de tous ces malheurs se ca-
chait l'influence du prêtre. »

Je n'ai parlé jusqu'ici, la plupart du temps, que
d'après ouï-dire; ce que je vais ajouter, maintenant, je le sais pour y avoir pris une part directe.

II

Environ cinq ans après qu'Alfred Monkton eût
atteint sa majorité, je quittai le collége, et résolus
de faire à l'étranger un voyage de plaisir en même
temps que d'étude.

Le jeune Monkton, à l'époque de mon départ,
continuait de mener à l'Abbaye sa vie retirée, et
l'opinion commune le représentait comme faisant
des progrès rapides vers l'abîme héréditaire où les
membres de la famille allaient s'engloutir tour à
tour, — si tant est qu'il n'eût pas déjà subi le fatal

arrêt porté contre sa race. Quant aux Elmslie, on disait qu'Ada se trouvait bien de son voyage, et que la mère et la fille étaient en route pour revenir en Angleterre, désirant renouer leurs anciennes relations avec l'héritier de Wincot.

J'étais parti avant leur retour, et je parcourus la moitié de l'Europe, sachant à peine la veille où m'emporterait le caprice du lendemain. Le hasard, que j'avais pour guide, me conduisit enfin à Naples.

J'y rencontrai un vieil ami de collège, qui était un des attachés de l'ambassade anglaise, et là commencèrent les événements extraordinaires qui, relatifs à la destinée d'Alfred Monkton, donnent à mon récit actuel son principal intérêt.

Un matin, je tuais le temps avec mon ami l'attaché dans le jardin de la Villa-Reale, lorsque nous fûmes dépassés par un jeune promeneur solitaire, qui échangea un salut avec mon ami.

Je crus reconnaître les yeux noirs, le regard tendu, les joues pâles, l'étrange expression de méfiance et d'inquiétude que je me rappelais avoir caractérisée le visage d'Alfred Monkton, et j'allais questionner mon ami à ce sujet, quand il me donna de lui-même les informations que je cherchais.

« C'est Alfred Monkton, me dit-il... ; il habite le même comté que vous, en Angleterre. Vous devez le connaître ?

— Je le connais très-peu, répondis-je ; il était

fiancé à miss Elmslie, quand j'habitais dans le voisinage de Wincot... L'a-t-il épousée?

— Non; et cela n'a jamais été qu'un projet en
l'air : le pauvre garçon a pris le même chemin que
le reste de la famille; en termes plus clairs, il est
devenu fou.

— Fou!... Mais je ne dois pas m'étonner de ceci,
d'après ce qu'on disait de lui en Angleterre.

— Il ne s'agit ici d'aucun ouï-dire; je parle
d'après ce que nous avons vu et entendu, moi et
cent autres personnes... On a dû vous en entretenir
aussi?

— Jamais.... Voici plusieurs mois qu'il ne m'est
parvenu aucune nouvelle, soit de Naples, soit d'Angleterre.

— En ce cas, j'ai une histoire très-extraordinaire
à vous raconter. Vous savez, sans doute, qu'Alfred
avait un oncle, Stephen Monkton?... Eh bien, cet
oncle eut, il y a quelque temps, un duel, dans les
États Romains, avec un Français qui l'étendit mort
d'un coup de pistolet. Les témoins et le Français
(qui n'avait pas été blessé), prirent la fuite et se
dispersèrent, à ce qu'on suppose, de divers côtés.

L'affaire avait un mois de date, et nous n'en
étions encore nullement informés dans ces parages, quand une des feuilles françaises publia un
compte rendu de ce duel, d'après un document pos-
thume laissé — après qu'il fut mort à Paris de con-
somption — par le témoin de Monkton.

Ce document donnait tous les détails du duel, racontait sa fatale issue, et s'en tenait là. Personne, par conséquent, ne sait rien de ce duel, si ce n'est que Stephen Monkton a été tué ; catastrophe que nul ne peut déplorer, car jamais il n'exista un pareil misérable. L'endroit précis où il est mort, et ce qu'on a fait de son cadavre, sont des mystères qu'on n'a pu encore pénétrer.

— Mais qu'est-ce que tout cela peut avoir de commun avec Alfred ?

— Attendez un instant, et vous allez le savoir.... Dès que la nouvelle de la mort de son oncle lui fut parvenue en Angleterre, que pensez-vous qu'ait fait Alfred ? Il a ajourné son mariage avec miss Elmslie qui était au moment d'être célébré, pour venir ici chercher le lieu où a pu être enseveli son *coquin* d'oncle, — et maintenant, aucun pouvoir humain ne le déciderait à retourner auprès de miss Elmslie, avant d'avoir découvert le corps de Stephen Monkton, et de l'avoir ramené avec lui pour le loger près des autres Monkton, dans le caveau placé sous la chapelle de Wincot-Abbey. Il a prodigué son argent et fatigué la police ; il s'est attiré la raillerie des hommes et l'indignation des femmes, durant les trois mois qui viennent de s'écouler, en essayant de réaliser ce projet insensé dont il est maintenant aussi loin que jamais. Il ne veut donner à personne le moindre motif de sa conduite, dont on ne peut le détourner ni par la raillerie ni par le raisonnement ...Quand nous l'avons rencontré, il y a un instant, je sais qu'il se rendait aux bureaux du ministre de la police, pour faire expédier de nouveaux agents dans tous les États Romains, à la recherche du lieu où son oncle a été tué.... Pendant tout ce temps-là, il se dit passionnément épris de miss Elmslie, et très-malheureux de leur séparation.... Que penser de ces prétendus sentiments, lorsqu'on sait qu'il s'est volontairement éloigné d'elle, et cela pour rechercher les restes d'un misérable, la honte de sa famille, et qu'il n'a pas vu plus d'une ou deux fois en sa vie?... De tous ces *Mad-Monktons*, — comme on les appelait en Angleterre, — Alfred est certainement le plus fou.... Il nous aide, par ses excentricités, à supporter cette monotone saison d'opéra, bien que— pour ma part, — quand je pense à la pauvre fille qui l'attend à Wincot-Abbey, — je sois beaucoup plus disposé à le mépriser qu'à me moquer de lui.

— Vous connaissez donc les Elmslie?

— Intimément; ma mère m'a tout récemment écrit d'Angleterre, après avoir vu Ada. Cette escapade de Monkton a irrité tous les amis de la jeune fille. Ils l'ont suppliée de rompre le mariage, et elle le pourrait, ce semble, si elle le voulait.... Sa mère même, toute cupide, tout égoïste qu'elle soit, a fini par être obligée, ne fût-ce que par convenance, à se ranger du côté de la famille; mais la bonne et fidèle jeune fille refuse d'abandonner Monkton.... Elle se prête à ses folles inspirations, et déclare qu'il lui a secrètement donné une raison qui justifie son départ; elle dit qu'elle saura le rendre heureux,

quand ils habiteront tous les deux la vieille Abbaye,
plus heureux encore quand ils seront mariés ; bref,
elle l'aime tendrement, et rien ne peut ébranler sa
confiance en lui : rien ne l'effraie, elle s'est décidée
à lui sacrifier sa vie, et tiendra parole, très-certainement.

— J'espère que non... Au surplus, quelque folle
que la conduite de Monkton nous paraisse, elle peut
avoir des motifs fondés que nous ignorons. Son esprit semble-t-il dérangé lorsqu'il traite des sujets
ordinaires ?

— Pas le moins du monde.... Quand vous par-
venez à le faire causer, ce qui est rare, il parle
comme un homme plein de raison et bien élevé. Ne
lui dites rien de la bizarre mission qui l'a conduit
ici, et vous le croirez l'être le plus sensé, le plus
calme qui soit au monde.... Mais parlez-lui de son
vaurien d'oncle, et la folie des Monkton apparaît
aussitôt.... L'autre soir, une dame lui demandait
— en plaisantant, cela va sans le dire — s'il avait
jamais vu le fantôme du défunt ? Il s'est mis alors
à la regarder d'un air farouche, et lui a dit « que
tôt ou tard, lui ou son oncle, répondraient ensemble
à sa question, dussent-ils pour cela revenir de
l'Enfer. » Nous ne fîmes que rire de ses paroles,
mais la dame s'évanouit sous son regard, et il s'ensuivit toute une série d'accès nerveux.... On eût
expulsé n'importe quel autre manant, assez osé
pour effaroucher ainsi une jolie femme ; mais
« Monkton-le-Fou, » — c'est ainsi que nous l'avons

baptisé, — jouit de privilèges exceptionnels dans
la société napolitaine, attendu qu'il est Anglais,
joli garçon, et peut dépenser trente mille livres
sterling par an.... Il erre de tous côtés, convaincu
qu'il finira par rencontrer quelqu'un en état de lui
révéler l'endroit où le duel mystérieux a eu lieu....
Qu'on vous présente à lui, et il vous demandera
certainement si vous savez quelque chose à ce sujet. Mais après lui avoir répondu, gardez-vous d'insister, à moins que vous ne vouliez constater son
infirmité mentale : dans ce cas, vous n'avez qu'à
lui parler de son oncle, et vous serez plus qu'am-
plement satisfait. »

Un jour ou deux après cette conversation avec
mon ami l'attaché, je rencontrai Monkton dans une
soirée.

Au moment où il entendit prononcer mon nom,
sa figure s'anima ; il me prit à part, et me parlant
de la froideur avec laquelle il avait reçu mes avances quelques années plus tôt, il me demanda pardon de ce qu'il appelait « son inexcusable ingratitude, » en termes si vifs, et avec une telle agitation,
que j'en fus fort étonné.

Son premier soin fut ensuite de me questionner,
— comme mon ami me l'avait annoncé, — sur
l'endroit où je supposais que le mystérieux duel
avait dû s'accomplir.

Un changement extraordinaire se fit en lui pendant qu'il m'interrogeait là-dessus. Au lieu de me

regarder au visage, comme il l'avait fait jusqu'à ce moment, ses yeux se détournèrent et s'arrêtèrent fixement, presque avec colère, ou bien sur le mur à côté de nous, — mur tout à fait nu, et vers lequel rien n'appelait son regard, - ou bien vers l'espace vide entre nous et la muraille, sans que je puisse dire lequel de ces deux objets attirait son attention.

J'étais venu d'Espagne à Naples par mer. Je le lui dis en peu de mots, comme la meilleure manière de lui prouver que je ne pouvais l'aider dans ses recherches. Il cessa ses questions ; et me souvenant de l'avertissement de mon ami, je ramenai la conversation sur des généralités. Son regard revint alors vers moi ; et aussi longtemps que nous restâmes ensemble, ses yeux ne s'arrêtèrent plus sur la muraille ou dans l'espace.

Généralement plus disposé à écouter qu'à parler, sa conversation, quand il prenait la parole, n'indiquait en rien le moindre dérangement d'esprit. Il était évident qu'il avait lu, non-seulement beaucoup, mais avec fruit, et savait fort heureusement appliquer ses lectures à presque tous les sujets en discussion, sans mettre jamais, à étaler ou à cacher son savoir, une vanité absurde ou une affectation ridicule. Ses manières semblaient une constante protestation contre le surnom de « Monkton-le-Fou. » Il était si réservé, si calme, ses manières étaient si parfaites et son attitude si bien équilibrée que, par moments, je me sentais presque

tenté de lui trouver quelque chose d'efféminé.
Nous causâmes longtemps ensemble, le soir de
notre première rencontre ; nous nous revîmes souvent depuis, et ne laissâmes jamais échapper la
plus petite occasion de resserrer notre liaison. Je
sentais qu'il éprouvait de la sympathie pour moi, et
en dépit de ce que j'avais entendu dire de sa conduite envers miss Elmslie, — en dépit des soupçons
que faisaient planer sur lui l'histoire de sa famille
et l'excentricité de sa conduite elle-même, — je
commençais à ressentir pour « Monkton-le-Fou »
une affection égale à celle qu'il me témoignait. Nous
fîmes ensemble en rase campagne plus d'une promenade à cheval, et les deux rives de la baie nous
virent souvent passer dans le même bateau.

J'aurais été aussi à l'aise avec lui qu'avec mon
propre frère, sans deux bizarreries qui restaient
inexplicables pour moi.

La première était le retour assez fréquent de
l'étrange expression que j'avais remarquée dans
ses yeux, lorsqu'il m'avait demandé si je ne savais
rien du fameux duel : — quel que fût le sujet de notre
entretien, en quelque lieu que le hasard nous eût
réunis, il y avait des instants où ses yeux se dé-
tournaient tout à coup de mon visage, tantôt à ma
droite, tantôt à ma gauche, mais toujours du côté
où il n'y avait rien à voir, et toujours avec le même
regard fixe et farouche.

Cela ressemblait tellement à de la folie, — ou du
moins à de l'hypocondrie, — que je craignais de

le questionner à cet égard, et feignais de ne pas le
remarquer.

Sa conduite avait encore ceci de bizarre, que
tant qu'il se trouvait avec moi, il ne parlait jamais
des bruits qui couraient sur le but de son voyage à
Naples, et ne m'entretenait ni de miss Elmslie, ni
de la vie qu'il avait menée à Wincot Abbey. Non-
seulement cela m'étonnait, mais encore tous ceux
qui, ayant remarqué notre intimité, croyaient que
je devais être le dépositaire de tous ses secrets.
Le temps approchait toutefois où ce mystère, et
quelques autres que je ne soupçonnais pas alors,
devaient tous m'être révélés.

Je le rencontrai un soir à un grand bal, chez
un Russe titré, — dont le nom, que je ne pouvais
prononcer alors, est tout à fait sorti de ma mémoire.
J'avais tour à tour quitté la salle de réception, la salle
de bal et la salle de jeu, pour passer dans un petit
appartement situé à l'extrémité du palais, — moitié serre, moitié boudoir, — et qui, à cette occasion, avait été élégamment illuminé en lanternes
chinoises.

Il ne s'y trouvait personne quand j'y arrivai. La
Méditerranée se montrait là si charmante, sous
l'éclat brillant et doux d'un clair de lune italien,
que je restai longtemps à la fenêtre, regardant au
dehors, et prêtant l'oreille au son des instruments
qui, de la salle de bal, arrivaient faiblement jusqu'à moi. Mes pensées erraient au loin vers ceux
que j'avais laissés en Angleterre, quand je fus tout

à coup tiré de ma rêverie ; — on venait de prononcer mon nom à voix basse.

Je me retournai aussitôt, et vis Monkton debout dans le salon. Une pâleur livide couvrait ses traits, et ses regards se détournèrent des miens, avec cette expression extraordinaire dont j'ai déjà parlé.

« Avez-vous l'intention de quitter le bal de bonne heure? me demanda-t-il, toujours sans me regarder.

— Pas du tout, dis-je ; puis-je vous être de quelque service ?... Vous trouveriez-vous indisposé ?

— Non, merci... Rien du moins qui vaille la peine d'en parler... Oserais-je vous prier de venir chez moi ?

— Sur le champ, si vous le désirez.

— Non, pas tout de suite... J'irai, *moi*, sans retard, mais ne venez me rejoindre que dans une demi-heure.... Vous n'êtes pas encore venu chez moi : mais vous n'aurez pas de peine à retrouver mon domicile, car je loge à deux pas ; voici d'ailleurs ma carte et mon adresse..... Il *faut* que je vous parle ce soir ; ma vie en dépend.... Venez ! je vous en prie.... Pour Dieu, n'oubliez pas de venir, quand la demi-heure sera écoulée ! »

Je promis d'être exact, et il me quitta aussitôt.

On s'imagine facilement l'état d'impatience nerveuse et d'attente vague dans lequel, après des paroles comme celles que Monkton venait de prononcer, je laissai s'écouler le temps convenu. Avant que la demi-heure fût expirée, je m'acheminais à travers la salle de bal.

Mon ami l'attaché se trouva sur mon passage au moment où j'allais descendre l'escalier.

« Quoi ! dit-il, vous partez déjà ?

— Oui, et pour une singulière rencontre.... Je vais chez Monkton, sur son invitation très-expresse.

— Vous n'y songez pas !... Sur l'honneur, vous êtes bien hardi de vous hasarder tout seul avec « Monkton le Fou, » et cela par un temps de pleine lune !

— Il est malade, le pauvre garçon.... Vous savez d'ailleurs que je ne partage pas vos idées au sujet de sa folie.

— Nous ne discuterons pas là-dessus, mais faites attention à mes paroles : ce n'est pas sans un but spécial qu'il vous a prié de venir dans un lieu jusqu'ici interdit à toute espèce de visiteurs....Je vous prédis que, cette nuit, vous verrez ou entendrez des choses dont vous vous souviendrez toute votre vie. »

Nous nous séparâmes. Quand je frappai à la porte de la cour de la maison habitée par Monkton, les dernières paroles de mon ami, sur l'escalier du palais, me revinrent à l'esprit; et quoique j'en eusse ri quand il les avait prononcées, je commençai à soupçonner que sa prédiction allait s'accomplir.

III

Le concierge m'ouvrit la porte de la maison qu'habitait Monkton, et m'indiqua l'étage où son appartement était situé. Je suppose que celui-ci entendit mes pas, car il me salua de mon nom avant que j'eusse mis le pied sur le seuil de la pièce.

En entrant je le trouvai assis près d'une table; il avait à la main quelques lettres détachées, dont il était en train de faire un paquet.

Je remarquai que, lorsqu'il me demanda de m'asseoir, l'expression de sa physionomie était tout à fait tranquille, bien que son visage fût devenu très-pâle. Il me remercia d'être venu, répéta qu'il avait à me dire quelque chose de fort essentiel, et ensuite s'arrêta court, — un peu embarrassé, me semblait-il, de continuer son allocution.

J'essayai de le mettre à l'aise, l'assurant que si mon secours ou mes conseils pouvaient lui être de quelque utilité, je mettais mes loisirs et moi tout à fait à sa disposition.

Tandis que je parlais ainsi, je vis ses yeux se détourner peu à peu de mon visage, — s'en détourner lentement, et pour ainsi dire pouce à pouce, — jusqu'au moment où ils s'arrêtèrent sur un objet quelconque, avec le même regard, fixe et perdu dans le

vague, qui m'avait si souvent effarouché en mainte
et mainte occasion. L'ensemble de sa physionomie
s'altéra plus profondément que je ne l'avais vue
s'altérer encore; et dans le fauteuil où il demeurait
assis en face de moi, il avait l'air d'un homme qui
se débat avec l'agonie.

« Vous êtes bien bon, » disait-il d'une voix faible; et, s'adressant avec lenteur, non pas à moi
directement, mais du côté où ses yeux restaient
encore fixés : « Je sais que vous pouvez m'assister. mais.... »

Il se tut : son visage blêmit horriblement et se
couvrit d'une abondante sueur. Faisant effort pour
continuer, il articula une ou deux paroles encore,
mais cessa bientôt d'ouvrir la bouche.

Sérieusement inquiét de lui, je me levai de mon
fauteuil pour lui porter un verre d'eau, puisé dans
un vase que j'avais vu sur une table volante....

A la même minute, il se leva brusquement....
Tous les soupçons que j'avais entendu émettre à
voix basse sur l'instabilité de son état mental me
revinrent à la fois dans l'esprit, rapides comme
l'éclair, et je reculai d'un ou deux pas, par un
mouvement involontaire.

« Arrêtez ! dit-il, se rasseyant ; ne vous occu-
pez pas de moi, et ne quittez pas votre fauteuil....
Je veux, — ou je désire, si vous l'aimez mieux, —
modifier ici quelque chose, avant que notre entretien continue.... Une lumière un peu vive blesse-
t-elle vos yeux ?

— Pas le moins du monde.... »

Jusqu'alors, j'étais assis par de là le rayon lumineux de la lampe de cabinet qui seule éclairait la chambre.

Après ma réponse, il se leva de nouveau, et, passant dans une pièce à côté, en rapporta presque aussitôt une lampe de fort calibre; — il prit ensuite deux flambeaux sur la tabe volante, deux autres sur la cheminée, et les rangeant l'un près de l'autre, à ma grande surprise, de manière à les placer exactement entre nous deux, il essaya de les allumer.

Sa main tremblait si fort qu'il fut obligé d'y renoncer et de permettre que je lui vinsse en aide. Sur sa demande, j'enlevai le capuchon de la lampe de cabinet, quand l'autre lampe et les quatre bougies furent allumées.

Assis de nouveau en face l'un de l'autre, — et lorsque ce puissant rideau de lumière fut établi entre nous, — je le vis reprendre peu à peu son sang-froid et sa douceur habituelle; les paroles qu'il m'adressa dès-lors furent prononcées sans la plus légère hésitation.

« Je n'ai pas à vous demander, me dit-il, si vous avez connaissance des bruits répandus partout à mon sujet. Je sais de reste qu'il en est ainsi... Je voudrais ce soir vous donner quelque motif raisonnable pour vous expliquer la conduite à laquelle tous ces bruits doivent leur origine.... Mon secret, jusqu'à présent, n'a été connu que d'une seule per-

sonne; il deviendra vôtre, désormais, et ma confiance en vous a un objet spécial, que la suite de
mes paroles vous fera connaître..... Il faut pourtant, avant tout, que vous sachiez exactement ce
qui me relient encore loin de l'Angleterre. J'ai besoin de vos avis, de votre aide; et, pour ne vous
rien dissimuler, je voudrais aussi mettre à l'épreuve
cette indulgence, cette sympathie amicale que vous
m'avez témoignées, avant de me hasarder à verser
dans votre cœur mon déplorable secret.. . Me par-
donnerez-vous cette apparente méfiance que ren-
contra chez moi votre caractère ouvert et franc,
cette apparente ingratitude pour des bontés qui
remontent au début même de nos mutuelles relations ?... »

Je le suppliai de laisser là ces souvenirs effacés,
et de continuer sans autres préliminaires.

« Vous savez, reprit-il, que l'objet de mon voyage
ici est de retrouver le corps de mon oncle Stephen, et de le ramener à Wincot-Abbey, où sa
place est marquée dans notre sépulture de famille ?... Vous devez savoir aussi que je ne suis pas
encore parvenu à découvrir ses restes ?.... Efforcez-
vous d'oublier, pour le moment, ce qui peut vous
sembler extraordinaire et difficile à comprendre
dans un projet comme le mien, et veuillez parcou-
rir cet article de journal que j'ai encadré d'un trait à
la plume.... Jusqu'à présent, c'est le seul témoignage
qu'on ait pu se procurer au sujet de la fatale rencontre où mon oncle a succombé; je voudrais donc

savoir quelle marche vous serez porté à me suggérer
après l'avoir lu.... »

Il me passait, en parlant ainsi, un vieux journal
en langue française. La substance de ce que j'y lus
est si nettement gravée dans ma mémoire, que je
me sens en état de reproduire correctement (si lointain que soit ce souvenir), tous les faits avec lesquels il importe de familiariser mes lecteurs.

L'article commençait par des remarques du rédacteur sur la vive curiosité qui s'était manifestée, à cette époque, au sujet du funeste duel
survenu entre le comte de Saint-Lô et M. Stéphen
Monkton, *gentleman* anglais. Il insistait ensuite assez longuement sur le mystère tout à fait
exceptionnel qui avait d'un bout à l'autre enveloppé cette affaire, et manifestait l'espoir que la
publication de certain compte rendu manuscrit, —
auquel les observations du rédacteur servaient en
quelque sorte de préface, — pourrait faire éclore
de nouveaux témoignages, et conduire à des renseignements plus précis.

Le manuscrit provenait des papiers de M. Foulon (le témoin de M. Monkton), décédé à Paris
en fort peu de de temps, quelques semaines après
son retour dans cette ville, où il s'était rendu
en quittant le lieu du duel. Du reste, le document
en question était encore incomplet, et le récit
demeurait suspendu au moment où le lecteur devait
le plus désirer qu'il continuât. On n'avait pu découvrir pourquoi il en était ainsi, et les recherches

les plus assidues parmi les papiers laissés par le
défunt, n'avaient mis au jour aucun autre écrit du
même genre, portant sur ce sujet d'une actualité
si récente, d'un intérêt si palpitant.

Suivait le texte du document lui-même.

C'était un accord secrètement rédigé entre le
témoin de M. Monkton, M. Foulon, et M. Dalville,
qui jouait le même rôle auprès du comte de Saint-
Lô. Il énonçait tous les arrangements conclus pour
le duel encore en projet. Cette espèce de programme
portait la date de « Naples, 22 février ; » et il était
divisé en sept ou huit clauses, autant que je m'en
souviens.

La première constatait l'origine et la nature du
différend, — récriminations misérables des deux
parts, et qui ne méritent ni un souvenir ni une
mention quelconque.

L'article *deux* établissait que la partie provoquée
avait, d'un côté, choisi le pistolet, tandis que l'a-
gresseur (qui tirait l'épée à merveille), insistait
pour sa part afin que le duel fût réglé « de manière
à rendre le premier feu décisif. » Les seconds,
voyant qu'il s'agissait d'une affaire à mort, avaient
expressément décidé que le duel convenu resterait un
profond secret pour tout le monde, et que l'endroit
choisi pour se battre ne serait d'avance révélé à
personne, non pas même aux parties directement in-
téressées. On ajoutait que ces précautions, en apparence excessives, étaient devenues absolument
indispensables, par suite d'une récente communi-

cation diplomatique, adressée par le Pape à tous les gouvernements italiens, — et où Sa Sainteté, après s'être élevée contre la scandaleuse fréquence des combats singuliers, avait manifesté le désir très-vif que les lois rendues contre les duellistes fussent, à l'avenir, exécutées le plus rigoureusement possible.

La troisième clause portait le détail des arrangements pris pour le duel. Les pistolets une fois chargés sur le terrain même, et de la main des témoins, les combattants seraient placés à trente pas l'un de l'autre, et tireraient au sort le premier feu. Le gagnant ferait alors dix pas, pour arriver à une ligne marquée d'avance, et une fois là, déchargerait son pistolet. Si son adversaire n'était pas atteint, — et atteint de manière à se trouver hors de combat, — ce dernier pourrait avancer à volonté, fût-ce des vingt pas restants, avant de faire feu à son tour. De cette façon, le duel ne pouvait manquer d'avoir, aux deux premiers coups, une issue décisive, — et les deux parties principales aussi bien que leurs témoins, s'engageaient formellement à n'y pas donner d'autre suite.

D'après le quatrième article, les témoins étaient tombés d'accord que le duel aurait lieu *hors* des États Napolitains, se réservant d'ailleurs de s'abandonner aux circonstances pour le choix de la localité où la rencontre définitive serait indiquée.

Les autres paragraphes, pour autant que je me les rappelle, étaient consacrés à énumérer minutieusement les précautions qu'il fallait prendre afin d'éluder toute découverte. Les duellistes et leurs témoins quitteraient Naples séparément; ils changeraient plusieurs fois de voiture ; ils se rencontreraient dans une certaine ville, ou bien, faute de ce faire, à un certain relai de poste, sur la grande route de Naples à Rome ; ils auraient avec eux des albums, des boîtes à couleurs, des tabourets pliants, pour se donner l'air d'artistes en voyage ; enfin ils arriveraient à pied sur le terrain du duel, et, crainte de trahison, ne prendraient pas de guides. Ces combinaisons et quelques autres encore, destinées à faciliter la fuite des survivants après le dénouement de l'affaire, complétaient ce singulier document, que les deux témoins avaient signé, — mais seulement de leurs initiales.

Immédiatement après cette signature abrégée, commençait un récit, daté de Paris, et qui avait évidemment pour but de raconter le duel avec ses plus menus incidents. L'écriture était celle du témoin décédé.

M. Foulon, — le personnage dont il s'agit, — était fermement convaincu, disait-il, que telle ou telle circonstance, venant à transpirer, pourrait donner une sérieuse importance au témoignage personnel d'un de ceux qui avaient assisté au duel de MM. de Saint-Lô et Monkton. Il voulait donc, en sa qualité de témoin, établir que le combat avait eu lieu très-exactement selon les conventions arrêtées, les deux champions s'étant comportés en hommes

2.

d'honneur et de sentiments chevaleresques (!). Il déclarait, de plus, que pour ne compromettre personne, il déposerait en mains sûres sa déclaration manuscrite, avec ordre de ne l'ouvrir que dans un cas de nécessité tout à fait urgente.

Après ce préambule, M. Foulon racontait que le duel avait eu lieu deux jours après la rédaction déjà indiquée, dans un endroit où le hasard seul avait conduit les combattants. Il ne donnait ni le nom de cet endroit, ni celui des pays environnants. Les champions placés ainsi qu'il avait été convenu d'avance, et le sort ayant assigné au comte de Saint Lô le bénéfice du du premier feu, il avait fait ses dix pas, et frappé son adversaire en plein corps.

M. Monkton n'était pas immédiatement tombé, mais, après cinq ou six pas faits en chancelant, on l'avait vu lâcher son coup sans atteindre le comte, et s'abattre ensuite sur le sol à l'état de cadavre. M. Foulon ajoutait que, déchirant une feuille de son *agenda*, il y avait écrit en quelques mots le récit de cette mort tragique, et qu'il avait ensuite fixé, au moyen d'une épingle, après l'habit du défunt, le papier en question ; — précaution nécessaire en raison du plan spécial qui venait d'être arrêté sur place, afin de se débarrrsser du mort sans trop de risques pour les survivants.

En quoi consistait ce plan, ce qu'on avait fait du cadavre, tout ceci restait dans l'ombre, — car, à ce point essentiel du récit, il se trouvait brusquement interrompu.

Une note, insérée au bas de la colonne du journal, se bornait à indiquer par quelle série d'incidents on avait pu livrer au public cette pièce de nature essentiellement privée, et à répéter ce qui avait été dit précédemment, à savoir que les personnes chargées des papiers de M. Foulon n'avaient trouvé rien de plus à ce sujet.

J'ai maintenant donné toute la substance de ce que je lus dans le journal en question, et mentionné dès-lors tout ce qu'on savait, à cette époque, sur la fin tragique de M. Stephen Monkton.

Lorsque je replaçai le journal dans les mains d'Alfred, il était trop agité pour prendre la parole; mais un signe de lui me rappela qu'il attendait avec anxiété ce que j'avais à lui dire. Ma position était à la fois très-embarrassante et très-pénible. Je me demandai à quelles graves conséquences pourrait nous mener la moindre négligence de ma part, et je ne vis tout d'abord rien de plus sûr que d'interroger avec soin mon interlocuteur, avant de me hasarder dans un sens ou dans l'autre.

« Me permettez-vous, lui dis-je, de vous adresser une ou deux questions avant de vous donner mon avis?

— Certes, certes! répondit-il avec un geste d'impatience... Toutes les questions qu'il vous plaira.

— Avez-vous, à aucune époque de votre vie, entretenu avec votre oncle des relations très-fréquentes?

— Je ne l'ai jamais vu que deux fois en tout ; et cela pendant ma première enfance.

— Il ne se peut donc pas que vous eussiez pour lui des sentiments très-particuliers ?

— Des sentiments, pour lui ?... J'aurais eu honte de ceux qu'il aurait pu m'inspirer... Partout où il a traîné son existence errante, il déshonorait le nom que nous portons.

— Puis-je savoir si quelque raison de famille est le mobile qui vous fait ainsi désirer de r'avoir ses restes ?

— Des motifs comme ceux que vous indiquez peuvent compter, effectivement, parmi ceux qui dirigent ma conduite... Mais pourquoi me demandez-vous cela ?

— Parce que, sachant que vous avez eu recours à la police pour vous aider dans vos recherches, je désirais savoir également si vous avez stimulé le zèle de ses agents supérieurs en leur indiquant les raisons personnelles qui vous ont déterminé à des recherches aussi extraordinaires.

— Je n'ai donné aucunes raisons...... Je paie le travail que je commande, et ma libéralité ne m'a valu jusqu'ici, de la part de tous ces infâmes drôles, qu'une indifférence, une insouciance complètes...... Étranger à ce pays, dont la langue même m'est à peine connue, je ne tire aucune ressource de mon propre fond. Les autorités, soit à Rome, soit ici, font mine de m'assister, et semblent conduire leurs enquêtes dans le sens où je désire qu'on les dirige ;

mais je ne puis rien obtenir de plus...... On m'outrage, on se moque de moi presque ouvertement.

— Ne regardez-vous pas comme possible..., et prenez bien garde qu'ici je ne veux ni excuser la conduite des autorités, ni m'associer le moins du monde à l'opinion que je vais émettre...., mais ne regardez-vous pas comme possible que la police mette en doute le sérieux de vos intentions ?

— Comment ? mes intentions ne seraient pas sérieuses ? s'écria-t-il soudainement redressé, avec un regard farouche et une respiration de plus en plus rapide... Tout ceci serait donc un badinage ?... Et vous aussi, vous ne me prenez pas au sérieux... Je le sais, bien que vous me disiez le contraire... Eh bien donc, attendez !... Avant qu'une seule parole de plus soit échangée entre nous, vous aurez vu, vu de vos yeux, ce qui en est... Venez par ici... une minute seulement... rien qu'une minute !... »

Je le suivis dans sa chambre à coucher, laquelle ouvrait sur le salon. Tout à côté de son lit était une grande caisse de bois ordinaire, haute de plus de sept pieds.

« Tirez à vous le couvercle, et regardez, me dit-il, pendant que je vous éclaire avec cette bougie... »

J'obeis à ses indications, et constatai, non sans surprise, que cette caisse d'emballage renfermait un cercueil de plomb magnifiquement armorié à l'écusson de la famille Monkton, sur lequel étaient inscrits, en caractères gothiques, avec le nom de Stephen Monkton, l'âge auquel il avait péri, et les circonstances principales de son trépas.

« Je garde ce cercueil tout prêt à le recevoir, murmurait Alfred, penché à mon oreille ; croyez-vous, maintenant, que tout ceci est sérieux ?... »

Je n'y voyais, pour mon compte, qu'une nouvelle preuve de folie, — et si bien, que j'évitai de lui répondre.

« Bien ! bien !... Je vois que vous êtes convaincu, continua-t-il à mots pressés... Nous pouvons retourner dans la pièce voisine, et nous y épancher à cœur ouvert... »

Quand nous reprîmes nos places, j'écartai machinalement mon siége de la table où il s'accoudait. J'étais, en ce moment, si troublé, je savais si peu ce que j'avais de mieux à dire ou à faire, que je ne songeai pas à garder la position qu'il m'avait assignée en allumant les flambeaux. — A l'instant même il m'en avertit :

« Ne vous reculez pas! disait-il avec un sérieux surprenant... Demeurez assis en pleine lumière !... Faites cela pour moi, je vous en prie !... Je vous expliquerai bientôt pourquoi j'y tiens tant... Mais, au préalable, conseillez-moi !... Venez en aide à ma détresse, à mes anxiétés... Souvenez-vous qu'à cet égard, j'ai votre promesse !... »

Je fis effort pour rassembler mes idées, et ce ne fut pas en vain. Il était inutile, avec lui, de prendre l'affaire autrement qu'au grand sérieux, et il eût été mal de ne pas lui donner consciencieusement mes meilleurs avis :

« Vous savez, lui dis-je, que deux jours après la conclusion de l'accord fait à Naples, le duel a eu lieu en dehors des frontières napolitaines ?.... Ce fait vous a sans aucun doute amené à conclure qu'il fallait limiter au territoire romain les recherches concernant la localité que nous voulons découvrir ?

— Positivement. Ces recherches, jusqu'à présent, si superficielles qu'elles puissent être d'ailleurs, ont eu lieu uniquement du côté que vous indiquez... Si j'en dois croire la police, ses agents se sont enquis de l'endroit où s'est passé le duel, tout le long de la grande route qui mène de Naples à Rome, et c'est là qu'ils ont fait afficher la forte récompense promise, en mon nom, à qui le fera découvrir. Ils ont également mis en circulation — du moins à ce qu'ils prétendent, — le signalement des duellistes et de leurs témoins ; un agent a été logé par eux au relai de poste, et un autre dans la ville que l'accord mentionne comme ayant servi de rendez-vous ; enfin, en se mettant en correspondance avec les autorités étrangères, on a essayé, me dit-on, de connaître l'endroit, ou les endroits, qui servirent de refuge au comte de Saint-Lô et à M. Dalville... Tous ces efforts, en admettant que réellement ils aient été faits, n'ont jusqu'à présent abouti à aucun résultat.

— Il me semble, lui dis-je après un moment de réflexion, que toutes les informations prises le long de la grande route, ou dans n'importe quels environs de Rome, doivent, selon toute probabilité, ne rien produire..... Quant à la découverte des restes de votre oncle, elle doit suivre, selon moi, celle de l'endroit où il a reçu le coup mortel. En effet, les personnes impliquées dans le duel n'auraient certainement pas risqué de se faire pendre, en emmenant un cadavre avec elles, alors qu'elles cherchaient à dérober le secret de leur fuite ; il suffira donc de découvrir le lieu du combat..... Maintenant, réfléchissons quelque peu : les duellistes et leurs complices changeaient à chaque instant de voiture ; ils voyageaient séparément, deux à deux ; nul doute qu'ils ne prissent des chemins de traverse : ils se sont arrêtés aux relais d'abord, puis à la ville, afin de dépister les poursuites : peut-être ont-ils fait une grande partie du chemin à pied, et sans guide... Soyez certain que de telles précautions (employées par eux, nous le savons de science certaine) ont dû leur laisser, sur ces deux journées, un bien petit nombre d'heures, — en supposant même qu'ils se levassent avec l'aurore et marchassent la journée entière, — pour gagner pays en ligne directe... Je crois donc que le duel a eu lieu dans le voisinage de la frontière napolitaine ; et si j'eusse accepté de la police la mission de conduire l'enquête, je l'aurais dirigée parallèlement à la frontière, explorant le pays de l'ouest à l'est, jusqu'à ce que je fusse parvenu aux sites les plus déserts que puissent fournir ces localités montagneuses..... C'est là mon idée. Pensez-vous qu'on en puisse tirer parti ?

Son visage, à l'instant même, se couvrit d'une vive rougeur. « Voilà, s'écria-t-il, une inspiration; l'exécution de votre plan ne doit pas souffrir un jour de retard. Il ne saurait être question de se fier à la police ; je partirai donc moi-même dès demain matin, et vous... »

Il s'interrompit ; une pâleur soudaine envahit son visage ; il se prit à soupirer profondément ; ses yeux eurent encore leur regard fixe et perdu dans l'espace ; ses traits, enfin, contractés et rigides, reprirent leur aspect cadavéreux.

« Il faut, reprit-il d'une voix faible, que je vous révèle mon secret avant que nous causions de nos projets pour demain. Si j'hésitais plus longtemps à vous faire ma confession complète, je serais indigne de vos bontés passées, indigne du secours que j'attends de vous et que vous m'accorderez volontiers, j'espère, quand vous serez au courant de tout ce qui me concerne. »

Je le priai d'attendre qu'il fût un peu remis et mieux en état de poursuivre l'entretien ; mais il parut ne prêter aucune attention à mes paroles, luttant en apparence contre lui-même. Il se détourna lentement de moi et, s'accoudant à la table, appuya sa tête sur sa main.

Le paquet de lettres dont je l'avais vu se préoccuper à mon entrée, était justement placé sous ses yeux. Il le regardait fixement, lorsqu'il m'adressa de nouveau la parole.

IV

« Je vous crois né dans notre comté, me dit-il ;
peut-être alors avez-vous entendu parler, en telle
ou telle circonstance, d'une ancienne prophétie
touchant notre famille, — prophétie qui figure
encore parmi les plus curieuses traditions de Wincot-Abbey ?

— J'en ai ouï parler, effectivement, répondis-je,
mais je n'en ai jamais su les termes précis.... Elle
annonçait, n'est-ce pas, l'extinction de votre race,
ou quelque chose d'approchant ?

— On a vainement cherché, reprit-il, l'origine
et la date première de cette prophétie. Aucun de
nos papiers de famille ne fournit à ce sujet le moindre renseignement.... Un vieux serviteur, d'anciens
tenanciers à nous se rappellent l'avoir entendue
réciter par leurs pères et leurs grands-pères. Les
moines que nous avons remplacés, comme posses-
seurs de l'Abbaye, à l'époque d'Henri VIII, la con-
naissaient de manière ou d'autre ; car j'ai moi-
même découvert, transcrits sur la garde d'un des
manuscrits de leurs archives, les vers rimés qui,
depuis une époque très-reculée, prêtent à la prophétie la forme sous laquelle nous la connaissons.....

Voici ces vers, si tant est qu'on puisse leur donner un pareil nom :

> Au caveau de Wincot, sépulcre de leur race,
> Si quelqu'un des Monkton manque à prendre sa place,
> Si ce possesseur-né de tant de champs divers,
> Demeure, sans abri, la pâture des vers,
> Il ne faut pas douter que le courroux céleste
> Voue alors au néant cette race funeste.
> Un par un, tour à tour objets du même deuil,
> Ses membres, sans enfants, descendront au cercueil ;
> Et le dernier d'entre eux, tombant sous la cognée,
> Des Monkton finira la tragique lignée.

— La prédiction est presque assez vague pour qu'on puisse l'attribuer à quelque oracle de l'antiquité, lui dis-je, remarquant qu'il attendait, les vers une fois récités, comme pour me provoquer à quelque commentaire.

— Vague ou non, elle est en voie de s'accomplir, me répondit-il... Je suis maintenant le dernier des Monkton, le dernier de cette branche aînée que menace la prédiction ; et le cadavre de Stephen Monkton n'est pas encore dans les caveaux de Wincot-Abbey... Avant de vous récrier, écoutez encore ! Je n'en ai pas fini à ce sujet... Longtemps avant que l'Abbaye passât en nos mains, et lorsque nous habitions l'ancien manoir situé près de là (manoir dont les ruines même ont disparu, il y a bien des années), les tombeaux de famille étaient placés dans la crypte que surmonte la chapelle de l'Abbaye. Soit que, dès cette époque reculée, la fatale prédiction fût ou non connue et redoutée de nous, voici ce qu'il y a de certain : tous les Monkton, qu'ils résidassent à l'Abbaye ou sur le domaine moins important que la famille possédait en Ecosse, tous les Monkton étaient enterrés dans le caveau de Wincot, quelques risques ou quelques sacrifices qu'il en dût coûter pour cela..... Durant les guerres acharnées du moyen âge, les corps de ceux de mes ancêtres qui succombaient sur un champ de bataille furent toujours repris et ramenés à Wincot, bien qu'il fallût souvent pour les ravoir, tantôt payer des rançons énormes, tantôt hasarder des luttes sanglantes... Cette superstition, s'il vous plaît de l'appeler ainsi, ne s'est jamais éteinte dans la famille, depuis l'époque dont je parle jusqu'au jour où nous sommes. Pendant des siècles et des siècles, nos morts se sont jusqu'à présent succédé dans le caveau de l'Abbaye, en ligne héréditaire non interrompue, et cela sans une exception quelconque. La place que la prédiction désigne comme vacante est celle de Stephen Monkton ; la voix qui demande en vain un abri à la terre, c'est la voix-fantôme de ce mort... Je sais, — de science aussi certaine que si je l'eusse vu, — je sais qu'ils l'ont abandonné sans sépulture sur le sol où il était tombé... »

Avant que je pusse articuler une parole de remontrance, il m'arrêta court, en se dressant lentement sur ses pieds et en me montrant du doigt quelque chose, dans la même direction vers laquelle ses yeux s'étaient déjà portés à plusieurs reprises.

« Je sais d'avance ce que vous allez me demander. s'écria-t-il à haute voix et d'un ton sévère : — vous allez me demander comment je puis être assez fou pour ajouter la moindre créance à une méchante rhapsodie prophétique, dont un siècle de superstitions berça jadis quelques oreilles crédules ?...Voici ma réponse (et à ces mots il baissa tout à coup la voix d'un air mystérieux) : J'y crois, parce que *Stephen Monkton lui-même se tient là, debout, au moment où je parle, et me confirme dans cette croyance...* ·

Etait-ce l'erreur solennelle qui se peignait sur son visage, a · moment où il se tourna vers moi ? — Etait-ce qu.. n'ayant jamais cru aux bruits répandus sur sa iolie, je me voyais tout à coup forcé de me rendre à cette effrayante conviction ? — Véritablement, je ne saurais le dire : mais, tandis qu'il parlait, je sentais mon sang se figer dans mes veines ; et, sur le siége où je restais muet, j'avais conscience qu? je n'aurais jamais osé tourner la tête pour regarder ce qu'il me montrait ainsi derrière mon épaule.

« Je vois *là*, reprit-il avec le même murmure étouffé, l'apparition d'un homme, debout, tête nue, au teint basané... Une de ses mains, qui presse encore la crosse d'un pistolet, est retombée le long de son corps ; l'autre appuie sur ses lèvres un mouchoir teint de sang... Le spasme de l'agonie contracte son visage ; mais j'y retrouve les traits d'un homme à peau brune qui jadis, pendant mon en-

fance, à Wincot-Abbey, en deux occasions différentes, me prit dans ses bras et me causa une terreur
singulière. Je demandai alors aux femmes chargées
de me surveiller qui pouvait être cet inconnu, et il
me fut répondu que c'était mon oncle Stephen
Monkton... Or, je le vois là, aussi distinctement que
s'il vivait encore... Je le vois à côté de vous, l'éclat
vitreux de la mort dans ses grands yeux noirs ;
et c'est ainsi que je l'ai toujours vu, depuis le moment où il a péri... Chez moi comme en voyage,
éveillé ou dormant, le jour et la nuit, partout où
je vais, il m'accompagne !... »

A peine pus-je distinguer ces derniers mots,
articulés dans un faible murmure. A l'expression
et à la direction de ses yeux, je soupçonnai qu'ils
s'adressaient à l'apparition elle-même — Eussé-je
vu le fantôme de mes propres yeux, c'eût été un
spectacle moins affreux que de contempler ce jeune
homme, comme je le voyais alors, murmurant dans
le vide des mots inarticulés.

Après ce qui venait de se passer, mes nerfs
étaient plus ébranlés que je ne l'aurais cru ; je ne
sais quelle vague frayeur de me trouver près de lui,
dans sa disposition présente, s'empara de moi, et
je reculai d'un pas ou deux.

Il s'en aperçut aussitôt.

« Restez, je vous en prie !.. Je vous en prie, restez !... Vous aurais-je fait peur ? Ne me croyez-vous
pas ? Ces lumières blessent-elles vos yeux ?... Si je
vous ai demandé de vous asseoir à cette vive clarté,

c'est uniquement parce que je ne puis supporter l'éclat qui, dans la pénombre, émane du fantôme et se reflète sur vous, lorsque vous êtes assis au delà de la zone lumineuse... Ne me quittez pas !... ne me quittez pas encore !... »

Sur son visage, tandis qu'il articulait ces mots, se peignaient un absolu découragement, une indicible douleur, et je fus rendu à moi-même par la pitié que m'inspirait le premier de ces sentiments. Aussi repris-je mon fauteuil, lui promettant de lui tenir compagnie aussi longtemps qu'il le voudrait.

« Je vous remercie mille fois !... Vous êtes la patience et la bonté mêmes, dit-il en reprenant sa place et retrouvant la douceur habituelle de ses manières... A présent que j'ai pris sur moi de vous faire le premier aveu du malheur qui m'accompagne partout en secret, je crois que je pourrai tranquillement vous dire ce qui me reste encore à vous apprendre... Ainsi que je viens de vous le raconter, mon oncle Stephen... — et quand ce nom s'échappa de ses lèvres, il se hâta de détourner la tête, abaissant son regard vers la table, — mon oncle Stephen vint deux fois à Wincot pendant que j'étais enfant, et, dans ces deux occasions, il me causa une frayeur extrême. Il ne fit, à la vérité, que m'enlever dans ses bras et m'adresser quelque paroles, — qu'on m'a dit depuis très-affectueuses, relativement parlant, — mais je n'en demeurai pas moins frappé de terreur... Peut-être fus-je épouvanté, comme d'autres enfants auraient pu l'être,

par sa haute taille, son teint basané, ses cheveux
noirs, sa moustache épaisse ; peut-être sa vue
suffisait-elle pour exercer sur moi quelque influence
étrange, alors incompréhensible pour moi, et que
maintenant encore je ne saurais expliquer... Quoi
qu'il en soit, je le revoyais toujours dans mes rêves,
longtemps après qu'il était parti : et chaque fois
qu'on me laissait dans l'obscurité, je m'imaginais
qu'il se glissait près de moi pour me serrer dans ses
bras. Les femmes auxquelles j'étais confié s'en
aperçurent, et prirent l'habitude de me menacer de
« l'oncle Stephen » aussitôt que j'éprouvais un accès
d'humeur, ou que j'étais désobéissant. En gran-
dissant, je conservai à l'égard de cet oncle absent un vague sentiment de crainte et d'antipa-
thie... Lorsque mon père ou ma mère venaient à
prononcer son nom, je dressais l'oreille sans trop
savoir au juste pourquoi j'écoutais, dominé par
un pressentiment qu'il lui était arrivé, ou allait lui
arriver quelque terrible aventure... Mes sentiments
ne changèrent que quand je demeurai seul à l'Abbaye ; ils semblèrent s'absorber alors dans une
ardente curiosité, qui avait commencé à s'emparer
de moi vers ce temps-là, relativement à l'origine
de l'ancienne prophétie par laquelle était prédite
l'extinction de notre race... Suivez-vous bien mon
récit ?...

— Soyez tranquille, pas un mot ne m'échappe.

— Vous saurez donc que j'avais rencontré, cités
comme une curiosité, dans un volume d'archéologie

appartenant à notre bibliothèque, quelques fragments du vieux poëme où se trouve la prophétie en
question. Sur la page en regard de cette citation,
une main inconnue avait collé une vieille et grossière gravure sur bois, représentant un homme à
cheveux noirs et touffus, dont le visage ressemblait
d'une si étrange façon à ce que je me rappelais des
traits de mon oncle Stephen, que cette image me
fit tressaillir... Lorsque je questionnai mon père à ce
sujet, — c'était justement quelques mois avant sa
mort, — il ignorait ou prétendit ignorer tout ceci ;
et lorsqu'il m'arriva ultérieurement de parler de
cette prédiction, il changeait aussitôt, avec une inquiétude évidente, le sujet de la conversation. Il en
fut de même de notre chapelain, chaque fois que je
voulus l'en entretenir.

« Ce portrait, disait-il, datait de plusieurs siècles
avant la naissance de mon oncle, et, quant à la
prophétie, c'était selon lui, pure absurdité, méchante besogne de rimailleur obscur.... J'argumen-
tai contre lui sur ce point : je lui demandais pourquoi, nous autres catholiques, — persuadés que le
don des miracles n'a jamais été refusé à certains
êtres d'élite, — nous ne pourrions pas croire tout
aussi bien que le don de prophétiser est également
resté leur partage.

« Il évitait d'entrer en discussion avec moi ; il se
bornait à me dire que je ne devais pas perdre mon
temps à m'occuper de pareilles bagatelles ; — que
j'avais plus d'imagination qu'il n'était bon pour

3.

moi d'en avoir, — et que je ferais bien de la modérer au lieu de l'exciter.

« De pareils avis ne faisaient qu'irriter ma curiosité. Je résolus, en secret, de fouiller dans la plus vieille portion inhabitée de l'Abbaye, et d'essayer si je ne pourrais pas découvrir dans quelques parchemins de famille, oubliés ou négligés, quelle était cette gravure et à quelle époque la prophétie avait été écrite ou répandue pour la première fois... Avez-vous jamais passé une journée seul, dans les chambres abandonnées de quelque ancienne demeure ?

— Jamais; une telle solitude ne saurait en rien convenir à mes goûts.

— Ah ! quelle vie fut la mienne, quand j'eus commencé mes recherches!... J'aimerais à la reprendre une seconde fois, cette vie pleine d'anxiétés, de folles imaginations, de terreurs qui fascinent, et promise à de si étranges découvertes.

« Pensez seulement à l'émotion que fait éprouver en s'ouvrant la porte d'une de ces pièces où pas une âme vivante n'a pénétré depuis des centaines d'années!.. Pensez au premier pas qu'on fait dans ces espaces silencieux, où une pâle lumière se glisse à travers des fenêtres fermées et des rideaux tombant en poussière ; — pensez au craquement fantastique des vieux parquets qui crient sous vos pas, quelque légère que soit votre marche ; — pensez à ces faisceaux d'armes, à ces casques rouillés, à ces tapisseries féeriques des jours d'autrefois, qui semblent se détacher des murailles et se diriger vers vous, lorsque vous avancez près des lambris, à la lueur du crépuscule; — pensez à ces fouilles pratiquées dans de grands cabinets à tiroirs, dans des caisses cerclées de fer, avec le pressentiment des horreurs inconnues qui peuvent se révéler à vous, lorsque à grand'peine vous aurez ouvert ces meubles massifs!... Pensez à ces longues contemplations, qui vous retiennent devant leur mystérieux contenu, et peu à peu vous enveloppent, et remplissent d'effroi ces salles désertes!... Pensez à l'émotion qu'on éprouve quand on cherche à les quitter et qu'on se sent, pour ainsi dire, retenu par des mains invisibles!... Le vent gémit au dehors; les ombres s'épaississent autour de vous et vous enferment dans un cercle de ténèbres! — Pensez à tout cela, et vous pourrez imaginer quelle séduction d'incertitude et de terreur il y a dans une vie comme celle que je menais à cette époque lointaine... »

Cette vie, je ne voulais pas, au contraire, me la figurer, il me suffisait, et surabondamment, de voir, telles que je les avais devant moi, les conséquences qu'elle pouvait amener.

« Eh bien, continua-t-il, mes recherches durèrent des mois et des mois, tantôt suspendues, tantôt reprises... De quelque côté que je les dirigeasse, je trouvais toujours de nouvelles choses qui m'attiraient.

« Il y avait là de terribles révélations sur des crimes oubliés depuis longtemps; et je ramenais au jour les preuves déplorables de certaines perversités secrètes, longtemps dérobées à tous les regards, mais que les

miens pénétraient, doués d'une perspicacité funeste.
Parfois les découvertes se rattachaient à telles ou
telles localités de l'Abbaye qui, depuis lors, ont
toujours eu pour moi un intérêt horrible. Parfois,
elles avaient rapport à certains vieux portraits de
notre galerie de tableaux, que j'ai toujours craint
de regarder, après ces fatales révélations.

« Il y eut des instants où le résultat de mes recherches m'inspirait tant d'horreur que je prenais
la résolution de les abandonner ; mais je ne pus
jamais persévérer dans ce dessein : la tentation de
continuer me semblait par moments irrésistible, et
je me donnais sans cesse de nouveaux démentis,
en cédant aux inspirations de ma faiblesse. Enfin
je trouvai le livre qui avait appartenu aux moines,
et qui contenait, au revers de sa garde, non des
extraits de la prophétie, mais la prophétie tout
entière.... Ce premier succès me donna le courage
de continuer à fouiller dans les anciennes traditions de ma race.

« Je n'avais jusqu'alors rien découvert quant à
l'identité du mystérieux portrait ; mais la même
instinctive conviction qui me donnait la certitude
de sa ressemblance extraordinaire avec mon oncle
Stephen, semblait aussi m'assurer que la prophétie
concernait ce dernier plus directement que personne,
et que dès lors il devait être au courant, mieux que
personne, de tout ce qui pouvait s'y rapporter.

« Il me fut impossible d'entrer en communication
avec lui, impossible de savoir si mon étrange idée

était fausse ou non, jusqu'au jour où mes doutes furent à jamais dissipés par cette manifestation terrible qui, dans cette chambre même, à l'heure où je parle, se dresse en face de moi... »

Il s'arrêta un moment pour me regarder attentivement et d'un air soupçonneux. Puis il me demanda « si je croyais à tout ce qu'il venait de me raconter? » La promptitude avec laquelle je lui répondis affirmativement, parut lui rendre quelque confiance, et il reprit en ces termes :

« Par une belle soirée de février, j'occupais seul dans l'Abbaye une des salles désertes de la tour de l'ouest, où pénétraient les rayons du soleil couchant : lorsqu'il fut sur le point de disparaître à l'horizon, j'éprouvai une sensation dont il m'est impossible de me rendre compte... Je ne voyais rien, je n'entendais rien, et je n'avais conscience de rien... Cet entier oubli de moi-même était survenu tout à coup : ce n'était pas un évanouissement, car je ne tombai pas à terre, je ne quittai pas ma place... Je dirais, si un pareil fait pouvait se réaliser, que sans ce qu'on appelle la mort, il y avait entre mon corps et mon âme un divorce momentané... Du reste, il me serait impossible de décrire l'état où je me trouvais au moment dont je parle. Donnez-lui le nom que vous voudrez, extase ou catalepsie, je sais que je demeurai debout près de la fenêtre, n'ayant plus conscience de moi-même, — le corps inerte, la pensée morte... Je repris mes sens; et quand j'ouvris les yeux, le fantôme de Stephen Monkton était

devant moi, exhalant pour ainsi dire une faible
lueur, et tel qu'en ce moment je le vois, debout en
face de moi, vous touchant presque.

— Était-ce, lui demandai-je, avant que la nouvelle de son duel fût parvenue en Angleterre?

— *Deux semaines avant* que la nouvelle en fût
parvenue à Wincot ; et d'ailleurs, alors même que
le duel nous fut connu, la date demeura ignorée de
nous. Je ne l'ai découverte que lorsque parut dans
un journal français le document que vous venez de
lire... Ce document, vous devez vous le rappeler,
est daté du 22 février, et il y est dit que le combat
eut lieu deux jours plus tard... Or, le soir même de
l'apparition, j'avais pris soin de noter sur mon
carnet de poche le jour où j'avais vu se produire,
pour la première fois, ce singulier phénomène, et
ce jour était le 24 février... »

Il se tut de nouveau, comme pour me fournir
l'occasion de m'expliquer à mon tour. Mais, après
ce qu'il venait de dire, qu'aurais-je pu ajouter?
La pensée même me faisait défaut.

« Dans le premier effroi de cette première vision,
continua-t-il ; — oui, même alors, — l'espèce d'a-
nathème lancé à notre maison me revint à la mémoire, accompagné de cette conviction que j'avais
devant moi, dans ce fantôme lumineux, l'annonce
de ma propre condamnation. Je résolus, néanmoins, dès que j'eus recouvré quelque sang-froid,
de vérifier si ce que je voyais était bien réel, de
m'assurer que je ne me laissais pas égarer par

quelque morbide chimère. Je sortis de la tour ; le
fantôme en sortit avec moi... Sous un prétexte
quelconque, je fis illuminer le salon de l'Abbaye;
le spectre demeura devant moi... Je descendis dans
le parc, je l'y retrouvai à la clarté des étoiles... Je
quittai le foyer domestique, et fis une assez longue
excursion au bord de la mer. J'eus encore pour
compagnon ce grand homme brun, aux prises avec
l'agonie... A partir de ce moment, je n'essayai plus
de lutter contre la fatalité. De retour à l'Abbaye,
j'essayai de me résigner à mon malheur. Mais
cela me fut impossible. Je nourrissais un espoir
sans lequel la vie ne m'était plus supportable;
je possédais un trésor dont la perte pressentie
à l'avance me faisait frissonner; et quand la présence du fantôme me montrait un obstacle menaçant entre moi et cette chère espérance, entre moi
et ce trésor sans prix, la prévision de mon malheur
passait mes forces... Vous devez savoir à quoi je
fais allusion?... On vous aura dit souvent qu'il
existait pour moi des projets de mariage?

— Souvent, en effet... Et moi-même, je connais
quelque peu miss Elmslie.

— Vous ne saurez jamais tout ce qu'elle a sacrifié
pour moi... jamais vous ne pourrez vous figurer
ce qu'ont été mes sentiments depuis maintes et
maintes années... — Ici sa voix vacilla, et des larmes lui vienrent aux yeux... — Mais je n'ose m'a-
venturer à vous parler de ceci; le souvenir de ces
heureux temps d'autrefois, que j'ai passés avec elle

dans la sombre enceinte de l'Abbaye, suffit presque, maintenant, pour me briser le cœur... Reve-
nons à l'autre sujet de notre entretien... Je vous
dirai donc que, sachant quelles ignobles calomnies
on faisait courir sur mon compte à propos de cette
folle héréditaire dans ma famille, — et craignant
qu'on ne tirât contre moi un parti déloyal du moindre aveu que je me laisserais aller à faire, — je
cachai à tout le monde le secret de cette effrayante
vision qui me poursuivait partout et toujours. Bien
que le fantôme fût toujours debout en face de moi,
et m'apparût par conséquent, soit devant les personnes à qui je parlais, soit à côté d'elles, je me dres-
sai bientôt à dissimuler aux autres la direction de
mes regards, si ce n'est en de certaines occasions
bien rares, comme celles où peut-être je me serai
trahi devant vous... Mais, avec Ada, l'empire que
j'avais pris sur moi ne me servait de rien. Le jour de
notre mariage approchait... »

Il s'arrêta, frissonnant. J'attendis en silence qu'il
se fût remis.

« Songez, reprit-il, songez à ce que j'ai dû souffrir, en retrouvant toujours sous mes yeux cette
apparition hideuse, chaque fois que mes regards se
portaient vers ma fiancée... Pensez à ce que j'éprouvais, venant à saisir sa main, quand il me semblait
la prendre à travers la substance même du fantôme!... Songez à cet affreux mélange d'un visage
angélique et d'une face torturée par l'agonie, que
j'avais devant moi chaque fois que mes yeux cher-

chaient les siens!... Songez-y, et vous ne vous
étonnerez pas que j'aie trahi mon secret devant
elle.

« Ada me demandait ardemment à tout savoir ;
elle insistait sans cesse pour percer le mystère qui
l'alarmait... Je cédai... Je lui dis tout, et la laissai
libre, ensuite, de rompre l'engagement qui nous liait
l'un à l'autre. Au moment de nos adieux, j'avais
au cœur une pensée de mort ; — je préméditais de
mettre moi-même fin à mes jours, si le malheur
voulait que je survécusse à notre séparation... Elle
devina cette pensée, elle pénétra mon projet, et ne
me quitta que lorsque sa bénigne influence m'y eut
fait renoncer à jamais... Sans elle je ne vivrais
pas à l'heure qu'il est ; sans elle, je n'aurais jamais
songé à la tentative qui m'a fait venir ici.

— Dois-je supposer que vous êtes à Naples d'a-
près les suggestions de miss Elmslie ? lui demandai-je, fort étonné.

— Je veux dire, répliqua-t-il, que j'ai puisé dans
ses exhortations le dessein qui m'a conduit à Naples.
Aussi longtemps que l'apparition du fantôme fut à
mes yeux l'annonce fatale d'une mort inévitable, il
n'y avait aucune consolation, il y avait au contraire
surcroît de douleur, à l'entendre me dire « qu'aucun
pouvoir humain ne la forcerait à m'abandonner, et
que nulle épreuve, si rude qu'elle fût, ne l'empê-
cherait de me dévouer sa vie. » Mais ce fut toute
autre chose quand nous en vînmes ensuite à discu-
ter le but, la raison d'être de l'apparition. Ce fut

toute autre chose quand elle m'eut démontré « que
la mission du fantôme pouvait avoir pour objet
d'accomplir le bien au lieu du mal, et que l'avis
ainsi transmis pouvait tourner à mon bénéfice
plutôt qu'à ma perte. » Ces paroles firent germer
instantanément au dedans de moi l'idée nouvelle
qui m'a rattaché à l'espérance de vivre encore. Je
crus dès lors, je crois maintenant, que ma mission
ici a quelque chose de surnaturel... Cette foi me
fait vivre. Sans elle, je mourrais à l'instant... Chère
et douce enfant !... Jamais elle n'a dédaigné,
jamais elle n'a raillé ce que les autres appelaient
folie ;... et notez bien ce que je vais dire ! L'esprit
qui m'est apparu dans les salles de l'Abbaye, qui
depuis ne m'a jamais quitté, qui est là, debout à
côté de nous, me conseille d'échapper à l'arrêt
fatal suspendu sur notre race, et m'enjoint, si je
m'y veux dérober, d'ensevelir le mort qui n'a pas
encore été confié à la terre. Les affections, les intérêts d'ici-bas doivent s'incliner devant cet ordre
solennel. Le spectre ne me laissera pas en paix,
aussi longtemps que je n'aurai pas fait enfouir le
cadavre qui demande à grands cris la sépulture. Je
n'oserai pas revenir en Angleterre, je n'oserai pas
contracter cet hymen, objet de tous mes vœux,
tant que je n'aurai pas comblé le vide qui existe
encore dans les caveaux de Wincot... »

Ses yeux dilatés lançaient des éclairs; sa voix
avait pris un accent plus solennel, son visage s'était
empreint d'une extase fanatique, au moment où ces

derniers mots franchirent ses lèvres. Si troublé, si affligé que je fusse, toute remontrance, tout raisonnement me sembla hors de propos. Il n'eût servi à rien de mettre en avant les lieux communs qui circulent au sujets des illusions d'optique, ou des imaginations perverties; — il eût été plus qu'inutile de chercher à expliquer par des causes naturelles une seule des coïncidences, un seul des incidents bizarres dont il venait de m'entretenir. Si rapides qu'eussent été ses allusions à miss Elmslie, il en avait dit assez pour me prouver que l'unique espoir de la pauvre enfant dont il était aimé par-dessus tout, consistait à flatter jusqu'au bout les illusions auxquelles elle le voyait en proie. Que de fidélité, dans cette confiance robuste en un rétablissement opéré par elle! Avec quel courage elle se sacrifiait elle-même à ces caprices maladifs, soutenue par l'espérance d'un heureux avenir, que peut-être elle ne verrait jamais luire! Quelque peu intimes que fussent mes relations avec miss Elmslie, sa situation, telle que je l'envisageais maintenant, mettait mon cœur à la gêne.

« Ils m'appellent Monkton-le-Fou! s'écria-t-il, rompant le silence qui, depuis quelques minutes, régnait entre nous... Ici comme en Angleterre, tout le monde, sauf Ada et vous, me croit privé de ma raison... A un moment donné, je lui ai dû mon salut; vous y contribuerez à votre tour. Un instinct secret me l'a dit lorsque je vous ai rencontré vous promenant dans la Villa-Reale... Je luttais contre un vif désir de vous confier mon secret ; mais je n'ai pu y résister plus longtemps en vous retrouvant cette nuit au bal, dans ce recoin paisible où vous étiez seul, et où le fantôme semblait m'entraîner vers vous... Développez cette idée que vous avez eue pour découvrir la localité où le duel a eu lieu... Si je pars demain pour faire moi-même cette recherche, où faudra-t-il aller d'abord ?... Où donc ? dites-le moi, je vous prie ! »

Il s'arrêta ; ses forces s'épuisaient évidemment, et sa pensée se troublait...

« Qu'ai-je à faire ! Je ne m'en souviens déjà plus... Vous savez tout maintenant, ne pourriez-vous me venir en aide ?... Je suis hors d'état, accablé par le malheur, de me tirer d'affaire tout seul. »

Il s'interrompit un instant, et reprit ensuite, parlant entre ses dents, de l'échec certain qu'il encourrait s'il se rendait seul à la frontière ; il laissa aussi échapper quelques paroles ambiguës sur les suites fatales que tout retard pourrait avoir. De même il voulut prononcer le nom de sa bien-aimée ; mais la voix lui manqua dès la première syllabe, et se détournant de moi par un brusque mouvement, il fondit en larmes.

La pitié qu'il m'inspirait en ce moment l'emporta sur ma prudence, et, sans tenir compte de la responsabilité que j'allais prendre, je lui promis aussitôt de faire pour lui tout ce qu'il désirait.

Le triomphe insensé que sa physionomie exprima,

tandis qu'il s'élançait vers moi pour saisir ma
main, me prouva qu'un peu plus de prudence eût
été de mise, mais il était trop tard maintenant pour
rétracter ce que j'avais dit. Tout ce que je pouvais
faire de mieux, désormais, était de lui rendre
quelque tranquillité, puis d'aller réfléchir à l'écart,
et de peser froidement avec moi-même les chances
de l'affaire où je m'engageais.

« Oui, oui, reprit-il, répondant au peu de paroles
par lesquelles j'avais tâché de le calmer... Vous
pouvez vous rassurer à mon égard... Après ce que
vous venez de me dire, je vous promets un sang-
froid et une tranquillité à toute épreuve. L'apparition m'est familière depuis si longtemps qu'elle ne
produit aucun effet sur moi, si ce n'est dans quelques circonstances exceptionnelles. J'ai d'ailleurs
ici, — dans ce petit paquet de lettres, — un remède
souverain contre toutes mes angoisses de cœur....
Ce sont les lettres de ma chère Ada ; je les lis pour
me calmer, chaque fois que mon malheur semble
sur le point d'épuiser ma patience. J'ai passé à les
lire cette demi-heure de délai que j'avais réclamée
de vous avant votre arrivée, et cela, pour me préparer à l'entrevue que nous devions avoir. Une fois
que vous serez parti, je les relirai encore... Je vous
répète donc que vous n'avez rien à redouter de
moi... Votre appui me garantit un succès certain,
et lorsque nous retournerons en Angleterre, Ada
vous remerciera comme vous le méritez... Si vous
entendez ces imbéciles Napolitains causer entre

eux de ma prétendue folie, ne prenez pas la peine de les contredire... C'est là une méprisable calomnie qui se détruira d'elle-même. »

Je le quittai avec promesse de revenir le lendemain de bonne heure.

Rentré à l'hôtel, je compris qu'il ne fallait pas songer à m'endormir, après tout ce que je venais de voir et d'entendre. Aussi allumai-je ma pipe, et m'efforçai-je, assis à une croisée, — quel soulagement ne trouvais-je pas dans le calme aspect du clair de lune ! — de combiner ce qu'il y avait de mieux à faire. Je ne devais pas compter, tout d'abord, sur les médecins d'Alfred, ou sur les amis qu'il avait laissés en Angleterre. Je n'étais d'ailleurs nullement convaincu que le dérangement partiel de son intelligence m'autorisât à trahir les secrets dont il m'avait confié la garde.

De plus, après l'engagement imprudent que j'avais pris vis-à-vis de lui, je devais envisager d'avance comme parfaitement inutiles toutes les tentatives que je pourrais faire pour le détourner de cette espèce de chasse funèbre qui devait lui faire découvrir les restes de son oncle.

Cette double conclusion une fois admise, le seul doute essentiel qui me restât était de savoir s'il m'était permis de l'aider dans une recherche aussi extraordinaire.

En admettant que mon secours lui fournît les moyens de retrouver le corps de M. Monkton, et de le ramener avec lui en Angleterre, m'était-il bien

permis de me prêter ainsi à l'accomplissement du
mariage qui devait s'ensuivre, — mariage que tout
le monde, peut-être, avait mission d'empêcher?

Ceci m'amena naturellement à me rendre un
compte exact de sa folie, ou, — pour parler plus
correctement et en termes plus ménagés, — de son
hallucination.

En toute matière ordinaire, il était incontes-
tablement sain d'esprit; son récit même, à n'envisager que l'exposé des faits, avait été ce soir-là
parfaitement net et bien lié. Pour ce qui est
de l'apparition, bien des hommes, qui passaient
pour raisonnables, se sont crus en butte aux
poursuites d'un fantôme, et ont même fait de
ce phénomène le sujet de spéculations profondément philosophiques. Selon moi, la seule folie
véritable qu'on pût imputer à Monkton, était sa
confiance dans l'accomplissement de l'antique prophétie, et l'idée conçue par lui que la prétendue
apparition lui avait été envoyée d'en haut pour
l'avertir qu'il eût à détourner les conséquences du
fatal oracle. Tout cela était parfaitement clair, et
on pouvait, avec non moins d'évidence, attribuer ces
deux illusions, d'abord à la vie solitaire qu'il avait
menée, puis à la nature excitable de son tempéra-
ment, d'autant plus accessible aux influences de la
solitude, qu'il subissait déjà celle d'une infirmité
mentale héréditairement infligée à tous les Monkton.

Cette infirmité devait-elle être regardée comme in-
curable? Miss Elmslie, bien mieux au courant que je

ne pouvais l'être, montrait pas sa conduite qu'une
telle guérison ne lui semblait pas impossible. Avais-
je un motif suffisant, avais-je dès lors le droit de décider, sans autre examen, qu'elle s'était trompée? Et,
à supposer que je refusasse de me rendre sur la frontière avec Monkton, — comme j'étais certain qu'il
partirait seul, qu'il commettrait faute sur faute, et
s'exposerait peut-être à toute espèce d'accidents, —
pouvais-je donc, libre de mon temps, continuer à
Naples le rôle d'un homme oisif et l'abandonner à
sa destinée, alors que le plan de son expédition lui
avait été suggéré par moi, et que mes indications
à ce sujet m'avaient valu toute sa confiance?

C'est ainsi que j'agitais au fond de moi-même ces
questions délicates, libre d'ailleurs, — je puis
ajouter ceci, — de les envisager à un tout autre
point de vue que celui des hommes positifs.

Contempteur de tous les récits fantastiques, je
croyais fermement qu'Alfred se trompait, en supposant qu'il avait vu son oncle lui apparaître avant
que la nouvelle de la mort de M. Monkton fût parvenue en Angleterre; par conséquent, je ne partageais en aucune façon les illusions de mon malheureux ami, quand je pris le parti définitif de
l'accompagner dans ses étranges recherches.

Peut-être bien me laissai-je entraîner à cette résolution par le penchant étourdi qui me portait
alors vers toute aventure extraordinaire; mais, —
pour n'être pas injuste envers moi-même, — je dois
ajouter que j'obéis aussi à ma sympathie réelle

pour le jeune Monkton, et à mon sincère désir d'alléger, si je le pouvais, les anxiétés de cette pauvre enfant qui, dans notre lointaine Angleterre, gardait à mon ami une fidélité si touchante.

Quelques arrangements, — que notre départ rendait indispensables, et que je dus prendre à l'issue d'une seconde conférence avec Alfred, — révélèrent à la plupart de nos amis de Naples le but du voyage que nous allions entreprendre.

L'étonnement fut général et poussé fort loin; il resta convenu à peu près pour tous, — et très-ouvertement, puisqu'on me le disait à moi-même, — que j'avais, moi aussi, la cervelle un peu dérangée. Il y eut de braves gens qui, pour combattre ma résolution, me racontèrent les nombreux méfaits de Stephen Monkton, — comme si l'intérêt que je lui portais personnellement eût été le principal mobile qui me poussait à chercher ses restes!... Ni de tels arguments, ni les moqueries qui m'assaillaient de toutes parts, ne purent m'ébranler : mon parti était pris, et alors, comme aujourd'hui, une indomptable obstination faisait le fond de mon caractère.

Deux jours m'avaient suffi pour faire tout préparer, et j'enjoignis à la voiture qui devait venir nous prendre, de se trouver devant la porte quelques heures avant le moment où il avait été convenu, dans le principe, que nous nous mettrions en route. Tous les Anglais de notre connaissance nous avaient promis, en plaisantant, un *hourrah* d'adieu, et — pour le compte de mon ami plutôt que pour le

mien,—je voulais éluder l'effet de cette joviale menace; les préparatifs du voyage l'avaient, en définitive, surexcité par delà tous mes souhaits. C'est
pourquoi, le soleil à peine levé, sans que personne
fût dans les rues pour s'ébahir sur notre passage,
nous quittâmes Naples à petit bruit.

Personne ne s'étonnera, j'imagine, que j'aie eu
quelque peine à me bien mettre dans la tête le rôle
qui m'était assigné; on doit comprendre qu'il répu-
gnait à mes instincts de chercher à prévoir l'avenir
le plus immédiat, au moment où je me mettais en
campagne avec « Monkton-le-Fou » pour courir,
sur toute la frontière des États-Romains, après le
cadavre d'un misérable duelliste!

V

J'avais décidé qu'il vaudrait mieux, pour notre
début, installer notre quartier général dans la petite
ville de Fondi, dans le voisinage immédiat de la
frontière; et, moyennant l'intervention de notre
ambassade, j'avais obtenu que le cercueil de plomb
nous suivrait jusque-là, solidement fixé dans sa
caisse d'emballage. Outre nos passe-ports, nous
étions bien munis de lettres de recommandation
pour les autorités locales des villes frontières les

plus importantes, et, ce qui valait mieux, nous
avions à notre disposition (grâce à l'immense fortune de Monkton) autant d'argent qu'il nous en
fallait pour nous assurer le concours de toutes les
personnes qu'il serait bon d'associer à nos recherches.

Ces différentes ressources nous donnaient amples
facilités d'agir, pourvu toutefois que nous parvins-
sions à découvrir les restes de notre malheureux
champion. Mais si nous venions à échouer en cela,
— et rien ne semblait plus probable, — l'avenir
s'offrait à moi sous des couleurs assez sombres,
surtout après la responsabilité que je n'avais pas
craint d'assumer sur moi. J'avoue que je me sentais
mal à l'aise et tout à fait découragé, pendant que
nous suivions en poste, et sous l'ardent soleil d'Italie, la grande route qui mène à Fondi.

Nous y arrivâmes en deux jours tout à notre aise,
car j'avais insisté, dans l'intérêt de Monkton, pour
que le voyage se fît sans aucune hâte.

Pendant la première journée, l'excessive agitation de mon compagnon de route me causa quelques
légères alarmes. Il manifestait de plus d'une façon
les symptômes d'un trouble d'esprit que je n'avais
pas encore observé en lui. Le second jour, cependant, il sembla s'être accoutumé à contempler avec
calme la perspective nouvelle des recherches auxquelles nous allions nous livrer, et, sauf un point, se
montra d'une sérénité, d'un calme assez rassurants.

Toutes les fois qu'il était question entre nous de

la mort de son oncle, il s'entêtait, — sur la foi de
l'antique prophétie et sous l'influence de l'apparition que, toujours, il voyait ou croyait voir, — il
s'entêtait à prétendre que le cadavre de Stephen
Monkton, en quelque lieu qu'il pût être, n'avait pas
encore reçu la sépulture. Sur n'importe quel autre
sujet, il déférait à mes paroles avec la complai-
sance, la docilité la plus absolue; mais il maintenait sur celui-ci sa bizarre opinion, avec une obstination qui mettait au défi les raisonnements, les
persuasions de tout ordre.

Nous fîmes halte le troisième jour à Fondi. La
caisse d'emballage qui renfermait le cercueil nous
arriva peu après, et fut entreposée sous clef dans
un endroit sûr. Nous louâmes des mules et prîmes
à gages un homme que sa parfaite connaissance du
pays mettait à même de nous guider. Il m'avait
semblé que nous devions, jusqu'à nouvel ordre,
nous abstenir de confier à personne le véritable
objet de notre voyage, sauf quelques exceptions,
soigneusement choisies dans les hautes classes de
la société. Sous ce rapport, nous nous trouvions amenés à suivre l'exemple des duellistes sur la piste desquels nous nous étions mis; et c'est ainsi que le
quatrième jour, de fort bonne heure, nous quittâmes
Fondi, emportant avec nous des albums et des
boîtes à couleurs, ce qui nous donnait les dehors de
ces artistes nomades qu'on voit maintenant partout,
en quête de paysages pittoresques.

Après avoir marché quelques heures, en deçà de

la frontière des États-Romains, dans la direction du
nord, nous nous arrêtâmes pour nous reposer, —
nous et nos mules, — dans un pauvre petit village,
sis à l'écart de la route que suivent en général les
touristes.

La seule personne de quelque importance que
renfermât cette misérable bourgade, était le curé
chargé de la desservir, et ce fut à lui que j'allai
demander mes premiers renseignements, laissant
Monkton et le guide attendre mon retour.

Je parlais assez couramment l'italien pour faire
comprendre ce que j'avais à dire, et je mis à exposer notre situation autant de prudence que de politesse; mais, nonobstant toutes les peines que je me
donnai, chaque parole sortie de mes lèvres ne ser-
vit qu'à effaroucher, qu'à troubler davantage le
pauvre prêtre, déjà ému de notre arrivée.

L'idée seule d'un duel organisé, — d'un homme
mort à la suite de ce duel, — semblait lui faire
perdre la tête. Il saluait, promenait ses mains dans
toutes ses poches, levait les yeux vers le ciel, et secouant les épaules d'un air piteux, finit par pro-
tester, — avec les circonlocutions bavardes que
les Italiens trouvent si vite, — de son ignorance
absolue sur tout ce dont j'étais venu l'entretenir.

C'était pour moi un premier échec. Avouerai-je
ma faiblesse? J'étais légèrement découragé quand
je rejoignis Monkton et le guide.

Lorsque la chaleur du jour fut un peu tombée,
nous reprîmes notre voyage.

4.

A quelque trois milles de la bourgade que nous venions de quitter, la route, disons mieux, les ornières creusées par le passage des charrettes, formant une espèce d'embranchement, s'écartaient dans deux directions opposées.

Le sentier à droite, — notre guide nous l'apprit, — menait, à travers les montagnes, jusqu'à un couvent situé à six milles de cette bifurcation. En poussant au delà du couvent, nous atteindrions très-vite la frontière napolitaine.

Le sentier à gauche nous conduirait, au contraire, dans l'intérieur du territoire romain, et aboutissait à une petite ville où il nous serait loisible de passer la nuit. Le territoire romain était, en premier lieu, celui qui nous offrait le plus de chances dans nos recherches; d'un autre côté, en supposant que nous revinssions à Fondi sans avoir rien trouvé, nous étions toujours à même de visiter le couvent. En outre, le chemin de gauche traversait, dans sa plus grande étendue, le pays que nous nous étions promis d'explorer, et j'avais pour axiome qu'il faut toujours attaquer le bœuf par les cornes; — aussi primes-nous la résolution virile de suivre la direction que je viens d'indiquer.

L'expédition à laquelle nous nous vîmes ainsi entraînés dura toute une semaine, sans produire aucun résultat : nous ne découvrîmes absolument rien, et revînmes à notre quartier général de Fondi, si complétement déçus dans nos espérances, que nous ne savions vraiment plus où porter nos pas.

L'effet que ce premier revers produisit sur Monkton me troublait bien autrement que le revers en lui-même. A peine revenions-nous sur nos pas, que j'avais pu noter en lui un abattement, un découragement inattendus. D'abord inquiet et plein de caprices, il était ensuite devenu silencieux et morne. En fin de compte, je le vis s'absorber dans une léthargie intellectuelle et physique, dont je m'alarmai sérieusement.

Le jour qui suivit notre retour à Fondi, Alfred manifesta un incessant désir de sommeil, qui me fit croire à un commencement de maladie cérébrale. Ce fut à peine si, dans toute cette journée, il échangea une seule parole avec moi, et il ne me parut jamais bien éveillé.

Le lendemain matin, de bonne heure, j'entrai dans sa chambre, où je le trouvai aussi muet, aussi assoupi que la veille. Son valet de chambre, qui nous accompagnait, m'informa qu'Alfred avait déjà laissé paraître une ou deux fois, — pendant la vie de son père, à Wincot-Abbey, — des symptômes extérieurs d'épuisement intellectuel, pareils à ceux que nous observions maintenant. Ce renseignement me rassura quelque peu, et me permit de réfléchir plus paisiblement sur la mission qui nous avait ramenés à Fondi.

Je résolus d'employer le temps que mon compagnon mettrait à se remettre, en continuant seul les recherches commencées de concert. Le chemin à main droite, qui conduisait vers le couvent, n'a-

vait pas encore été parcouru : en y portant mes
investigations je ne m'éloignerais jamais de Monkton pour plus d'une nuit, et pourrais, à mon retour,
lui donner au moins la satisfaction de savoir que
nous avions encore éclairci une des incertitudes
relatives à l'endroit où s'était accompli le duel. Ces
considérations me décidèrent. Je laissai un message pour mon ami, dans le cas où il s'inquiéterait
de mon départ, et je repris la route du village où
nous avions fait halte au début de notre première
expédition.

Ayant pris mon parti d'arriver à pied au couvent,
je laissai le guide et les mules à la bifurcation des
deux routes, et leur enjoignis de retourner au village pour y attendre mon retour.

Les quatre premiers milles de la route montaient
en pente douce à travers un pays découvert ; mais
ensuite, l'ascension devenait tout à coup plus pénible, et, pénétrant toujours plus avant, j'arrivai
parmi des broussailles et des bocages intermi-
nables.

Au moment où ma montre m'avertissait que j'a-
vais dû franchir à peu près la distance marquée, je
me trouvai dans un endroit où le regard était arrêté
de tous côtés par un impénétrable rideau de
branches et de feuillages, qui, s'étendant également-
ment au-dessus de ma tête, me dérobait l'aspect du
ciel.

Je continuai à suivre mon unique guide, à savoir
le sentier escarpé, qui, dix minutes après, débou-

chant tout à coup sur une clairière assez unie, me
conduisit en face du couvent.

C'était un bâtiment sombre et bas, de mine sinistre : nulle part, aux alentours, le moindre mouvement, le moindre signe de vie.

De longues traînées vertes zébraient en tous sens
la façade, jadis blanche, de l'église conventuelle.
Dans toutes les crevasses de la muraille massive
qui entourait le saint édifice, la mousse germait
abondamment. De longues plantes échevelées poussaient dans les fissures du toit et des parapets, et,
entraînées vers la terre qu'elles n'avaient pas rejoint
encore, flottaient paresseusement au dedans et au
dehors des lourdes fenêtres grillées.

Auprès de la porte pendait un cordon de cloche
dont la poignée était brisée. J'en approchai, —
j'hésitai sans savoir pourquoi ; — je levai de nouveau les yeux vers le couvent, dont je me mis alors
à faire le tour, en partie pour me ménager le temps
de la réflexion, en partie parce que j'éprouvais une
inexplicable curiosité dont je m'étonnais moi-même,
mais qui ne m'en poussait pas moins à examiner
l'extérieur du bâtiment, avant de chercher à m'en
ménager l'accès.

Au chevet de l'édifice, je découvris une espèce de
hangar appuyé au mur, — construction grossière
que le temps avait à moitié détruite, et dont le toit
s'était en grande partie écroulé à l'intérieur. Sur
l'une des parois latérales, je remarquai une cavité
irrégulière qui avait dû être jadis la baie d'une

fenêtre. Derrière le hangar, le bois se refermait, plus dense que partout ailleurs. En regardant ces arbres pressés l'un contre l'autre, je ne pouvais plus me rendre compte ni des mouvements ni de la nature du terrain ; — je ne voyais plus que feuillages envahissants, buissons enchevétrés, bruyères touffues, herbes longues et luxuriantes.

Pas un son ne venait rompre ce silence qui m'oppressait. Pas un chant d'oiseau ne s'élevait de ces masses de feuillage au milieu desquels j'étais perdu ; derrière le mur sombre et rechigné, aucune voix ne s'élevait dans les jardins du couvent. L'heure ne sonnait pas au beffroi de la chapelle. Dans le hangar ruiné, nul chien n'aboyait. Un silence de mort ajoutait je ne sais quelle inexprimable horreur à celle d'une solitude si complète. Je commençais à sentir mon esprit fléchir sous leur influence écrasante, — et cela d'autant mieux que je n'ai jamais beaucoup aimé à errer dans la profondeur des bois.

L'espèce de félicité pastorale que dépeignent les poëtes quand ils chantent la vie libre et cachée de l'habitant des forêts, n'a jamais eu, à beaucoup près, dans mon esprit, le même charme que celle dont jouit le montagnard ou l'habitant des plaines. Lorsque je suis dans un bois, l'ample beauté des cieux manque à mes regards, ainsi que la douceur ineffable des horizons lointains et à moitié perdus dans la brume. Je ressens, à demi étouffé, la modification que subit l'air libre quand il a pénétré une fois sous les voûtes épaisses où les arbres le retien-

nent, — et cette lueur mystérieuse qui filtre à travers les branches, semant çà et là d'étranges
reflets, m'a toujours semblé plus solennelle qu'attrayante.

On m'accusera peut-être de manquer de goût, et
de refuser aux splendides efflorescences de la vé-
gétation l'hommage qui leur est dû ; mais je ne
pénètre jamais dans un bois sans apprécier comme
le meilleur moment de ma promenade, celui où je
débouche en rase campagne, sur les dunes les plus
stériles, sur les coteaux les plus dépouillés, sur la
cime la plus nue et la plus revêche d'une montagne
quelconque ; — peu m'importe, pourvu que j'aie le
ciel sur la tête et que mon œil se porte sans obstacle
sur tous les points de l'horizon lointain !

Après un aveu commé celui que je viens de faire,
personne ne s'étonnera que, debout auprès de l'appentis ruiné, j'éprouvasse le vif désir de retourner
sur mes pas et de me tirer comme je pourrais de ce
labyrinthe boisé.

Je m'apprêtais en effet à m'éloigner, lorsque le
souvenir de la mission que je venais remplir au
couvent, m'arrêta pour ainsi dire sur place. Il était
douteux, si je sonnais la cloche, qu'on m'admît
dans l'enceinte monacale ; et plus que douteux, une
fois admis, que les habitants de cette sainte retraite
fussent à même de faciliter mes recherches par le
plus simple renseignement. Je n'en devais pas
moins à Monkton de ne rien négliger pour l'assister
dans cette exploration qu'il poursuivait ainsi contre

toute espérance. Aussi pris-je le parti de revenir devant la grande porte du couvent, et de sonner la cloche à tous risques.

Ce fut par le plus grand des hasards que, venant à passer contre celle des murailles de l'appentis où était pratiquée l'ouverture irrégulière dont il a été question, j'observai qu'elle était percée un peu plus haut que de raison.

Au moment où cette remarque venait de m'arrêter, l'épaisse atmosphère du bois me sembla plus suffocante et plus intolérable que jamais.

Prolongeant ma halte d'une minute ou deux, j'en vins à défaire ma cravate pour respirer plus à l'aise.

Ce n'était pas là, bien certainement, une atmosphère naturelle. La difficulté de respirer m'affectait moins désagréablement que certaine odeur vague et difficile à décrire, — une odeur que je ne connaissais pas encore — une odeur qui (maintenant que j'y prenais garde), semblait émaner de cet affreux hangar, plus distincte à mesure que je m'en rapprochais.

Quand je m'en fus assuré par deux ou trois épreuves, ma curiosité s'éveilla. Les fragments de pierres et de briques foisonnaient autour de moi ; j'en amoncelai une certaine quantité au-dessous de la baie irrégulière que j'ai décrite, et non sans quelque honte d'agir ainsi, je regardai furtivement à l'intérieur du hangar...

L'horrible spectacle que j'eus alors sous les yeux

en ce moment, est aussi présent à mes souvenirs
que si cette scène datait d'hier. Malgré le temps qui
s'est écoulé depuis lors, tout au plus le puis-je décrire sans éprouver le même serrement de cœur qui
me prit au moment où je le contemplai pour la première fois.

Sur une espèce de table, soutenue par des tréteaux, gisait une forme longue, également teinte
d'un bleu vague et léger ; elle offrait comme la
hideuse ébauche d'un corps et d'un visage humain.

En y regardant à deux fois, je vis que c'était
bien cela.

Les reliefs du front, du nez, du menton se dessi-
naient comme sous un voile transparent, — ici la
poitrine bombée, au-dessous un affaissement subit,
— plus loin la proéminence des genoux et la roideur
immobile des pieds dressés sur leurs talons..... Je
regardai derechef, et plus attentivement encore.....
Mes yeux s'habituaient à l'obscure clarté que laissaient pénétrer les fissures du toit, et je m'assurai,
en calculant des pieds à la tête la longueur du cadavre, que ce devait être celui d'un homme, —
cadavre jadis enveloppé d'un suaire, et qu'on avait
laissé se corrompre au grand air assez longtemps
pour que cette enveloppe funéraire, moisissant elle
aussi, prît la teinte livide et bleuâtre que je lui
voyais maintenant.

Je ne sais combien de temps je demeurai les yeux
arrêtés sur ce tableau sinistre, sur ces débris d'un

être humain, privés de la sépulture qui leur était
due, saturant l'air de leurs infectes émanations, et
qui semblaient corrompre jusqu'aux rayons de lumière à l'aide desquels je les pouvais discerner. Je
me rappelle parmi les arbres un bruit sourd et lointain, celui de la brise qui s'élevait, — ses progrès
lents et furtifs jusqu'à l'endroit où je demeurais immobile, — la chute muette d'une feuille morte qui,
pénétrant par le toit délabré du hangar, vint s'abattre en tournoyant sur le cadavre, — et l'effet immédiat que produisit sur moi cette modification si
légère de l'horrible tableau étalé sous mes yeux.....
Je sentis, à ce moment, renaître mon énergie et se
détendre l'effort de ma pensée.

Je descendis à terre où, m'asseyant sur les pierres amoncelées, j'essuyai la sueur épaisse qui couvrait mon front, sans que je m'en fusse aperçu jusqu'alors. Dans l'émotion qui ébranlait mes nerfs, il y
avait quelque chose de plus que l'horreur soulevée
en moi par le hideux spectacle en face duquel
j'avais été mis à l'improviste. A l'instant même où
sur ces tréteaux vermoulus j'avais aperçu le fardeau putréfié qu'ils soutenaient, la prédiction de
Monkton m'était revenue à l'esprit, que : « si nous
parvenions à découvrir le corps de son oncle, nous
le trouverions privé de sépulture. » Je restai convaincu, dès cet instant, que je venais de rencontrer
notre mort ; l'antique prophétie me revint à la mémoire, et j'éprouvai simultanément une foule d'impressions diverses : — mélancolie étrange, vague

pressentiment de malheurs à venir, terreur inexplicable.

Je ne pouvais songer à ce pauvre garçon qui m'attendait au loin, sans un frémissement de crainte superstitieuse, qui m'ôtait tout bon sens, toute résolution, et me laissa, — quand je fus parvenu à le dominer, — dans un état de faiblesse et d'étourdissement pareil à celui qui suit une forte douleur physique poussée à ses extrêmes limites.

Je gagnai précipitamment la porte du couvent, et tirai la cloche avec impatience. — Je sonnai derechef après quelque temps; — et j'entendis alors un bruit de pas...

Au centre de la porte massive, et juste à la hauteur de mon visage, se trouvait un petit panneau à coulisses, large à peine de quelques pouces : une invisible main le fit glisser dans ses rainures, et j'aperçus à travers le grillage deux yeux d'un gris terne, qui arrêtaient sur moi leur regard sans expression. En même temps s'élevait une voix faible et voilée :

« Que désirez-vous ? disait-elle.

— Je suis, commençai-je, un voyageur...

— Nous sommes ici, interrompit la voix, bien pauvres et bien dépourvus... Nous n'avons rien qu'on puisse montrer aux touristes.

— Je ne demande à rien voir... Je viens ici poser une question essentielle, à laquelle je crois que quelqu'un de vous pourra répondre... Si vous ne voulez pas me laisser entrer, sortez du moins, et venez me parler.

— Vous êtes seul?

— Absolument seul.

— Vous n'avez pas de femme avec vous?

— Aucune. »

J'entendis les barreaux de la porte tomber lentement, et un vieux capucin très-infirme, très-soupçonneux, très-malpropre, vint se planter devant moi.

J'étais trop agité, trop impatient pour perdre mon temps en préambules ; aussi racontai-je au moine, dès le début, comment j'avais regardé par la baie du hangar, et ce que j'y avais vu. Puis, sans le moindre ménagement, je lui demandai qui était l'homme dont j'avais eu le cadavre sous les yeux, et pourquoi le corps n'avait pas été confié à la terre?

Le vieux moine, en m'écoutant, tenait fixés sur moi ses yeux chassieux, où la méfiance allumait quelques étincelles. Il tenait à la main une misérable tabatière en fer-blanc, au fond de laquelle, tant que dura mon discours, son index et son pouce poursuivaient quelques grains de tabac épars çà et là. Lorsque j'eus fini, le capucin secoua la tête en disant « qu'il y avait, à coup sûr, dans le hangar quelque chose d'assez laid à contempler... Je n'avais certainement rien vu d'aussi laid dans tout le cours de ma vie !...

— Ce n'est pas de cette laideur que j'ai à parler, lui répliquai-je avec impatience... Je désire savoir

qui était cet homme, comment il est mort, pourquoi il n'est pas enterré selon les rites... Ne pouvez-vous me le dire? »

Les deux doigts du moine ayant fini par capturer
trois ou quatre grains de tabac, il les porta lentement jusqu'à ses narines, tenant la boîte ouverte,
pendant toute cette manœuvre, de manière à ne
rien perdre de la précieuse substance; après quoi,
humant à deux ou trois reprises, avec volupté, les
parcelles odorantes, — il referma la tabatière, —
puis me regarda de nouveau, clignant de ses yeux
chassieux avec plus de méfiance qu'il ne m'en avait
encore témoigné.

« Ma foi, disait-il, ce qu'on voit là-bas n'est
guère beau ; — notre hangar n'a rien d'attrayant! »

Je n'ai jamais eu plus de peine à me contenir,
que je n'en pris alors devant cette stupidité obstinée.
J'arrêtai au passage, néanmoins, une épithète que
j'avais sur le bout de la langue, — et qui n'avait rien
de respectueux pour la gent monacale, — afin d'essayer encore si je ne pourrais pas vaincre l'exas-
pérante réserve du vieillard. Fort heureusement
pour moi, j'étais priseur comme lui, et j'avais en
poche d'excellent macouba, que j'exhibai alors
comme une tentation irrésistible.

Je jouais là mon va-tout.

« Il m'a semblé, lui dis-je, que votre tabatière
était épuisée; me permettrez-vous de vous offrir
une prise? »

Cette libéralité fut acceptée avec un empressement

tout à fait juvénile. Le capucin accapara la plus
ample pincée que j'aie jamais vue comprise entre
l'index et le pouce d'un homme quelconque; il l'as-
pira lentement, sans en laisser choir un seul grain,
— ferma les yeux à demi, — et, avec un doux bran-
lement de tête, me passa la main tout le long du
dos, par un geste éminemment paternel.

« Oh! mon fils, disait le moine, que vous avez là
d'excellent tabac!... Cher enfant, aimable voyageur,
donnez à votre père spirituel, à ce père qui vous
aime, encore une petite prise, une prise toute petite !

— Laissez-moi remplir votre tabatière. Il m'en
restera toujours bien assez... »

Avant que j'eusse achevé cette seconde phrase,
la pauvre boîte de fer-blanc m'avait été remise, —
la main paternelle se promenait, plus caressante
que jamais, le long de mon dos, — la voix faible et
voilée se répandait en éloges flatteurs, en remer-
ciments pleins d'éloquence. J'avais évidemment
trouvé le défaut de la cuirasse, et lorsque je rendis
sa tabatière au vieux capucin, je tirai immédiatement parti de ma nouvelle situation.

« Excusez-moi, lui dis-je, de traiter encore avec
vous cet ennuyeux sujet... J'ai, voyez-vous, des
raisons particulières pour vous prier de me raconter tout ce que vous pouvez savoir au sujet de ces
horreurs cachées dans votre hangar.

— Entrez ! » répondit le moine.

Il me fit franchir le seuil, il ferma la porte et me
guidant ensuite à travers une grande cour envahie

par des herbes touffues, laquelle donnait sur un plantureux jardin potager, il me conduisit dans une longue salle au plafond bas, dont les seules décorations consistaient en un dressoir mal tenu, quelques bancs ornés de sculptures grossières, et deux ou trois sombres toiles que la moisissure envahissait.

C'était la sacristie du couvent.

« Nous sommes seuls ici, dit le vieux capucin. C'est un bon endroit, et il y fait frais. »

Si frais, c'est-à-dire si humide, que le frisson me gagnait déjà.

« Vous plairait-il visiter notre église? reprit le moine... Un vrai bijou, si nous étions assez riches pour l'entretenir; mais il s'en faut... Ah! malédiction et misère sur nous!... N'avoir pas ce qu'il faut pour entretenir notre église! »

Alors, secouant de nouveau la tête, il se mit à faire tinter entre ses doigts débiles son énorme trousseau de clefs.

« Laissons là pour le moment ce qui regarde l'église, repris-je, me contenant à peine... Pouvez-vous, oui ou non, me dire ce que je voudrais savoir?

— D'un bout à l'autre ; tout ce que vous voudrez, absolument tout... N'ai-je pas répondu au coup de cloche?... C'est toujours moi qui vais ouvrir, continua le capucin.

— Quel rapport y a-t-il, au nom du ciel, entre la cloche qui vous appelle et le cadavre non enseveli que recèle votre hangar?

« — Écoutez, mon fils, et vous le saurez... Il y a quelque temps, quelques mois,.. ah ! miséricorde, je me fais vieux, je perds la mémoire... je ne sais plus combien il y a de mois ; — quelle pitié, mon Dieu ! quel vieux moine je suis maintenant ! »

Et il se consola de sa vieillesse avec une nouvelle prise de mon délectable tabac.

« La date exacte m'importe peu, lui dis-je ; ce n'est pas cela qui doit vous préoccuper.

— Tant mieux, dit le capucin, je pourrai maintenant continuer... Eh bien ! nous disons donc qu'il y a quelques mois, — nous voilà tous assis au déjeuner,—maigres déjeuners, mon fils, que ceux qui se font en ce couvent ! — tous à déjeuner, quand nous entendons deux fois de suite un bruit terrible... Boum ! boum !... — Des coups de fusil, dis-je. — Sur quoi tirent-ils ? demande le frère Jérémie. — Sur le gibier, répond le frère Vincent... — Ah ! oui, du gibier, continue le frère Jérémie... — Si j'entends encore quelque chose, j'enverrai savoir ce qui en est, interrompt le père supérieur... Nous n'entendons plus rien, et nous voilà continuant notre méchant déjeuner.

— D'où venaient les détonations ? demandai-je.

— Elles venaient d'en bas... de derrière ces grands arbres que vous avez vus au chevet du couvent, d'un endroit où il y a une assez grande clairière, — bon terrain, ma foi, n'étaient les mares et les flaques d'eau.... Mais hélas ! que d'humidité par ici !... l'humidité nous dévore !

— Qu'arriva-t-il après ce bruit d'armes à feu ?

— Vous allez le savoir... Nous voilà tous reprenant notre déjeuner, et tous en silence, car nous n'avons pas grand'chose à nous dire, voyez-vous !... Nos dévotions, notre jardin potager, deux malheureux repas chaque jour, qu'avons-nous de plus pour nous distraire ?.. Je disais donc que nous mangions tous sans articuler un seul mot, lorsque tout à coup la cloche retentit, tirée bien plus violemment que nous ne l'entendîmes jamais. Une cloche enragée, — une cloche qui, nous trouvant bouche pleine, arrêta court le jeu de nos mâchoires... — Allez, mon frère, allez ! me dit le père supérieur... Allez, c'est votre devoir, — allez ouvrir la porte !... Je suis brave comme lion, quoique capucin. J'y vais donc sur la pointe du pied, — j'attends, — j'écoute, — j'entr'ouvre notre petit guichet, — j'attends, j'écoute encore, — je regarde par la fente, — rien, absolument rien que je puisse distinguer... Je suis brave et ne connais guère d'obstacles... Que faire alors ? J'ouvre la porte... Sainte mère du ciel, que vois-je étendu en travers du seuil ? Un homme !... et il était mort ! Un gros homme plus gros que vous, plus gros que moi, plus gros que n'importe lequel de nos religieux, serré dans un bel habit boutonné, ses yeux noirs tout grands ouverts et fixés sur le ciel, le devant de sa chemise imbibé de sang... Que faire ?... Je crie une première fois, je crie une seconde, — je reviens à toute course vers notre supérieur... »

8.

Tous les détails du fatal duel que j'avais recueillis dans le journal français dont j'avais pris
lecture chez Monkton, se représentèrent vivement
à ma mémoire. Ce que m'avait fait soupçonner le
premier coup d'œil jeté par moi dans l'intérieur du
hangar, devint à mes yeux une certitude, lorsque
j'entendis le vieux moine prononcer ces dernières
paroles.

« Jusque-là, lui dis-je, rien que de très-clair ..
Le cadavre que je viens de voir dans votre appentis
est celui de l'homme que vous trouvâtes mort à la
porte du couvent... Dites-moi, maintenant, pourquoi ses restes n'ont pas obtenu de vous un ense-
velissement honorable ?

— Doucement... doucement... doucement, répondit le capucin ; procédons avec ordre s'il vous
plaît... Le supérieur entend mes cris et vient à moi ;
nous courons tous à la porte.... Nous soulevons le
gros homme pour l'examiner de plus près... Il était
mort, aussi mort que ceci (et de la main il frappait
le dressoir).... On le tourne, on le retourne, et on
trouve fixé par une épingle, au collet de son habit,
un morceau de papier..... Ho, ho ! mon fils, ceci
vous fait tressaillir ?... Je pensais bien que je fini-
rais par vous émouvoir... »

En effet, j'avais tressailli. Ce papier était sans
doute la feuille mentionnée dans le récit inachevé
du témoin qui l'avait, disait-il, arrachée de son
agenda, et sur laquelle était écrit le résumé des accidents qui avaient amené la mort du malheureux

duelliste. Si donc nous avions manqué d'une preuve matérielle pour établir l'identité du cadavre, cette preuve désormais nous était acquise.

« Que croyez-vous qu'on avait écrit sur ce morceau de papier? continua le capucin... Nous le lûmes avec un frémissement d'horreur. Cet homme venait de mourir, frappé dans un duel... Il était mort, le misérable, désespéré, en état de péché mortel ; et ceux-là même qui avaient assisté au meurtre nous demandaient, à nous autres capucins, — gens dévots, s'il en fut, serviteurs du ciel, enfants de notre Seigneur le Pape, — ils nous demandaient de rendre à ce malheureux les derniers devoirs !... En lisant ceci nous sentîmes tous qu'on nous faisait outrage... Nous voilà gémissant, tordant nos mains, nous écartant du cadavre, arrachant notre barbe à pleines poignées...

— Un moment, interrompis-je, voyant que le vieillard s'échauffait dans son récit, et que si je n'opposais une digue à son éloquence débordante, il allait se noyer de plus en plus dans d'inutiles détails. . Un moment, de grâce, arrêtez-vous !... Ce papier fixé à l'habit du défunt, l'avez-vous conservé ?... Pourriez-vous le faire passer sous mes yeux? »

Le capucin semblait sur le point de me répondre, lorsque tout à coup il s'imposa silence. Il cessa de me regarder au visage, — et j'entendis au même moment, derrière moi, le léger bruit d'une porte qu'on ouvrait et refermait avec précaution.

Tournant la tête aussitôt, je constatai dans la sacristie la présence d'un autre moine, — personnage de haute taille, maigre, à barbe noire, devant lequel l'attitude de mon vieil ami à la tabatière se transforma tout à coup, et devint des plus édifiantes.

Je conjecturai que c'était là le père supérieur, et, dès les premières paroles qu'il m'adressa, il fut clair pour moi que j'avais deviné juste.

« Je suis à la tête de ce couvent, me dit-il d'une voix calme et sonore, en me regardant droit au visage, tandis qu'il parlait, de ses yeux froidement attentifs... J'ai entendu la dernière partie de votre conversation, et désire savoir pourquoi vous attachez un si grand prix à examiner le fragment de papier qu'on avait fixé à l'habit de ce mort. »

Le sang-froid avec lequel il avouait nous avoir écoutés, et le calme impérieux qu'il mettait à me questionner, me troublèrent et accrurent encore mes perplexités. Tout au plus, au premier abord, savais-je bien sur quel ton lui répondre. Il remarqua mon hésitation, et l'attribuant à d'autres causes que les véritables, il fit signe au vieux capucin de se retirer.

Avec une humble caresse à sa longue barbe grise, et s'administrant à la dérobée une nouvelle prise de cet excellent tabac, si fécond en consolations, mon vénérable ami se glissa hors de la chambre, — non sans m'adresser une révérence profonde au moment où il allait disparaître.

« Et maintenant, dit le père supérieur, tout aussi froidement que par le passé, j'attends, monsieur, que vous daigniez me répondre.

— C'est ce que je vais faire dans les termes les plus brefs, lui répondis-je sur le même ton.... Je constate avec dégoût, avec horreur, que dans un des bâtiments accessoires de votre couvent, un cadavre est déposé, lequel aurait dû être enfoui depuis longtemps... Je crois que ce cadavre est celui d'un *gentleman* anglais, riche et bien né, qui a péri à la suite d'un duel. Je suis venu dans les environs avec le neveu et unique parent du défunt, tout précisément pour y chercher ses restes, et si je demande à voir le papier fixé à l'habit du mort, c'est que je compte trouver dans ce papier de quoi dissiper toutes les incertitudes du parent auquel je viens de faire allusion. ... Trouvez-vous ma réponse suffisamment claire et nette? comptez-vous me donner la permission d'examiner le papier?

— Votre réponse me paraît catégorique, et je n'ai aucuns motifs de vous refuser la communication à laquelle vous tenez si fort, me répondit le supérieur ; mais au préalable, passez-moi quelques observations... En parlant de l'impression que l'aspect du cadavre a produite sur vous, vous avez employé les mots de « dégoût » et « d'horreur. » Ce laisser aller de paroles, touchant ce que vous avez pu voir à l'intérieur d'un couvent, me prouve que vous n'appartenez pas à la sainte Eglise catholique. Cela seul me dispenserait, à la rigueur, de vous fournir des explications que vous n'avez pas le droit de réclamer ...A titre officieux, cependant, je veux bien vous en donner une... L'homme dont il s'agit est mort en commettant un péché mortel, dont l'absolution n'a pu lui être donnée. Ceci résulte du papier trouvé sur son corps, et nous savons, par le témoignage de nos yeux et de nos oreilles, qu'il a été tué sur le territoire pontifical, au moment même où il violait les édits spéciaux contre le duel, édits dont le Saint-Père lui-même, par des lettres signées de sa main, vient de prescrire l'exécution la plus stricte aux fidèles qui peuplent ses Etats... Le sol de ce couvent est ce que nous appelons « terre sainte, » et nous n'avons pas coutume, nous autres catholiques, d'enfouir en terre sainte les bannis de l'Eglise, les ennemis de notre Saint-Père, les violateurs de nos lois les plus sacrées... Hors de ce couvent, nous n'avons aucun droit, aucune autorité... En fût-il autrement, nous nous souviendrions encore que nous sommes des moines, non des fossoyeurs, et que pour obtenir notre participation à des funérailles quelconques, il faut que ces funérailles puissent être faites selon les rites de l'Eglise et avec les prières qu'elle prescrit... Là se borne l'explication que je crois utile de vous donner.... Maintenant veuillez m'attendre, et le papier en question passera sous vos yeux. »

Le supérieur, à ces mots, sortit de la sacristie, aussi paisiblement qu'il y était entré.

J'avais à peine eu le temps de méditer cette amère

et disgrácieuse réplique, — qui n'avait pas laissé de me mortifier quelque peu, — lorsque le supérieur revint avec le papier annoncé. Il l'étala devant moi sur le dressoir, et je lus les lignes suivantes, précipitamment tracées au crayon :

« *Nous attachons ce papier au corps de M. Stephen Monkton, gentilhomme anglais de haute naissance. Il a succombé à la suite d'un duel où les deux champions se sont honorablement et vaillamment conduits. Son corps est déposé au seuil de ce couvent, avec l'espoir que ceux qui l'habitent voudront bien lui accorder les honneurs funèbres; et cela, parce que les personnes survivant au combat se voient réduites à se disperser, à fuir sans retard, pour se soustraire à un danger imminent. Je soussigné, témoin du défunt, certifie, sur ma parole de gentilhomme, que M. Monkton a été frappé loyalement, en conformité stricte avec les conventions faites d'avance pour l'accomplissement de ce duel.* »

Pour toute signature, une F..... Il était aisé d'y reconnaître l'initiale du nom de M. Foulon, le témoin de M. Monkton, décédé à Paris peu de temps après la fatale rencontre.

Ainsi donc la découverte était faite, l'identité n'offrait plus de doutes. Il ne fallait plus que rapporter le tout à mon ami, et obtenir la permission de retirer du hangar les restes de son oncle. J'étais presque tenté de me refuser au témoignage de mes propres sens, en voyant accompli déjà, par le seul fait du hasard, le dessein, en apparence imprati·

cable, qui nous avait entraînés hors de Naples.

« Ce papier, dis-je en le restituant au moine, constitue un témoignage irrécusable... Nul doute que les restes abrités dans votre hangar ne soient les mêmes que nous sommes venus chercher..... Pourrais-je savoir si quelques difficultés seront soulevées, au cas où le neveu de feu M. Monkton voudrait transporter en Angleterre, pour les déposer dans le tombeau de famille, les restes mortels de son malheureux oncle ?

— Où est ce neveu ? demanda le supérieur.

— A Fondi, où il attend mon retour.

— Est-il à même d'établir les liens de parenté qui l'unissaient au défunt ?

— Sans le moindre doute ; les papiers dont il est porteur ne sauraient laisser place à aucune controverse.

— Qu'il se mette donc en règle avec les autorités civiles, et personne ici ne lui contestera les droits qu'il revendique. »

Je n'étais pas d'humeur à prolonger une conversation que le langage aigre-doux de mon interlocuteur ne me rendait nullement agréable. La journée avançait rapidement ; et, dût la nuit me surprendre, j'étais bien décidé à ne plus faire halte avant d'avoir regagné Fondi. C'est pourquoi, — prévenant le supérieur qu'il entendrait bientôt parler de nous,— je le saluai poliment, et sortis en hâte de la sacristie.

Je retrouvai à la porte du couvent mon vieil ami,

l'amateur de tabac, qui m'attendait pour m'ouvrir la porte.

« Dieu vous bénisse, mon fils, me dit le vénérable reclus, en déposant sur mon épaule une dernière caresse d'adieu ; ne tardez pas à revenir voir votre père spirituel, dont vous êtes le bien-aimé..... Accordez-lui une autre prise toute petite, petite, de votre délicieux tabac. »

VI

Je revins à toute course dans le village où j'avais laissé les mules ; je les fis seller immédiatement, et je me retrouvai à Fondi peu d'instants avant le coucher du soleil.

En montant l'escalier de l'hôtel, j'étais en proie à l'incertitude la plus pénible, ne sachant trop sous quelle forme seraient le mieux accueillies les révélations que j'avais à faire.

Si je ne parvenais pas à préparer Alfred, le mieux possible, aux nouvelles que j'apportais, une organisation comme la sienne pouvait rendre fort graves les conséquences d'une pareille révélation. Je n'étais rien moins que sûr de moi-même quand j'ouvris la porte de sa chambre, et lorsque je fus en face de lui, son accueil me prit tellement à

court, que pendant une minute ou deux je me trouvai complétement hors de garde.

Il ne restait aucune trace de la léthargie où je
l'avais vu plongé pendant notre dernier entretien.
Ses yeux brillaient, ses joues étaient animées. A
mon entrée il se redressa vivement, et refusa la
main que je lui tendais.

« Votre conduite à mon égard n'a pas été celle
d'un ami, me dit-il d'un ton irrité... Vous n'aviez
pas le droit de poursuivre seul les recherches que
nous faisions en commun.... Vous n'aviez pas le
droit de me laisser seul ici... . J'ai eu tort de me
fier à vous : vous ne valez pas mieux que les
autres. »

J'étais peu à peu revenu de ma première surprise,
et me vis en état de répliquer sans lui laisser le
temps de poursuivre. Il était tout à fait inutile, vu
sa situation, soit d'argumenter avec lui, soit de me
défendre. Je pris donc le parti de tout risquer, en
lui faisant immédiatement connaître les résultats de
ma tournée.

« Vous serez plus juste envers moi, Monkton, lui
dis-je en l'interrompant, lorsque vous saurez quel
service j'ai pu vous rendre pendant ma courte absence... Ou je me trompe fort, ou le projet qui nous
a fait quitter Naples va bientôt nous y ramener
tous deux... »

La rougeur qui couvrait ses joues s'effaça presque
instantanément. Sans que j'en eusse conscience,
l'expression de ma physionomie, l'accent de ma voix,

par quelque nuance inperceptible, venaient, grâce à la subtilité de ses impressions nerveuses, de lui en dire plus long que je ne l'aurais voulu tout d'abord. Ses yeux s'arrêtèrent sur les miens avec une fixité profonde; sa main étreignit mon bras, et d'une voix basse, d'un ton passionné :

« Dites-moi tout de suite ce qui en est!... L'avez-vous retrouvé? »

Il était trop tard pour reculer. Ma réponse fut affirmative :

« Sous terre.... ou sur terre? »

Sa voix s'était brusquement élevée pour m'adresser cette question, et celle de ses mains qui était encore libre vint se cramponner à mon autre bras.

« Sur terre. »

A peine ces deux mots prononcés, le sang afflua de plus belle sur les joues d'Alfred; ses yeux, toujours fixés sur les miens, prirent un éclat singulier; il poussa un triomphant éclat de rire qui m'émut et me révolta au delà de toute expression.

« Que vous disais-je? Que pensez-vous maintenant de la vieille prophétie? s'écria-t-il, en lâchant mes deux bras pour arpenter la chambre en long et en large. Convenez que vous aviez tort!.. Convenez-en, comme il faudra que tout Naples en convienne quand on l'y verra revenir dans son cercueil! »

Ses éclats de rire devenaient de plus en plus bruyants. Je voulus, mais en vain, le calmer. Son valet de chambre et le maître de l'auberge accoururent au bruit; mais leur présence ne faisait qu'alimenter l'incendie, et je les priai de se retirer.

En refermant la porte sur eux, je remarquai, déposé sur une table voisine, le paquet des lettres de miss Elmslie, que mon malheureux ami conservait avec tant de soin, et lisait, relisait sans cesse avec une si tendre assiduité. Comme il me regardait lorsque je passai près de la table, il vit, lui aussi, ces lettres; et l'aspect de ce trésor, qui lui rappelait sa fiancée, se combinant avec l'espoir nouveau qu'avait déjà fait naître en lui la nouvelle dont j'étais le porteur, sembla le bouleverser à l'instant même. Ses rires cessèrent; son visage changea; il courut vers la table, saisit ces lettres, et son regard se détachant d'elles pour venir à moi, prit une expression qui m'alla droit au cœur.

Alfred, ensuite, s'affaissa sur ses genoux auprès de la table, posa son front sur les lettres, et fondit en larmes.

Je laissai un libre cours à cette émotion nouvelle, et quittai l'appartement sans dire un seul mot.

Lorsque j'y rentrai, au bout de quelque temps, je le trouvai tranquillement assis sur un fauteuil, et lisant une des lettres qu'il avait prises dans le paquet encore étalé sur ses genoux.

Sa physionomie n'exprimait plus que les meilleurs sentiments, et quand il se leva pour venir à moi, m'offrant la main avec une visible inquiétude, ce geste, dans sa douceur et dans sa délicatesse, avait quelque chose de vraiment féminin.

Il était maintenant bien assez calme pour entendre, sans trop d'émotion, le récit que j'avais à lui faire. Je n'en retranchai rien, sauf les détails relatifs à l'état dans lequel j'avais retrouvé le cadavre.

Quant à nos démarches futures, je n'en revendiquai nullement l'initiative, ne me réservant que le droit absolu de surveiller l'enlèvement du corps, et le priant de se borner à l'examen de l'écrit signé par M. Foulon, quand il aurait reçu de moi l'assurance que les restes enfermés dans le cercueil étaient bien ceux qui avaient fait l'objet de nos recherches.

« Vos nerfs, lui dis-je par manière d'excuse, ne sont pas aussi robustes que les miens; c'est ce qui me fait solliciter de vous la direction de tout ce qui reste à faire, jusqu'au moment où j'aurai remis dans vos mains le cercueil de plomb bien et dûment scellé..... Ceci accompli, je donne ma démission.

— Je n'ai pas de mots pour reconnaître vos bontés, me répondit-il. Mon propre frère n'aurait pas mieux supporté les inconstances de mon humeur, et n'aurait pu me prêter une aide plus patiente que vous ne l'avez fait. »

Il se tut, et son visage reprit une expression pensive tandis qu'il rattachait lentement et avec soin le paquet de lettres de miss Elmslie. Ensuite il jeta un regard rapide du côté de la muraille nue à laquelle j'étais presque adossé, — regard étrange dont je ne pouvais méconnaître la portée.

Depuis mon départ de Naples, je m'étais volon-

tairement abstenu de l'agiter en revenant avec lui
sur cette apparition par laquelle il se croyait escorté
sans cesse. Mais en ce moment, il semblait si calme
et si recueilli, — je regardais comme si peu probable qu'une allusion à ce sujet délicat pût l'affecter
violemment, — que je me risquai à lui en parler sans
détour.

« Serait-ce, lui demandai-je, que le fantôme
vous apparaît encore, ici comme à Naples ? »

Il me regarda et se mit à sourire.

« Ne vous ai-je pas dit qu'il m'accompagnait
partout ? »

Ses yeux allèrent chercher dans l'espace vide la
vision familière, et il adressa du même côté le reste
de ses paroles, comme s'il continuait la conversation avec une personne tierce, debout près de moi.

« Nous nous séparerons, disait-il lentement et
d'une voix douce, quand j'aurai fait combler le vide
qui existe encore dans les caveaux de Wincot.... Ce
jour-là, je serai encore debout avec Ada devant
l'autel de la chapelle abbatiale ; et quand mes yeux
rencontreront les siens, ils n'y retrouveront plus
l'expression de torture qui les désolait. »

Il appuya, parlant ainsi, son front sur sa main,
et se mit à se répéter à lui-même, à voix basse, les
vers de l'ancienne prophétie :

> Au caveau de Wincot, sépulcre de leur race,
> Si quelqu'un des Monkton manque à prendre sa place,
> Si ce possesseur-né de tant de champs divers
> Demeure sans abri la pâture des vers,

Il ne faut pas douter que le courroux céleste
Voue alors au néant cette race funeste ;
Un par un, tour à tour objet du même deuil,
Ses membres, sans enfants, descendront au cercueil,
Et le dernier d'entre eux, tombant sous la cognée,
Des Monkton finira la tragique lignée.

M'imaginant qu'il avait récité les derniers vers avec une sorte d'incohérence, je voulus l'amener à changer de sujet, mais il ne prit pas garde à mes paroles, et continuant de s'adresser à lui-même : « La race des Monkton s'éteindra, répétait-il, mais ce ne sera pas avec *moi*..... Le décret fatal ne pèse plus sur *ma* tête..... Je donnerai la sépulture à celui qui la réclame ; je comblerai la place vide dans le souterrain de Wincot. Alors commencera une vie nouvelle, pour moi comme pour Ada ! »

Ce nom sembla le rappeler à lui-même. Il ouvrit son écritoire de voyage, et après y avoir replacé le paquet de lettres, il y prit une feuille de papier :

« Je vais, me dit-il se tournant de mon côté, je vais mander à cette chère enfant toutes ces bonnes nouvelles... Elle en sera plus heureuse que moi. »

Fatigué par les événements de la journée, je le laissai à son bureau pour m'aller mettre au lit Mais j'étais ou trop inquiet ou trop las, et le sommeil ne vint pas.

Pendant cette veille forcée, je songeai naturellement à la découverte récente et aux conséquences probables qu'elle devait avoir. En me préoccupant ainsi de l'avenir, je sentais mon esprit sous le coup d'un abattement inconcevable. Pas le plus léger prétexte à cette vague mélancolie. Les restes à la recouvrance desquels mon malheureux ami attachait tant d'intérêt étaient définitivement retrouvés; on les mettrait sans aucun doute à sa disposition dans un délai assez bref; il lui serait loisible de les transporter en Angleterre sur le premier bâtiment marchand qui viendrait à quitter le port de Naples; ce caprice étrange une fois réalisé, on pouvait tout au moins espérer que son intelligence reprendrait quelque équilibre, et que la vie nouvelle qui lui serait faite, à Wincot, lui donnerait enfin le bonheur.

En elles-mêmes, ces considérations n'étaient certainement pas de nature à m'attrister le moins du monde, et cependant, tant que la nuit dura, un accablement inconcevable, inexplicable, pesa lourdement sur ma pensée; et ce fardeau, que la venue du jour aurait dû alléger, demeura le même quand je sortis, dès l'aurore, pour aller respirer l'air frais de la matinée.

Cette journée vit commencer une besogne des plus embarrassantes; il fallut ouvrir des négociations avec les autorités locales. Ceux-là seuls qui ont eu affaire aux agents de l'administration italienne, pourront se figurer à quel point notre patience fut mise à l'épreuve par tous ceux avec qui nous traitions.

On nous renvoyait d'un bureau à l'autre, on nous criblait de regards curieux, de questions importunes, de mystifications effrontées; non que notre

affaire présentât des complications et des difficultés
spéciales, mais tout simplement parce que chacun
des dignitaires civils à qui nous nous adressions
éprouvait le besoin de constater son importance à
ses yeux et aux nôtres, en nous obligeant à passer
par tous les circuits imaginables.

Fatigué de ces formalités, absurdes après les
premières vingt-quatre heures de notre vie officielle,
je laissai Alfred continuer seul l'indispensable série
de démarches qui nous était imposée, afin de pouvoir réfléchir tranquillement au seul problème
vraiment sérieux que nous eussions à résoudre : —
la question de savoir comment pourraient être en-
levés en toute sécurité les restes mortels que recelait
encore le hangar du couvent.

Je ne vis rien de mieux que d'écrire à un de mes
amis, établi à Rome, où je savais qu'il est d'usage
d'embaumer après leur mort les grands dignitaires
de l'Eglise, ce qui me faisait penser que nous devions y trouver les ressources chimiques requises
par les circonstances où nous étions placés.

Ma lettre disait simplement que l'enlèvement du
corps était d'une impérieuse nécessité ; j'ajoutais
la description de l'état où je l'avais trouvé ; je donnais ensuite mes pleins pouvoirs pour le règle-
ment du salaire que demanderaient la personne ou
les personnes les plus capables de nous venir en
aide.

Il y eut encore ici bien des difficultés, bien des
formalités inutiles ; mais enfin la patience, la per-

6

sévérance et l'argent triomphèrent de tout obstacle ; deux embaumeurs, expressément envoyés de
Rome, vinrent remplir auprès de nous les fonctions
de leur état.

Il est superflu que j'entre ici dans des détails
bien faits pour affecter désagréablement l'imagination de mes lecteurs. J'en aurai dit assez en constatant que les progrès de la corruption furent
suffisamment arrêtés, grâce à l'énergie de certains agents chimiques, pour que les restes placés
dans le cercueil pussent être transportés en Angleterre, convenablement et sans aucun risque.

Après dix jours entiers, perdus en vains retards,
en formalités minutieuses, j'eus enfin le plaisir de
rendre le hangar du couvent à de moins funèbres
usages. J'échangeai avec mon vieux capucin une
dernière prise de tabac, et je fis avancer devant la
porte de l'auberge les voitures de voyage qui allaient nous emmener à petites journées.

Il s'était à peine écoulé un mois depuis notre départ, lorsque nous rentrâmes dans la capitale, ayant
mené à bien un projet que toutes nos connaissances
avaient déclaré parfaitement chimérique, et qui,
pendant quelques jours, nous avait exposés à la
risée universelle.

Nous ne songeâmes plus, une fois à Naples, qu'à
nous procurer les moyens d'emporter le cercueil en
Angleterre, — et par mer, cela va de soi. Nous ne
trouvâmes, cependant, aucun navire marchand
qui dût prochainement mettre à la voile pour n'im-

porte quel port de la Grande-Bretagne ; — il ne restait donc d'autre ressource que de fréter nous-mêmes un bâtiment.

Impatient de rentrer chez lui — et ne voulant se séparer du cercueil qu'après l'avoir vu placer dans les caveaux de Wincot, — Monkton n'hésita pas à passer un traité de charte-partie avec le premier navire qui se trouva disponible.

Un brick sicilien devait se trouver, plutôt que tout autre, en état de prendre la mer, et par conséquent ce fut lui que nous choisîmes. Les meilleurs ouvriers que les chantiers purent fournir se mirent aussitôt à l'œuvre ; et pour former l'équipage on requit l'élite des marins qui, dans ce moment-là, se trouvaient en grève sur les quais de Naples.

Monkton, après m'avoir exprimé sa reconnaissance dans les termes les plus chaleureux, ne manifesta nullement l'intention de m'inviter à faire avec lui le voyage d'Angleterre. Mais il fut enchanté, en même temps que surpris, quand je lui offris spontanément de prendre passage à bord de son brick.

Les incidents étranges dont j'avais été témoin, la découverte extraordinaire qu'il m'avait été donné de réaliser depuis notre première rencontre à Naples, m'avaient intimement associé à ce projet qui était pour lui d'une importance si capitale. Je ne partageais aucune des illusions de ce pauvre garçon, et cependant je n'exagère point en disant que mon désir de mener à bout notre singulière

aventure, égalait celui qu'il avait conçu de repla-
cer enfin le cercueil sous les voûtes de Wincot.

Dans ce désir, — oserai-je l'avouer ? — la curiosité entrait pour une aussi forte part que la sympathie, alors que je m'offrais ainsi pour accompagner
cet ami de fraîche date.

Nous mîmes à la voile par une calme et radieuse
soirée.

Pour la première fois depuis que je le connaissais,
Monkton semblait véritablement joyeux. Il causait
et plaisantait sur toutes sortes de sujets, se raillant
de moi, quand je lui dis « que la crainte du mal de mer
m'empêchait de prendre part à sa gaieté. » Ceci, au
fond, n'était qu'un prétexte. Je dissimulais à mon
ami, par cette futile explication, un retour inattendu de l'accablement inexplicable auquel je m'étais
déjà vu en proie pendant mon séjour à Fondi. Tous
les auspices étaient favorables; chacun, à bord du
brick, manifestait les dispositions les plus sereines.

Le capitaine trouvait son bâtiment le meilleur du
monde; l'équipage, composé d'Italiens et de Maltais,
se félicitait hautement de cette courte traversée
qu'ils allaient faire, largement payés, sur un navire
bien garni de vivres. Moi seul, j'avais le cœur serré.
Je ne pouvais me donner aucune bonne raison de
cette mélancolie qui m'accablait; et contre elle, cependant, je ne savais comment réagir.

Le premier soir de la traversée, je fis une découverte qui n'était nullement de nature à rendre à mon
esprit son équilibre habituel. Monkton était dans la

cabine où l'on avait installé la caisse d'emballage
renfermant le cercueil. Quant à moi, je me tenais
sur le pont. La brise avait faibli presque au grand
calme, et je regardais avec indolence les voiles qui,
de temps en temps, retombaient bruyamment le
long des mâts, lorsque le capitaine vint à moi, et,
m'attirant à l'écart de l'homme qui tenait le gou-
vernail, me dit à l'oreille :

« Il y a quelque grabuge chez nos hommes du
gaillard d'avant... Vous avez sans doute remarqué
le silence qui s'est fait tout à coup parmi eux au
moment où le soleil allait disparaître? »

Ceci, effectivement, lui dis-je, ne m'avait pas
échappé.

« Nous avons à bord, poursuivit le capitaine,
un mousse né à Malte, garçon d'ailleurs fort alerte,
mais dont il faut se méfier. Il a dit à nos hommes,
paraît-il, que cette caisse logée dans la cabine de
votre ami renfermait un cadavre. »

Le cœur me manqua devant cette apostrophe du
capitaine.

Au courant des superstitions insensées qui trouvent créance chez les marins, — plus spécialement
chez les marins étrangers, — j'avais pris soin de
faire circuler à bord du brick, avant l'embarque-
ment du cercueil, le bruit que la caisse d'emballage renfermait une ancienne statue de marbre, à
laquelle M. Monkton attachait un grand prix, et
qu'il ne voulait jamais perdre de vue. — Comment
ce petit mousse maltais avait-il pu découvrir que

6.

la soi-disant statue était le corps d'un homme ? —
En cherchant à résoudre cette question, mes soupçons s'arrêtèrent sur le valet de chambre de Monkton, qui parlait couramment l'italien, et que je
savais un incorrigible bavard.

Cet homme ne voulut jamais convenir de son indiscrétion, lorsque je la lui reprochai formellement; mais, jusqu'à présent, ses dénégations m'ont
laissé tout à fait incrédule.

« Ce petit démon ne voudra jamais dire d'où il a
su ce qu'il affirme avec tant d'aplomb, continua le
capitaine... Il ne me convient pas, d'ailleurs, de
chercher à pénétrer vos secrets; mais je vous conseille de réunir l'équipage et de donner au mousse
un démenti formel, soit qu'il ait dit vrai, soit qu'il
se trompe... Nos matelots sont un tas d'imbéciles
qui croient aux fantômes et à toutes ces billeve-
sées... Quelques-uns prétendent qu'ils ne se seraient
jamais laissé porter sur le rôle, s'ils avaient su
qu'ils dussent faire voile avec un mort. D'autres se
bornent à murmurer... Mais je crains qu'ils ne nous
donnent tous, plus ou moins, du fil à retordre en
cas de gros temps, si cet affreux gamin ne reçoit
pas de vous, ou de l'autre *gentleman*, la contradic-
tion la plus formelle... L'équipage prétend que, si
vous affirmez sur l'honneur le mensonge du petit Maltais, on vous laissera libre de le faire passer par les
verges... Si vous vous y refusez, au contraire, nos
gens sont décidés à croire ce qui leur a été dit. »

Le capitaine, ici, s'arrêta pour attendre ma réponse. Je n'en avais point à lui adresser et ne savais comment sortir de cette position critique. Faire punir le mousse en donnant ma parole d'honneur pour garantir un mensonge pur et simple, il n'y avait certes pas à y songer; et cependant quelle autre issue à ce fâcheux dilemme?... Aucune dont je me pusse aviser.

Je remerciai le capitaine du zèle qu'il portait à nos intérêts, en lui disant que je prendrais le temps de réfléchir, et le priant de ne point communiquer à mon ami la découverte dont il venait de me parler.

Il me promit le silence, d'un air passablement refrogné, puis me quitta sans un mot de plus.

Nous avions espéré que le vent fraîchirait au matin; mais la brise ne s'éleva point. Vers midi, l'atmosphère s'alourdit et s'échauffa; nous étouffions, et la mer était lisse comme un panneau de cristal. Je vis le regard du capitaine se porter fréquemment et avec inquiétude du côté du vent. Presque aux limites de l'horizon, et perdu dans l'azur du ciel, j'observai là un petit nuage noir, et m'informai s'il y avait apparence qu'il nous amenât un peu de brise :

« Plus que nous n'en voulons, » répondit laconiquement le capitaine qui, à ma grande surprise, fit monter l'équipage aux mâts pour serrer les voiles. La manière dont cette manœuvre fut exécutée ne montra que trop clairement les dispositions de nos hommes. Ils faisaient leur besogne lentement

et d'un air boudeur, échangeant des murmures et
de sourdes imprécations.

L'attitude du capitaine, qui les stimulait à grand
renfort de gros mots et de jurons, me convainquit
que nous étions en péril. Je regardai une fois
encore du côté du vent. L'unique petit nuage était
devenu comme un énorme banc de vapeurs sombres,
et la mer au bord de l'horizon n'était plus de la
même couleur.

« La bourrasque va venir sur nous avant que
nous sachions où nous en sommes, dit le capitaine... Allez en bas !... vous ne feriez ici que gêner
la manœuvre. »

Je descendis dans la cabine pour préparer Monkton à ce qui allait arriver. Il me questionnait encore
au sujet de ce que j'avais vu sur le pont, lorsque la
tempête nous atteignit. Nous sentîmes le petit brick
craquer un instant, comme s'il allait sombrer ;
puis il parut tournoyer sur lui-même, et redevenir
ensuite immobile, quoique toutes ses planches fré-
missent encore. Suivit un choc final, qui nous pré-
cipita de nos siéges, un tumulte assourdissant, et
une masse d'eau qui envahit précipitamment la
cabine. A demi submergés, nous nous traînâmes
sur le pont. Le brick avait « fait chapelle, » comme
disent les marins, et maintenant reposait sur sa
quille d'arrière.

Avant que je pusse rien distinguer dans cette horrible confusion, — si ce n'est que nous étions absolument à la discrétion de la mer, j'entendis partir

de l'avant une voix qui domina aussitôt les cla-
meurs et les hurlements du reste de l'équipage. Les
mots qu'elle prononçait appartenaient à la langue
italienne, mais je n'en compris le sens que trop
aisément. Nous avions une voie d'eau, et la mer
pénétrait dans les flancs du vaisseau avec l'élan du
flot qui jaillit d'une écluse ouverte.

Le capitaine, en face de ce nouveau danger, sut
conserver tout son sang-froid. Il demanda une
hache pour abattre le mât de misaine, et appelant
quelques matelots pour l'aider en cette besogne, il
enjoignit aux autres d'accoutrer les pompes.

A peine avait-il prononcé ces mots, qu'une ré-
volte ouverte éclata parmi nos hommes ; celui qui
semblait la diriger déclara, lançant un regard de
menace, « que les passagers étaient bien libres
d'agir à leur guise, mais que ses camarades et lui
voulaient prendre la chaloupe, laissant le navire
maudit et l'homme mort qui le faisait couler bas,
s'en aller ensemble au fond de la mer. » Tandis
qu'il parlait, il se fit une rumeur dans les rangs
des matelots, et quelques-uns, je le remarquai,
montraient du doigt avec dérision quelque chose
qui se passait derrière moi.

Tournant la tête, je vis Monkton, jusqu'alors resté
à mes côtés, reprendre le chemin de la cabine. Je
le suivis aussitôt, mais la confusion qui régnait sur
ce pont à demi noyé, — l'impossibilité, vu la position du vaisseau, de mettre un pied devant l'autre,
sans s'aider en même temps de ses mains, — retar-

dèrent si bien ma marche, qu'il me fut impossible
de le rattraper à temps.

Lorsque j'arrivai en bas, il était couché sur le
cercueil, qu'il entourait de ses bras, tandis qu'autour de lui, sur le parquet de la cabine, l'eau tour-
noyait et jaillissait, suivant les mouvements du
navire presque englouti. Un éclat menaçant brillait
dans ses yeux, une rougeur de mauvais augure
couvrait ses joues quand je m'approchai pour lui
parler :

« Allons, Alfred, lui disais-je, il faut se résigner
et faire notre possible pour sortir d'ici sains et
saufs.

— Sauvez-vous ! cria-t-il en me repoussant de la
main... *Vous* avez un avenir... Une fois le cercueil
au fond de la mer, tout est fini pour moi dans ce
monde... Si le vaisseau coule bas, je saurai que la
fatalité s'accomplit, et je me laisserai engloutir
comme lui. »

Je vis qu'il n'était en état ni d'écouter la raison,
ni de se laisser toucher par aucune prière ; aussi
retournai-je sur le pont.

Les matelots, renversant devant eux tout ce qui
faisait obstacle, s'apprêtaient à lancer la chaloupe,
placée au centre du vaisseau, et dont la quille, tandis qu'il était ainsi couché sur le flanc, portait le
long de la muraille inférieure. Le capitaine, après
un dernier effort pour se faire obéir, les contem-
plait désormais en silence.

La rafale semblait déjà s'épuiser par sa violence

même, et je demandai « si réellement il n'y avait au_
cun risque à demeurer sur le vaisseau ? » Le capitaine répondit « que cela eût pu être, au contraire,
la meilleure chance si l'équipage s'était montré
docile, mais que, maintenant, il n'y avait rien à
attendre d'une telle résolution. »

Sachant qu'il ne fallait pas compter sur la présence d'esprit du valet de chambre de Monkton, je
confiai au capitaine, en aussi peu de mots que possible, la situation de mon malheureux ami, et lui demandai s'il ne consentirait pas à me prêter secours.

Un geste de tête me prouva qu'il acquiesçait à ma
prière ; nous descendîmes donc ensemble dans la
cabine.

Il m'est pénible, même aujourd'hui, de dire à
quelles extrémités nous réduisirent, en définitive,
la force corporelle et l'obstination de Monkton. Il
fallut garrotter ses mains et le traîner de vive force
sur le pont.

Les matelots allaient lancer la chaloupe, et tout
d'abord refusèrent de nous y recevoir.

« Misérables poltrons! s'écria le capitaine, est-ce
que nous avons le mort avec nous, cette fois-ci?...
Ne va-t-il pas couler à fond en même temps que le
brick?... De qui donc avez-vous peur, si nous
montons sur la chaloupe? »

Cette apostrophe produisit l'effet désiré; les matelots eurent honte d'eux-mêmes, et revinrent sur
leur premier refus.

Au moment où nous nous écartions du vaisseau

prêt à couler, Alfred fit un effort pour se dégager
de mes bras; mais je le tenais solidement, et il ne
renouvela pas sa tentative. Assis près de moi, la
tête basse, il demeura immobile et muet, pendant
que l'équipage nous entraînait à force de rames
loin du navire; immobile et silencieux de même,
lorsque, d'un commun accord, ils s'arrêtèrent à
quelque distance, et lorsque nous nous mîmes tous
à regarder le brick qui enfonçait; immobile et
silencieux enfin, lorsque l'engloutissement eut lieu,
lorsque la carène vacillante plongea lentement
entre deux vagues, — sembla hésiter un moment,
— émergea de nouveau quelque peu, — et glissa
dans l'abîme pour ne se plus relever. Avec le brick
disparaissait son fardeau; et le cadavre qu'une
espèce de miracle nous avait fait retrouver, nous
était arraché à jamais, — ces restes précieux, à la
conservation desquels étaient si singulièrement
attachées les espérances de deux êtres vivants et les
destinées de leur amour!

Quand le navire disparut dans l'abîme profond
des mers, je sentis Monkton, assis tout près de moi,
trembler des pieds à la tête, — et je l'entendis se
répéter à lui-même tristement, plusieurs fois de
suite, le nom de sa chère Ada.

Je tâchai, — mais ce fut en vain, — de détourner ses pensées vers un autre objet. Il me montra
sur la mer la place que le brick occupait naguère,
et où il ne restait rien à voir que le conflit des vagues écumantes.

« La place maintenant vide dans le caveau de Wincot y restera vide de toute éternité. »

En prononçant ces paroles, il fixa un moment sur mon visage ses yeux attristés qui semblaient m'interroger; puis il les détourna, et, la joue appuyée sur sa main, demeura dans un silence absolu.

Signalés bien avant la nuit par un bâtiment de commerce, nous fûmes recueillis à son bord et débarqués à Carthagène, sur la côte d'Espagne. Alfred ne leva pas une seule fois la tête, et ne m'adressa pas une seule fois la parole, pendant tout le temps que nous passâmes sur ce navire.

Je remarquai, d'ailleurs, non sans inquiétude, qu'il se parlait à lui-même et d'une manière incohérente, — récitant sans cesse les vers de l'ancienne prophétie, — sans cesse faisant allusion à la place restée vide dans le caveau de Wincot, — répétant à chaque instant, d'une voix fêlée qui produisait sur moi une impression singulièrement pénible, le nom de la jeune fille qui attendait en Angleterre le retour de son fiancé.

Il me donna bientôt d'autres craintes.

Vers la fin de notre voyage, je le vis en proie à des accès alternatifs de chaleurs fiévreuses et de frissons, que, dans mon ignorance, je pris pour les symptômes d'une fièvre ordinaire. Mon erreur ne fut pas de longue durée. A peine à terre depuis un jour, son état empira tellement, que je dus recourir aux meilleurs médecins de Carthagène.

Pendant vingt-quatre ou quarante-huit heures,

ils différèrent comme de coutume sur la nature du mal qui leur était soumis. Mais des indices alarmants ne tardèrent pas à se montrer. Les hommes de l'art déclarèrent que la vie d'Alfred était en péril, ajoutant que sa maladie, maintenant bien caractérisée, était une fièvre cérébrale.

Mon trouble et mon chagrin, devant cette nouvelle responsabilité qui allait peser sur ma tête, ne me permirent pas, tout d'abord, d'arrêter un plan de conduite. Je résolus, en fin de compte, d'écrire au vieux prêtre qui avait été le précepteur d'Alfred, et qui, je le savais, résidait encore à Wincot-Abbey. Je lui faisais part de tout ce qui était survenu, le priant de communiquer ces tristes nouvelles à miss Elmslie avec tous les ménagements possibles, et lui donnant l'assurance que, jusqu'au bout, je resterais auprès de Monkton.

Ma lettre partie, — et lorsque j'eus envoyé chercher à Gibraltar ce qui s'y trouvait de mieux, en fait de médecins anglais, — je compris que j'avais épuisé toutes les ressources disponibles autour de moi, et qu'il ne restait plus rien à faire, si ce n'était d'attendre..... et d'espérer.

Je passai bien des heures douloureuses et pleines d'angoisses au chevet de mon pauvre ami. Je me demandai bien des fois si j'avais eu raison d'encourager ses chimériques espérances. Les motifs qui m'y avaient déterminé après notre première entrevue, me parurent pourtant, toute réflexion faite, n'avoir rien perdu de leur valeur. Aucun

autre moyen que celui que j'avais pris pour hâter
le retour d'Alfred en Angleterre et le rendre à miss
Elmslie, si impatiente de le revoir. Ce n'était pas
ma faute, si un désastre, que personne n'aurait pu
prévoir, était venu renverser à la fois tous ses projets et tous les miens. Maintenant que le malheur
était arrivé, maintenant qu'il était irrévocable,
comment faudrait-il, dans le cas où la santé physique de mon pauvre ami viendrait à se rétablir,
combattre la maladie mentale qui menaçait sa
raison ?

Quand je venais à réfléchir sur ce défaut héréditaire de son organisation intellectuelle, — sur cette
première impression de crainte produite sur lui
par Stephen Monkton, et qui ne s'était jamais
effacée depuis lors, — sur la solitude périlleuse où
il avait vécu pendant ses longs séjours à l'Abbaye,
— sur la réalité qu'avait à ses yeux l'apparition
par laquelle il se croyait sans cesse hanté, — je
désespérais, je l'avoue, d'ébranler la foi superstitieuse qu'il mettait dans chaque vers et dans chaque mot de l'ancienne prophétie de famille.

Si la série de coïncidences frappantes qui semblaient en attester la vérité, avait produit sur *moi*
une impression forte et durable (et ceci à coup sûr
était la vérité), comment m'étonner qu'elles eussent déterminé sur *son* esprit, constitué comme il
l'était, une conviction absolue ? Dans une discussion en règle entre lui et moi, que lui répliquer ?
S'il me disait, par exemple : « La prophétie con-

cerne le dernier de la famille : je suis le dernier de la famille ; — la prophétie mentionne une place vide dans le caveau de Wincot : cette place vide y existe au moment où je parle ; — je vous ai annoncé, sur la foi de la prophétie, que le corps de Stephen Monkton n'avait pas reçu de sépulture, et vous avez constaté qu'il en était ainsi... » — s'il me tenait ce langage, que me servirait de lui répondre : « Ce sont là, tous comptes faits, de bizarres coïncidences, mais elles ne signifient absolument rien. »

Plus je pensais à la tâche qui me serait imposée s'il venait à se rétablir, plus je me sentais enclin au découragement. Et quand le médecin anglais qui lui donnait ses soins venait me dire : « La fièvre du malade pourra se dissiper ; mais il a une idée fixe qui ne le quitte ni jour ni nuit, qui a dérangé sa raison, et qui finira par le tuer, à moins que vous, ou quelqu'un de ses amis, ne puissiez l'en débarrasser, » — quand on venait me dire ceci, j'éprouvais, plus amer que jamais, le sentiment de mon impuissance, et j'écartais plus volontiers que jamais toute idée ayant un rapport quelconque avec un avenir qui ne me laissait aucun espoir.

Je n'attendais de Wincot qu'une réponse écrite. Ce fut donc pour moi une grande surprise, et un soulagement non moindre, que de recevoir un jour la visite de deux *gentlemen* inconnus, dont le premier était le vieux prêtre à qui j'avais écrit, et le second un parent de miss Elmslie.

Les symptômes fiévreux avaient disparu fort peu de temps avant l'arrivée de ces messieurs, et les médecins déclaraient Alfred hors de danger. Les nouveaux venus manifestaient le désir empressé de savoir si le malade serait bientôt assez fort pour se mettre en route. Ils étaient venus à Carthagène tout exprès afin de l'emmener avec eux, et comptaient beaucoup plus que moi sur le bon effet de l'air natal pour son rétablissement définitif.

Quand j'eus répondu à toutes leurs questions relatives au voyage, je me permis de leur en adresser quelques-unes concernant miss Elmslie. Son parent m'informa que, par suite des inquiétudes que lui causait Alfred, elle était dans un état fâcheux, soit au physique soit au moral. Ils avaient dû la tromper sur le caractère dangereux du mal auquel il était en proie, pour la détourner de les accompagner en Espagne.

Par une suite de progrès forts lents, et qui laissaient encore beaucoup à désirer, Alfred recouvra partiellement sa vigueur corporelle, mais aucun changement ne se manifestait dans l'état maladif de son intelligence.

Dès le premier jour de sa convalescence, on avait pu constater, comme résultat de la fièvre cérébrale, une étrange perversion dans l'exercice de ses facultés mnémoniques. Tout souvenir des événements récents était effacé en lui. Il ne se rappelait rien de ce qui avait rapport à son séjour à Naples, à nos relations, à son voyage en Italie. Et toutes les cir-

constances de fraîche date avaient si bien disparu
de sa mémoire, que, bien qu'il reconnût le vieux
prêtre et son propre valet de chambre, je semblais
lui être devenu étranger.

Chaque fois que j'approchais de son chevet, la
curiosité, le soupçon peints dans ses regards nous
causaient un inexprimable chagrin. Ses questions
n'étaient relatives qu'à miss Elmslie et à Wincot-
Abbey; ses causeries n'avaient rapport qu'à l'époque antérieure à la mort de son père.

Les médecins auguraient plutôt bien que mal de
cette défaillance partielle dans sa mémoire : —
« Elle ne devait pas durer, disaient-ils, et, en
attendant, elle servait la guérison, en écartant de
l'esprit du malade une inquiétude nuisible à son
rétablissement. »

Je m'efforçais de les croire; — je m'imposais, le
jour du départ venu, les espérances que je voyais
chez les vieux amis chargés de ramener Alfred.
Mais un tel effort ne m'était pas permis. Le pressentiment d'une séparation éternelle pesait sur mon
cœur, et mes yeux se remplirent de larmes, quand
je vis mon pauvre ami, pâle et maigre, se hisser à
grand'peine, poussé d'un côté, soulevé de l'autre,
dans sa calèche de voyage, et celle-ci prendre lentement la route du pays où il était attendu.

Il ne m'avait pas encore reconnu, et ses médecins me demandaient de lui épargner l'émotion
d'une telle reconnaissance, au moins pour quelques semaines de plus.

Je l'aurais, sans cela, escorté jusqu'en Angleterre. Du moment où ce douloureux office m'était
interdit, je n'avais qu'à changer de lieu, et à me
remettre le plus tôt possible de l'espèce d'épuisement auquel m'avaient condamné trop de veilles
inquiètes et de tourments secrets.

Les villes auxquelles l'Espagne doit sa renommée
ne m'étaient déjà plus nouvelles à l'époque dont je
parle; mais je les visitai pour la seconde fois, et je
ne revis pas sans émotion les salles de l'Alhambra,
les rues de Madrid : il m'arriva une ou deux fois de
songer à un pèlerinage en Orient, mais les récents
événements m'avaient changé du tout au tout, et
singulièrement atténué mon zèle de locomotion.

Cette soif vague, que rien n'apaise et à laquelle
notre langue donne un nom particulier, — *home-
sickness,* — s'était emparée de mon cœur, et, cédant
à l'influence de la nostalgie, je résolus de retourner
en Angleterre.

J'y revins en passant par Paris, où il était convenu que le prêtre m'écrirait à l'adresse de mon
banquier, dès qu'Alfred serait rentré à Wincot. —
Sa lettre m'aurait été acheminée en Orient, si par
hasard j'eusse donné suite à mon projet de voyage.
— J'écrivis à temps pour empêcher tout malen-
tendu à cet égard, et, en arrivant à Paris, avant
même de pousser jusqu'à mon hôtel, je fis halte
chez le banquier.

Au moment où la lettre me fut remise, l'enca-
drement noir de l'enveloppe m'avait tout appris.

Alfred Monkton était mort.

Une seule consolation, c'est qu'il était mort paisiblement, presque heureux, sans une seule allusion à ces chances fatales qui avaient amené la réalisation de l'antique prophétie.

« Mon élève bien-aimé, mandait le vieux prêtre, sembla recouvrer quelques forces pendant les premières journées qui ont suivi son retour : ce n'était là qu'une vaine apparence, et la fièvre est bientôt revenue, quoique sans accès violents.

» A partir de là, il s'est affaibli jour par jour graduellement, et c'est ainsi qu'il s'est séparé de nous pour le suprême et redoutable voyage. Miss Elmslie (informée que je vous écris) me charge de vous exprimer sa reconnaissance profonde, éternelle, pour toutes les bontés dont Alfred vous fut redevable. Elle nous dit, quand nous le lui ramenâmes, qu'elle l'avait attendu à titre de fiancé, et que désormais elle le soignerait à titre d'épouse; en effet, elle ne l'a plus quitté. Son visage était tourné vers elle, il avait sa main dans les siennes au moment où son âme s'est envolée.

» Vous apprendrez peut-être avec quelque consolation qu'il n'a jamais parlé des événements survenus à Naples, ni du naufrage qui en a été la suite, depuis l'époque de son retour jusqu'au jour de sa mort. »

Trois jours après la lecture de cette lettre, j'étais à Wincot, pour y recueillir, de la bouche même du prêtre, le récit détaillé de la mort d'Alfred. Lorsque j'appris que, sur sa requête même, il avait été enterré dans le fatal caveau de l'Abbaye, je subis une espèce de choc, qu'il me serait difficile d'analyser ou d'expliquer.

Le prêtre me fit descendre dans cette crypte glaciale dont les voûtes basses portaient sur de lourds piliers saxons. Des niches étroites se succédaient de chaque côté du caveau, laissant apercevoir seulement l'extrémité des cercueils qu'elles renfermaient.

Çà et là, pendant que mon compagnon traversait cette lugubre avenue, promenant sa lampe à droite et à gauche, on voyait reluire les clous et les ornements argentés. Arrivé tout au fond il s'arrêta, désignant une niche, et me dit : — « C'est là qu'il repose entre son père et sa mère. » Je portai mon regard un peu plus loin et vis ce qui me parut d'abord une sorte de long conduit obscur. « Ce n'est qu'une niche vide, dit le prêtre attaché à mes pas... Si le corps de M. Stephen Monkton avait été rapporté à Wincot, c'est là qu'on aurait logé son cercueil. »

Un frisson me parcourut des pieds à la tête, accompagné d'un sentiment de crainte que je rougis maintenant d'avoir conçu, mais qu'alors je ne pus combattre. A l'autre extrémité du souterrain, par la porte restée ouverte, la sainte clarté du jour versait, pour ainsi dire, ses flots joyeux. Je me détournai de la niche vide, précipitant mes pas vers

7.

le soleil lumineux et la fraîche atmosphère du Nord.

Comme je traversais la cour gazonnée dont la pente aboutissait au caveau, j'entendis derrière moi le bruissement d'une robe de femme, et, me retournant, je vis s'avancer une jeune dame en grand deuil.

Sa physionomie douce et triste, et la manière dont elle me tendit la main, m'apprirent à l'instant même qui elle était.

« On m'a informée que vous étiez ici, me dit-elle, et j'ai voulu... »

Sa voix alors faiblit quelque peu. En voyant ses lèvres trembler, j'éprouvais une espèce d'angoisse, mais avant que j'eusse pu ouvrir la bouche, elle s'était remise et continua :

« J'ai voulu vous serrer la main, et vous remercier de cette affection fraternelle que vous avez témoignée à mon Alfred ; j'ai voulu vous dire, en même temps, que dans tout ce que vous avez fait, je suis forcée de reconnaître les meilleures inspirations de l'amitié la plus sincère et la plus prudente... Peut-être allez-vous bientôt quitter encore une fois ce pays... peut-être suis-je destinée à ne plus vous revoir... Mais je n'oublierai jamais... non jamais... ce que vous *lui* avez témoigné d'affection, alors qu'il avait justement besoin d'un ami... Personne autant que vous n'a droit à ma reconnaissance, et je vous la garderai, avec un affectueux souvenir, jusqu'au jour où j'irai le rejoindre. »

L'inexprimable attendrissement de sa voix, qui cessa peu à peu de trembler pendant qu'elle m'adressait la parole, la beauté de son pâle visage, l'innocente loyauté de ses yeux inquiets et tristes, m'affectèrent si vivement, que tout d'abord je n'osai lui répondre, sinon par geste.

Avant que je me sentisse en état de parler, elle m'avait encore une fois serré la main et s'était ensuite éloignée....,

Jamais il ne m'a été donné de la revoir. Les chances et les accidents de la vie nous ont tenus séparés.

La dernière fois que j'entendis parler d'elle, il y a de cela bien des années, elle était encore fidèle à la mémoire du mort, — et pour n'offenser point l'ombre d'Alfred Monkton, elle s'appelait encore Ada Elmslie.

BLACK-COTTAGE

Du temps où j'exerçais les fonctions ecclésiasti-
ques dans une des chapelles de Londres, je comptai
pendant quelques mois, parmi les personnes assidues à mes instructions, une dame qu'on me dit
être mariée à un riche fermier. Elle était venue
s'établir dans la capitale pour le compte de l'un de
ses enfants, — un petit garçon dont la santé délicate réclamait les soins des médecins les plus dis-
tingués.

Tandis qu'elle veillait ainsi sur les jours de cet
être chéri, une bonne part de ses sollicitudes ma-
ternelles dut se reporter, à l'improviste, sur un
autre enfant dont la naissance survint quelque peu
plus tôt qu'on ne s'y attendait.

Je conférai le baptême à ce dernier venu, et fus
prié d'assister à une petite soirée donnée en l'honneur de cette cérémonie.

Ainsi s'établirent mes relations personnelles avec la dame, qui m'intéressa tout d'abord assez vivement, — non que ses dehors eussent rien de flatteur, car elle était de petite taille et n'avait aucune prétention à la beauté; — mais il y avait en elle une certaine simplicité, une droiture et une bonté de cœur que son attitude révélait au premier coup d'œil, et dans sa conversation, beaucoup de bon sens et de franchise.

Un des convives s'apercevant de l'impression favorable qu'elle produisait sur moi, et m'ayant parlé d'elle avec les plus grands éloges, me surprit quelque peu, je l'avoue, par la question que voici :
« — Vous seriez-vous jamais figuré cette femmelette, dont le calme et la bonne humeur vous agréent si bien, capable d'un acte de courage qui eût mis à une rude épreuve les nerfs de l'homme le plus intrépide? »

Je sollicitai naturellement une explication; mais mon voisin de table se contenta de me répondre avec un sourire :

« Saisissez la première occasion qui s'offrira de lui demander *ce qui est arrivé à Black-Cottage*, et vous entendrez quelque chose qui aura de quoi vous étonner. »

Je ne manquai pas, dès que je pus aborder en particulier ma paisible ouaille, de lui poser la question, dans les termes mêmes où elle m'avait été suggérée.

La dame répondit que « ce serait là un bien long

récit ; »et comme je lui proposai de l'ajourner à une prochaine rencontre, elle m'expliqua qu'elle comptait repartir pour la campagne dès le lendemain matin :

« Mais, ajouta-t-elle avec bonté, les obligations que je vous ai depuis que vous êtes devenu mon guide spirituel, et la curiosité que vous témoignez au sujet de cette histoire, m'engagent à vous la raconter par écrit, puisque je ne saurais le faire verbalement. Vous recevrez donc, d'ici à quelques jours, la narration de ce qui m'advint durant cette nuit, mémorable à jamais pour moi, que j'ai passée au Black-Cottage. »

Elle tint sa promesse, et, quinze jours après, m'arrivait le manuscrit dont voici la teneur.

Pour reprendre les choses à leur début, je dois vous ramener d'abord à l'époque qui suivit la mort de ma mère.

Mon frère était sur son bâtiment ; ma sœur nous avait quittés pour entrer en condition ; et je vivais seule avec mon père, au milieu d'une de ces grandes landes marécageuses qu'on retrouve à chaque pas, en Angleterre, quand on traverse les comtés de l'Ouest.

Cette lande était couverte de grands rochers calcaires, et coupée, çà et là, de petits ruisseaux. L'habitation la plus voisine de la nôtre était située à un mille et demi de distance, à l'extrémité d'une langue de terre cultivée qui pénétrait, comme un coin, l'épaisseur des vastes bruyères.

Là commençaient les bâtiments annexes de Moor-Farm, l'importante ferme que possédait alors le père de mon mari. Les terres qui en dépendaient allaient rejoindre, par des pentes adoucies, le fond d'une opulente vallée qu'abritaient les hauts plateaux de la lande.

Le terrain ne se relevait qu'à plusieurs milles de là, et en gravissant les plans inclinés qu'il offrait alors, on arrivait à une maison de campagne appelée Holme-Manor, appartenant à un *gentleman* du nom de Knifton.

M. Knifton venait d'épouser une jeune personne dont ma mère avait soigné les premières années, et dont je ne saurais oublier les bontés, — l'amitié puis-je dire, — car elle m'a toujours traitée en vraie sœur de lait.

Il est absolument indispensable, pour la suite de ce récit, que je vous initie tout d'abord à ces détails et à quelques autres encore, aussi peu essentiels en eux-mêmes. Veuillez ne pas les perdre de vue.

Mon père était carrier de son état : son *cottage* était à un mille et demi de l'habitation la plus proche. Dans toute autre direction, nous n'avions de voisins qu'à une distance trois ou quatre fois plus grande. Étant de très-pauvres gens, cet isolement nous procurait un avantage fort grand à nos yeux, celui d'être logés *gratis*. Par surcroît de béné-

fice, les moellons que mon père avait à façonner
pour gagner sa vie, gisaient tout autour de lui, à
quelques pas de sa porte. Aussi se trouvait-il fort
heureux de résider dans cette espèce de Thébaïde.

Je ne saurais dire que je fusse tout à fait de son
avis, mais je n'avais garde de me plaindre. J'ai-
mais tendrement mon père, et le plaisir de lui
être utile compensait pour moi l'austérité de cette
vie au désert. Mistress Knifton, en se mariant, avait
voulu me prendre à son service; mais, bien qu'à
regret, je refusai, songeant à mon père. Si j'étais
partie, il eût été condamné à vivre seul; et ma
mère, sur son lit de mort, m'avait fait promettre de
ne pas l'abandonner à lui-même et à sa tristesse,
au milieu de ces landes arides et tristes.

Dans ses proportions restreintes, notre cottage
était solidement et commodément construit, en
bonne pierre du pays, cela va sans dire. Les murailles étaient revêtues en dedans et garnies au
dehors d'un double rideau de planches, que le père
de M. Knifton avait mises à la disposition du mien.
Ce luxe de précautions contre les fentes et crevasses
de la maçonnerie, qui, dans une position mieux
abritée, eût été complétement superflue, devenait
d'une absolue nécessité là où nous étions, pour
nous préserver des vents froids qui, toute l'année, si
ce n'est pendant les trois mois d'été, balayaient
cette région sans défense. Mon père avait enduit de
goudron, pour le mettre à l'abri de l'humidité, le
planchéiage extérieur dont étaient revêtus nos

murs épais et mal jointoyés. Cela donnait à notre
petite habitation, surtout vue de loin, un aspect
singulièrement sombre, enfumé, sinistre. Et c'est
là ce qui lui avait valu, dès avant ma naissance, le
nom sous lequel était connu de tous nos voisins le
Black-Cottage, — la Chaumière-Noire.

Vous en savez assez, maintenant, pour que, sans
autre préliminaire, je puisse aborder mon récit.

Par une sombre soirée d'automne, — je venais
d'avoir mes dix-huit ans, — un meneur de bétail
arriva de Moor-Farm, porteur d'une lettre qu'on y
avait déposée pour mon père. Elle était d'un archi-
tecte qui, se rendant au chef-lieu du comté, à
demi-journée de chez nous, sollicitait mon père de
venir l'y joindre, pour aider à fixer le devis d'un
important travail de maçonnerie. On le défraierait
de tout, pendant ce voyage, et on lui assurerait ensuite une bonne part dans le travail à faire, si
l'opération s'engageait définitivement.

Ces propositions étaient trop avantageuses pour
lui laisser une minute d'hésitation, et il fit sur-le-
champ ses préparatifs en vue du rendez-vous que
la lettre lui donnait.

L'heure où il l'avait reçue et la nécessité de se
reposer, l'estimation une fois faite, avant de se remettre en chemin pour rentrer chez lui, l'obligeaient à
passer au moins une nuit loin du cottage. Il me
proposa, si je redoutais d'y rester seule, d'en fermer
la porte et de me conduire à Moor-Farm, où quelqu'une des jeunes filles employées à la laiterie ne

me refuserait certainement pas la moitié de son lit.
Mais, d'une part, l'idée d'une pareille communauté
avec une personne que je n'aurais jamais vue ne
me plaisait guère ; et, de l'autre, je ne voyais pas
grand sujet d'alarme à être ainsi laissée sans protection pour une nuit seulement. Aussi refusai-je.
Jamais nous n'avions entendu parler de voleurs ;
notre pauvreté nous protégeait très-suffisamment
contre eux ; et quant à d'autres dangers, il n'en
existait vraiment pas que dût redouter la timidité
le plus en éveil.

Je servis donc le dîner de mon père, riant à part
moi de cette protection que je serais allée chercher
auprès d'une des laitières de Moor-Farm. Il se mit
en route aussitôt après son repas, annonçant qu'il
tâcherait d'être revenu le lendemain à pareille
heure, et nous laissant, à moi et à ma chatte Polly,
le soin de garder la maison.

J'avais nettoyé la table, ranimé le feu, et je m'é-
tais assise à mon travail, ma chatte roulée à mes
pieds, lorsque j'entendis le pas de plusieurs chevaux, et m'étant levée pour courir à la porte, je vis
M. et mistress Knifton qui, suivis de leur groom,
montaient vers notre noire chaumière.

La jeune dame, dans sa bonté, ne manquait guère
une occasion de me faire quelques petites visites
amicales, et son mari, en pareille occurrence, ne
refusait jamais de l'accompagner.

Je leur fis donc ma plus belle révérence avec
beaucoup de plaisir, mais sans la moindre surprise.

Ils descendirent de cheval, et entrèrent au Cottage, de fort bonne humeur, riant à l'envi l'un de l'autre. J'appris bientôt qu'ils se rendaient à la ville pour laquelle mon père venait de partir, — qu'ils devaient y passer quelques jours chez des amis, — et reviendraient ensuite comme à l'aller, c'est-à-dire avec leurs chevaux.

J'appris tout cela, et découvris de plus qu'ils avaient eu, chemin faisant, une discussion (pour rire) dont l'argent était le sujet.

Mistress Knifton accusait son mari de n'avoir aucune disposition à l'économie, de dépenser inévitablement, jusqu'au dernier shilling, la monnaie de poche qu'il emportait sur lui. M. Knifton se défendait en plaisantant de cette accusation, — Tout son argent, disait-il, passait en cadeaux pour sa femme, et s'il en était prodigue, c'était de l'aveu, c'était avec le concours de celle-ci.

« Ainsi, continuait-il, — étalé devant notre pauvre feu comme si c'eût été la cheminée de son magnifique salon, — nous allons maintenant à Cliverton (la ville dont il a déjà été question); vous tomberez certainement en admiration devant toutes les bagatelles exposées par les boutiquiers de l'endroit; je vous passerai ma bourse, et vous ne manquerez pas d'entrer pour faire vos emplettes. Une fois revenue à la maison, et quand vous serez lasse de vos acquisitions, vous déclarerez, les mains levées au ciel, que vous n'y comprenez rien... et que les extravagantes prodigalités dont j'ai l'habitude in-

vétérée sont, en vérité, scandaleuses.... Je ne suis
pourtant que votre banquier, ma chère amie... et
ces folles dépenses dont vous vous plaignez, c'est
vous qui les faites, prenez-y garde!...

— Moi? répliquait mistress Knifton avec tous les
semblants d'une indignation bien jouée... Moi,
monsieur?... Ah! nous allons voir si l'on peut me
calomnier impunément!... Bessie, ma chère (se
tournant de mon côté) vous jugerez vous-même si
je mérite la réputation que veut me faire ce personnage si peu scrupuleux... On prétend que la dépense vient de moi, n'est-il pas vrai?... Monsieur
ne serait que le banquier chargé d'y fournir? A
merveille.... Eh bien, banquier que vous êtes, passez-moi mes capitaux? »

M. Knifton se prit à rire et, de la poche de son
gilet, tira quelques menues monnaies d'or et d'argent.

« Point! point! recommença mistress Knifton....
ce que vous avez là ne vous sera pas de trop pour
les dépenses inévitables.... N'avez-vous que ceci
dans vos poches?... Eh! qu'est-ce que je vois là? »
continua-t-elle frappant un léger coup sur la poitrine de son mari, juste à la hauteur de la poche de
côté.

M. Knifton, riant toujours, présenta son portefeuille.

Sa femme le lui arracha des mains, l'ouvrit, et
en retira quelques *bank-notes* qu'elle y remit incon-
tinent; après quoi, le portefeuille refermé, mon ai-

mable visiteuse traversa la pièce, se dirigeant du
côté où était le bahut de noyer appartenant jadis à
ma pauvre mère, — le seul meuble de quelque valeur que renfermât notre humble cottage.

« Qu'allez-vous donc faire par là? » demandait
M. Knifton qui ne perdait pas de vue sa femme.

Mistress Knifton ouvrit la porte vitrée du bahut,
— déposa le portefeuille sur un des rayons inférieurs, où restait une place vide, — puis referma le
meuble et m'en remit la clef.

« Vous m'avez qualifiée de panier percé, disait-
elle à son mari... Voici comment je réponds.... Vous
ne dépenserez pas à Cliverton, pour satisfaire à *mes*
caprices, un *farthing* de tout cet argent..... Gardez
cette clef dans votre poche, Bessie, et quoi que
puisse dire M. Knifton, ne la lui remettez sous aucun prétexte avant que nous soyons de retour!...
Non, monsieur, je ne souffrirai pas que vous alliez
à Cliverton avec cet argent dans vos poches... Et je
m'assure que vous le rapporterez chez vous, en le
laissant ici dans des mains plus sûres que les vô-
tres, jusqu'à ce que nous venions le reprendre....
Que dites-vous, ma chère Bessie, de cette leçon d'é-
conomie donnée par une femme prodigue à son
sage et prudent époux?... »

Tout en parlant, elle avait pris le bras de
M. Knifton et l'entraînait vers la porte. Il protes-
tait et faisait quelque résistance; mais elle la sur-
monta aisément, car il était trop épris d'elle pour
faire prévaloir sa volonté dans les différends qu'ils

pouvaient avoir en matière si peu importante. —
Les hommes pouvaient y trouver à dire, mais
M. Knifton passait, aux yeux de toutes ses connais-
sances féminines, pour un vrai modèle de mari.

« Nous nous verrons à notre retour, Bessie... Jusque-là vous êtes notre banquier, et le portefeuille
vous demeure, » s'écria gaiement mistress Knifton, arrivée au seuil de la porte.

Son mari la mit en selle, sauta lui-même à cheval, et tous deux partirent au galop, à travers landes, aussi heureux, aussi fous qu'une paire d'enfants.

Bien qu'il n'y eût rien de nouveau pour moi dans
la mission de confiance que mistress Knifton venait
de m'assigner (car, jeune fille, elle m'avait souvent
remis l'argent destiné à payer les comptes de sa
couturière), je n'étais pas tout à fait tranquille de
me voir ainsi préposée à la garde d'un portefeuille
rempli de billets de banque. Non que j'eusse la
moindre appréhension positive pour la sûreté du
dépôt placé en mes mains; — mais c'était une des
singularités de mon naturel (et je crois bien qu'elle
subsiste encore) de sentir une répugnance exagé-
rée à me charger de n'importe quelle responsabilité pécuniaire, même pour m'accommoder au
désir de mes meilleurs amis.

Dès que je me retrouvai seule, la simple vue du
portefeuille derrière le vitrage de la petite bibliothèque devint une espèce de contrariété; et au lieu
de retourner à ma couture, je me mis à me creuser

la cervelle pour imaginer une place où je pusse le
mettre sous clef, sans qu'il demeurât ainsi exposé
aux regards des passants que le hasard pourrait
amener dans notre cottage.

Ceci, après tout, n'était point facile, car notre
humble maisonnette ne renfermait guère d'objets
qu'on eût à sauvegarder par de telles précautions.

Après avoir passé en revue les diverses cachettes
dont je pus m'aviser dans le moment, je songeai à
ma boîte à thé, présent de mistress Knifton,
que je conservais, pour la mettre à l'abri du
moindre dommage, dans un placard de ma chambre à coucher. Malheureusement —la suite l'a bien
prouvé, — au lieu de transférer aussitôt le portefeuille du côté de la boîte à thé, j'allai chercher la
boîte à thé pour y loger le portefeuille.

Ce fut par pure étourderie que j'intervertis ainsi
l'ordre logique de ces arrangements familiers,
et j'en fus assez durement punie, ainsi que vous
pourrez le voir quand vous aurez tourné un ou
deux feuillets de ce récit.

Je retirais justement du placard cette désastreuse
boîte à thé, lorsque j'entendis un bruit de pas dans
le corridor, et sortant aussitôt de ma chambre, je
vis deux hommes entrer dans la cuisine, où j'avais
reçu M. et mistress Knifton.

Je leur demandai, non sans quelque brusquerie,
« ce qu'ils désiraient ? » et l'un d'eux me répondit sur
le même ton, « qu'ils avaient affaire à mon père. »
Tout naturellement, pour m'adresser la parole, il

s'était tourné de mon côté ; je le reconnus donc pour
un ouvrier carrier auquel ses camarades avaient
donné le sobriquet de « Dick-la-Ressource, » et dont
la réputation était mauvaise à tous égards, si ce n'est
comme lutteur, — la lutte étant, pour les robustes
ouvriers de notre district, un passe-temps favori
qui les a rendus fameux dans tout le comté. *Shifty-
Dick*, leur champion par excellence, devait son
surnom à certaines rubriques d'athlète, dont on avait
beaucoup jasé.

Il était de taille haute et puissante, avec une figure sournoise, couturée de cicatrices, de grosses
mains velues, bref, le visiteur le moins à souhaiter
pour moi dans les circonstances particulières où
je me trouvais.

Son compagnon, qui m'était inconnu, et auquel
il donnait en lui parlant le nom de « Jerry, » était un
petit homme, leste et vif, aux allures promptes, au
regard mauvais, qui, — en m'ôtant son bonnet avec
une politesse empreinte de moquerie, — m'avait
laissé voir un crâne très-chauve, sur lequel s'éta-
laient d'assez vilains boutons.

De prime abord, il m'inspirait plus de méfiance
encore que Shifty-Dick ; aussi fis-je en sorte de me
placer entre le bahut et ses malicieux regards,
tout en répondant à ces hommes « que mon père
était absent, mais qu'il rentrerait sans doute le lendemain de bonne heure. »

Je n'avais pas achevé ces mots, que je me repen-
tis de m'être laissé entraîner par mon désir de con-

gédier ces visiteurs importuns, à leur faire savoir que mon père devait passer la nuit hors de sa maison.

Shifty-Dick et son compagnon s'entre-regardèrent au moment où je risquais cet aveu naïf; — mais ils ne firent à ce sujet aucune remarque, demandant seulement « si je ne les régalerais pas d'un verre de cidre ? » Je répondis, toujours assez brusquement, que nous n'avions pas de cidre à la maison ; — et cela sans craindre que mon refus de leur donner à boire pût entraîner le moindre inconvénient, vu que dans une carrière voisine, à portée de la voix, il y avait en ce moment force ouvriers au travail.

Les deux personnages, après que j'eus mis ainsi leur requête à néant, se regardèrent encore, et Jerry (c'est le seul nom sous lequel je puisse désigner cet homme) — m'ôtant une seconde fois son bonnet avec une civilité de plus en plus ironique, — me dit « qu'ils auraient l'honneur de revenir le lendemain, lorsque mon père serait de retour. »

Je leur souhaitai le bonsoir du ton le plus disgracieux, et, à mon grand soulagement, tous deux quittèrent aussitôt notre demeure.

Lorsque je les jugeai un peu loin, j'allai me mettre au guet sur le seuil de la porte. Ils se dirigèrent, tout à loisir, du côté de Moor-Farm; et, comme le jour tombait, je les eus bientôt perdus de vue.

Une demi-heure plus tard, je regardai encore dans la même direction.

Au coucher du soleil, le vent s'était apaisé; mais le brouillard s'élevait, et il commençait à pleuvoir très-dru.

Jamais les vastes bruyères désertes ne m'étaient apparues sous un aspect plus triste que ce soir-là. Jamais je n'avais accordé à une bagatelle autant de regrets que j'en éprouvais en songeant à ce porte-feuille de M. Knifton, resté en dépôt chez nous.

Je ne puis pas dire que j'eusse, à ce sujet, une crainte positive et bien définie, car je me sentais à peu près certaine que ni Shifty-Dick ni Jerry, — pendant le peu de temps qu'ils étaient restés à la cuisine, — n'avaient dû jeter les yeux sur un objet d'aussi petite dimension que l'était ce portefeuille; mais j'étais sous l'influence d'un trouble vague : l'obscurité me pesait; ma solitude m'était déplaisante; bref c'était un ensemble d'impressions fâcheuses que jamais, auparavant, je n'avais subies.

Ce sentiment prit en moi de telles proportions lorsque, la porte fermée, je fus rentrée dans la cuisine, qu'en entendant la voix des ouvriers qui passaient devant notre maison pour s'en retourner chez eux, dans un village de la vallée, au-dessous de Moor-Farm, je revins dans le corridor, un moment décidée à leur soumettre l'état des choses, pour implorer d'eux conseil et protection.

Mais j'éloignai cette idée à peine conçue. Aucun de ces carriers ne m'était particulièrement connu. Tout au plus échangions-nous quelques saluts, et je les croyais honnêtes gens, selon le train ordinaire des choses. Mais le simple bon sens dont j'étais douée m'avertissait que je ne les avais pas assez pratiqués pour les mettre au courant de ce qui s'était passé relativement au portefeuille.

De la misère et des pauvres je savais assez pour n'ignorer point quelle énorme tentation peuvent trouver, dans une somme considérable en monnaie courante, des gens dont la vie se passe à gagner par un travail opiniâtre quelques misérables pièces de six *pence*. — Autre chose est de coucher dans un livre quelques belles phrases sur l'incorruptible honnêteté; autre chose de réduire en pratique ces beaux sentiments d'une rédaction si facile, quand un homme ne voit entre la faim et son foyer d'autres barrières que les chances d'une journée de travail.

Il ne me restait plus qu'une alternative; c'était de m'en aller à Moor-Farm avec le portefeuille, et d'y demander un abri pour la nuit. Mais je ne pus jamais me convaincre que j'en fusse réellement réduite à cette extrémité; puis, s'il faut tout dire, mon orgueil se révoltait à l'idée de me présenter devant les gens de la ferme avec tous les dehors de la couardise.

La timidité qui, paraît-il, a son charme chez les belles dames de salon, paraît tout simplement ridicule chez les femmes de la classe inférieure. Avec moins de courage encore que je n'en avais alors — que je n'en aurai toujours, s'il plaît à Dieu — toute femme de ma condition y aurait regardé à deux fois avant d'aller affronter les railleries grossières des garçons de charrues et des filles de laiterie.

Pour moi, j'avais à peine envisagé l'idée de chercher un refuge à la ferme, que je me méprisai de l'avoir conçue :

« Non, non, pensai-je ; ce n'est pas moi qu'on verra faire un mille et demi sous la pluie, dans le brouillard et les ténèbres, pour aller raconter à toute une maisonnée de manants que le cœur m'a manqué... Arrive que pourra, je demeure ici jusqu'au retour de mon père ! »

Avec ce parti pris de vaillance, le premier soin auquel je vaquai fut de fermer et verrouiller les deux portes de devant et de derrière, puis de vérifier la solidité de tous les contrevents de la maison.

Ce devoir accompli, j'attisai un bon feu déjà flambant, j'allumai ma chandelle, et aussi commodément installée que possible, je me préparai à prendre le thé.

A ce moment, dans cette chambre bien éclairée et bien close, c'était tout au plus si je pouvais croire à ces anxiétés qui m'avaient assiégée deux heures auparavant. Je chantais en nettoyant ma petite vaisselle à thé, tandis que ma chatte, à qui ma bonne humeur semblait se communiquer, gambadait et folâtrait plus galement qu'à l'ordinaire.

Mon ménage achevé, je repris le tricot qui m'occupait, et travaillai si longtemps, que je finis par me sentir quelque peu assoupie. Mais le feu brillait si bien et donnait une si bénigne chaleur, que je

8.

ne pouvais me résoudre à le quitter pour m'aller mettre dans mon lit.

Je restai donc à le contempler, — on ouvrage sur mes genoux, inerte et rêveuse, — jusqu'à un moment où le crépitement de la pluie qui continuait à tomber, et les gémissantes bouffées de vent qui s'élevaient çà et là par accès, n'arrivèrent plus à mon oreille que très affaiblis, et de plus en plus atténués. Avant que le sommeil m'eût enlevé tout de bon ces perceptions extérieures, les derniers sons dont j'eus conscience furent le craquement joyeux du foyer, et le voluptueux ron-ron de ma chatte s'étalant avec béatitude sous les chaudes clartés qu'il projetait : voilà ce que j'entendais sur le point de m'endormir...

Le bruit qui me réveilla fut celui d'un coup violent frappé contre la porte d'entrée...

Je tressaillis, et éprouvai presque simultanément cette sensation d'angoisse que le dicton populaire qualifie de « haut-le-cœur, » puis un frémissement passager à la racine des cheveux ; — je tressaillis, et me redressai sans haleine, glacée, immobile ; — attendant, muette, je ne sais au juste quel incident, et me demandant tout d'abord si l'on avait réellement frappé ce rude coup?... ou si c'était là l'illusion de quelque rêve?

Au bout d'une minute, — peut-être moins, — vint un second coup, plus retentissant que le premier.

Je m'élançai dans le corridor.

« Qui est là?

— Ouvrez-nous! répondit une voix que je reconnus immédiatement pour celle de Shifty-Dick.

— Un instant, cadet !... laissez-moi m'expliquer, reprit une seconde voix, dont les accents contenus, doucereux, les ironiques intonations me rappelèrent ce petit homme aux allures spirituellement perverses que j'avais vu avec Dick, et que ce dernier appelait Jerry... Vous êtes seule au logis, ma belle enfant... Vous vous égosilleriez vainement d'ici à demain sans vous faire entendre de qui que ce soit au monde... Écoutez donc la raison, ma chère petite, et ouvrez-nous sans retard !... » Ce n'est pas du cidre qu'il nous faut, c'est un mignon portefeuille que vous vous trouvez posséder, plus les quatre cuillères à thé de votre excellente mère, que vous entretenez si proprettes, et qui font si bien sur votre cheminée... Si vous nous ouvrez, pas un cheveu ne tombera de votre tête, mon doux ange, et nous nous engageons à partir aussitôt, nantis de ce qu'il nous faut.. , à moins que vous n'ayez tout à fait envie de nous offrir des rafraîchissements.. Que si vous nous laissez dehors, il faudra bien nous résoudre à enfoncer la porte, et alors...

— Alors, interrompit Shifty-Dick, nous vous mettrons *en capilotade*.

— Oui, dit Jerry... c'est cela, beauté des cieux... en capilotade... Mais vous ne nous forcerez à rien de semblable, n'est-ce pas, mon chérubin?... Vous nous ouvrirez, n'est-il pas vrai ? »

Ce parlementage, en se prolongeant, m'avait donné le temps de me remettre ; et mes nerfs, ébranlés par la violence du coup frappé à la porte, s'étaient peu à peu raffermis. Il est des femmes à qui les menaces de ces deux manants eussent fait perdre la tête dès le début; mais l'unique effet qu'elles produisirent sur *moi*, fut une violente indignation. Dieu m'avait donné une forte dose de résolution ; et la froide insolence, le mépris railleur de ce Jerry étaient de nature à m'exaspérer.

« Misérables, lâches ! leur criai-je à travers la porte... Vous pensez pouvoir me terrifier parce que je ne suis qu'une pauvre jeune fille restée seule chez elle?... Mauvais bandits que vous êtes, je vous mets tous les deux au défi... Nos verrous sont solides, nos contrevents sont épais... J'ai à garder la maison de mon père... et je tiendrais bon contre une armée de vos pareils. »

Vous pouvez vous figurer aisément quelle fureur était la mienne, au moment où j'exhalais ces folles imprécations. J'entendis Jerry qui se mettait à rire, et Shifty-Dick qui blasphémait à pleine bouche. Puis il y eut, pendant une minute ou deux, silence de mort ; — après quoi, les deux coquins attaquèrent la porte.

Courant à la cuisine, je saisis le *poker*, — ce long crochet de fer qui sert à manœuvrer les charbons embrasés, — puis j'entassai du bois sur le feu, et

j'allumai toutes les chandelles que je trouvai sous
ma main; je sentais, en effet, que plus j'y verrais
clair, moins le courage me manquerait.

Si étrange, si invraisemblable que ceci puisse
paraître, je songeai, aussitôt après, à ma pauvre
chatte qui, frappée de terreur, était allée se tapir
dans un recoin. Je me préoccupais tellement de
cette petite créature que je la pris dans mes bras
pour la porter dans ma chambre à coucher, et je la
fourrai au fond de mon lit.

Soin risible à prendre en pareille circonstance,
n'est-il pas vrai? mais, dans le moment, rien ne
me sembla plus naturel et plus opportun.

Pendant tout ceci, les coups tombaient, précipités de plus en plus, sur la porte menacée. Ils étaient
frappés, selon la conjecture la plus vraisemblable,
avec de lourdes pierres ramassées sur le terrain
même. Jerry chantait, et Shifty-Dick jurait, tout en
se livrant à leur besogne maudite.

Au sortir de ma chambre à coucher, après que
j'eus mis ma chatte à l'abri, j'entendis les panneaux inférieurs qui commençaient à craquer sous
le poids des projectiles....

Je courus dans la cuisine et mis dans ma poche
nos quatre cuillers d'argent; puis je me saisis du
désastreux portefeuille, que je logeai dans le cor-
sage de ma robe. J'étais bien décidée à défendre
jusqu'à la mort tout ce dont la garde m'était confiée.

Au moment où le portefeuille venait d'être ainsi

mis en lieu sûr, j'entendis le bruit d'une planche qui s'effondre, et je m'élançai dans le couloir, tenant levé à deux mains le *poker* pesant dont je m'étais armée.

J'arrivai à temps pour voir la tête chauve de Jerry, et les boutons hideux qui la garnissaient, s'insinuant déjà par une large fente pratiquée dans l'un des panneaux inférieurs de la porte d'entrée.

« Retirez-vous, mauvais drôle ! ou je vous broie la cervelle, » m'écriai-je, le menaçant de mon *poker*.

Jerry retira sa tête beaucoup plus lestement qu'il ne l'avait avancée.

Le premier objet auquel, ensuite, la même fente livra passage, fut une fourche de fer avec laquelle, pour m'éloigner de la porte, l'un ou l'autre me portait des coups de pointe. Je la frappai de toutes mes forces, et il est probable que je pris à faux la main de Shifty-Dick; car je l'entendis pousser une exclamation de douleur et de colère.

Avant qu'il pût ressaisir de son autre main la fourche que je l'avais contraint de lâcher, je me hâtai de la tirer à moi. — Cette fois Jerry perdit patience, et se mit à sacrer aussi terriblement que Dick lui-même.

Vint ensuite une autre minute de répit. Je soupçonnai qu'ils étaient allés chercher de plus grosses pierres, et craignis que cette fois la porte ne vînt à céder tout d'une pièce.

Sous l'empire de cette appréhension, je courus à ma chambre, et saisissant par ses poignées mon coffre à vêtements, je l'attirai dans le corridor où je le poussai contre la porte. Puis sur le couvercle, je me hâtai d'entasser la grande boîte où mon père serrait ses outils, trois lourdes chaises, et un grand seau rempli de charbon. Enfin, traînant après moi la table de cuisine, je la poussai le plus près que je pus de la barricade que je venais d'élever ainsi.

En revenant avec leur nouvel approvisionnement de pierres, ils m'entendirent sans doute :

« Attendez, attendez! » cria Jerry, et ils se mirent à conférer tout bas. J'écoutais avidement, et parvins à saisir ces mots :

« Essayons de l'autre chemin ! »

Rien de plus ne fut dit, et j'entendis leurs pas s'éloigner de la porte d'entrée.

Allaient-ils donc s'en prendre à celle du fond ?

Je m'étais à peine posé cette question, lorsque j'entendis leurs voix de l'autre côté de la maison. Or, la porte du fond était plus petite que celle de la façade, mais elle valait mieux comme solidité, faite qu'elle était de deux épaisses planches de chêne, ajustées dans le sens de leur longueur, et renforcées à l'intérieur par de nombreuses traverses. Elle n'avait pas de verrous comme celle de devant, mais elle était assujettie par une barre de fer, établie en sens oblique, et dont les deux extrémités s'encastraient en plein mur.

« Ils auraient plus tôt fait de démolir le cottage que de s'y introduire en forçant cette porte, » pensai-je avec une secrète satisfaction. Et ils en furent bientôt convaincus. Après cinq minutes employées à battre en brèche cette barrière inébranlable, ils renoncèrent à pénétrer par là, et jetèrent leurs énormes cailloux avec des malédictions épouvantables.

Je rentrai dans la cuisine, et m'assis sur le rebord de la fenêtre pour me reposer un moment.

L'agitation, l'inquiétude contre lesquelles je me débattais à la fois commençaient à me dominer. Je sentais sur mon front de grosses gouttes de sueur, et les écorchures que je m'étais faites aux mains, en construisant à la hâte ma barricade, commençaient à me cuire très-désagréablement. Je n'avais pas perdu la moindre parcelle de ma détermination, mais je commençais à sentir que mes forces s'en allaient.

Il y avait dans l'armoire une bouteille de rhum, que mon frère le marin y avait laissée depuis son dernier débarquement. J'avalai quelques gouttes de cette liqueur. Jamais auparavant, et jamais, depuis ce moment-là, liqueur traversant mon gosier ne m'a fait autant de bien que cette précieuse gorgée de rhum.

J'étais encore assise sur le bord de la fenêtre, à m'essuyer le visage, lorsque j'entendis tout à coup les deux voix à quelques pouces derrière mon dos.

Mes bandits pratiquaient la fenêtre contre la-

quelle j'étais adossée. Comme toutes celles du cottage, elle était protégée par des barreaux de fer. Je
prêtai l'oreille avec une profonde anxiété pour savoir si j'entendrais le bruit d'une lime;.... mais
non.... ce bruit redoutable ne m'arrivait pas. Persuadés qu'ils m'effraieraient facilement et se fe-
raient ouvrir par leurs menaces, les deux malfai-
teurs ne s'étaient pourvus, avant de venir, d'aucun
de ces outils qui servent d'ordinaire à l'effraction.

Une nouvelle volée de blasphèmes m'apprit qu'ils
venaient de constater l'obstacle opposé par les
barreaux de fer à leur sinistre dessein.

J'écoutais, comprimant ma respiration, pour me
rendre compte de ce qui allait suivre; mais leurs
voix, de moins en moins distinctes, semblèrent se
perdre dans l'éloignement.

Ils s'écartaient bien évidemment de la fenêtre;
mais s'écartaient-ils en même temps de la maison?.... Avaient-ils renoncé à l'idée d'y entrer de
vive force?

Un long silence suivit, — silence qui mit mon
courage à une épreuve bien autrement rude que le
tumulte de leur première agression contre le cottage.

D'affreux soupçons m'assiégeaient et me faisaient
craindre qu'ils ne parvinssent à réaliser par trahison ce qu'ils n'avaient pu effectuer à l'aide de la
violence. Si bien que me fût connue notre habitation, j'en étais à me demander s'il n'existait, pour
y pénétrer sans bruit, à l'aide de quelque strata-

11.   9

gème, aucun moyen contre lequel toutes mes précautions seraient inutiles. Le *tic tac* de l'horloge
me portait sur les nerfs, le pétillement de l'âtre me
faisait frissonner. Je regardais vingt fois par minute les recoins obscurs du corridor, retenant mon
haleine, imposant à mes yeux un effort pénible,
anticipant sur les événements les moins probables,
les périls les plus chimériques.

Étaient-ils réellement partis ?..... Rôdaient-ils
encore autour de la maison?.... Oh! que n'aurais-
je pas donné, rien que pour savoir à quoi ils
s'occupaient durant cet intervalle de silence !

Je fus tirée d'incertitude, à la fin, et de la manière la plus effrayante, par le cri que poussa l'un
de ces hommes; ce cri descendait le long de la
cheminée de la cuisine. Il m'arriva d'une manière
si imprévue, si terrible, au sein de ce silence
absolu, que pour la première fois depuis que la
maison était attaquée, je poussai, moi aussi, une
exclamation de terreur. Mes plus sombres prévisions
ne m'avaient pas avertie que ces deux brigands
pouvaient se hisser sur le toit.

« Ouvrez-nous, diablesse ! » rugit cette voix dont
le volume était grossi par le tuyau où elle s'engouf-
frait. »

Il y eut une autre pause. La fumée du feu de bois,
— si légère et si peu abondante qu'elle fût à ce moment, où il n'y avait plus guère que des cendres
incandescentes, — avait évidemment obligé cet
homme à retirer son visage, placé à l'ouverture

extérieure de la cheminée. Je comptai les secondes, tandis que, selon mes conjectures, il travaillait à reprendre haleine. Un peu moins d'une demi-minute s'était écoulée, quand un nouveau cri se fit entendre.

« Ouvrez-nous !... ou nous brûlons la maison, et vous avec ! »

La brûler ?... comment, la brûler ?... Il n'y avait rien de très-combustible au dehors, si ce n'était le chaume de la toiture, et ce chaume avait été parfaitement trempé par les flots de pluie qui venaient de tomber pendant six heures consécutives..... Brûler la maison? me brûler avec? Comment s'y prendraient-ils ?.....

Pendant que, dans le désordre de mes pensées, je cherchais à démêler par quels moyens ces misérables pourraient réaliser leurs menaces d'incendie, une des grosses pierres plates posées sur le chaume de la toiture pour l'empêcher d'être arrachée par les ouragans, descendit par la cheminée avec un bruit de tonnerre. Elle dispersa par toute la chambre des nuages de cendres brûlantes.

Une pièce élégamment meublée, tendue de mousseline, garnie de laques et de cartonnages, eût pris feu à l'instant même ; — notre plancher grossier et nu, nos meubles massifs rendirent eux-mêmes une odeur de brûlé sous la pluie de cendres et de braises que souleva cette première pierre.

Devant cette preuve nouvelle de l'infernale adresse des deux misérables qui m'assiégeaient ainsi, je demeurai un instant frappée d'horreur. Mais le danger imminent que j'avais à conjurer me rendit presque immédiatement l'usage de mes sens. Il y avait dans ma chambre à coucher une fontaine de grès remplie d'eau, et je courus la chercher.

Avant que je fusse rentrée dans la cuisine, une seconde pierre avait été lancée dans la cheminée, et le plancher commençait à prendre en plusieurs endroits.

J'eus assez de bon sens pour ne pas m'inquiéter si vite de ces charbons éparpillés çà et là, et pour répandre toute mon eau sur ce qui restait de feu dans l'âtre, avant qu'une troisième pierre y eût été jetée. Je vins ensuite à bout, très-facilement, d'étouffer les braises menues qui pouvaient incendier le plancher.

L'homme perché sur le toit dut entendre le frémissement du feu que j'éteignais et sentir la différence de l'air qui s'échappait par l'ouverture de la cheminée, car la troisième pierre ne fut suivie d'aucune autre.

Quant à voir l'un ou l'autre de mes deux coquins prendre la même route, cette inquiétude m'était épargnée. Je savais fort bien, — pour avoir ramoné maintes fois notre cheminée, — que les dimensions de son tuyau ne permettraient pas à un homme fait de s'y introduire. Un enfant, tout au plus, et de fort petite taille, aurait pu passer par là.

Tandis que cette consolante réflexion me traversait l'esprit, je levai les yeux par hasard, et je vis, — aussi distinctement que je vois le papier sur lequel ces lignes sont tracées, — je vis, dis-je, la pointe d'un couteau se faire jour à travers le toit, juste au-dessus de ma tête.

Notre cottage n'avait qu'un rez-de-chaussée, et nos chambres n'étaient point plafonnées. Le couteau, agité dans tous les sens, se frayait lentement un chemin à travers les chaumes secs de l'intérieur, entre deux chevrons de la charpente. — Il s'arrêta un moment, et j'entendis alors le bruit de quelque chose que l'on arrache.

Ce bruit, à son tour, vint à cesser ; il tomba sur le plancher une certaine quantité de pailles brisées, et je vis la main de Shifty-Dick, énorme et velue, armée d'un couteau, se faire jour par l'ouverture qu'elle venait de pratiquer — Du dos de la lame, il frappait sur les chevrons comme pour éprouver leur solidité. Ils étaient, Dieu merci, en fort bon état, et très-rapprochés l'un de l'autre. Il n'eût fallu rien moins qu'une hachette pour entamer sérieusement l'une ou l'autre de ces poutrelles.

La main armée pour le meurtre frappait encore de tous côtés, lorsque j'entendis Jerry pousser une espèce de clameur venant du côté du hangar maçonné que mon père avait construit lui-même dans l'arrière-cour. — La main et le couteau disparurent à l'instant. — J'allai me placer derrière la porte du fond, et, l'oreille collée à la serrure, j'écoutai....

Les deux hommes étaient maintenant sous le hangar. Je faisais des efforts désespérés pour me rappeler ce qu'il y avait là d'instruments et d'outils

pouvant servir contre moi; mais l'agitation où
j'étais ne me laissait pas le libre exercice de ma
mémoire, et je ne me souvenais que de la scie à
moellons employée par mon père, — engin trop
lourd et trop peu maniable pour être utilisé s'il s'a-
gissait de percer le toit du cottage. Je me creusais
encore la cervelle et me perdais en conjectures chimériques, sans aucune espèce de résultat, lorsque
j'entendis les deux hommes tirer après eux, du hangar, quelque chose de lourd.

En même temps que mon oreille percevait ce
bruit, un souvenir soudain, rapide comme l'éclair,
me fit songer à certaines solives déposées depuis
des années au fond de cette espèce d'entrepôt. —
Je venais de me convaincre qu'ils transportaient,
à eux deux, une de ces grosses pièces de bois, lorsque
j'entendis Shifty-Dick qui disait à son digne complice :

« Quelle porte?

— Celle de devant, répondit Jerry. Nous l'avons
déjà entamée... Elle sera par terre en un rien de
temps. »

Il n'était pas besoin de cette vivacité de perceptions que donne le sentiment du danger, pour deviner
aisément, d'après ces paroles, que les deux scélérats
allaient se servir de la solive comme d'un bélier
pour enfoncer la porte déjà ébranlée.

Quand j'eus cette conviction, je perdis enfin
courage. Je sentais bien que la porte ne tiendrait
pas contre une pareille attaque; et une barricade

comme celle dont je l'avais étayée ne pouvait pas la mettre en état de résister plus de quelques minutes aux chocs puissants qu'elle allait recevoir.

« Je n'ai rien de plus à faire pour les empêcher de forcer la maison, me disais-je, tandis que mes genoux se heurtaient sous moi et que mes joues se couvraient de larmes involontaires... Il faut maintenant me fier à la nuit et à l'épaisseur des ténèbres pour sauver ma vie, lorsqu'il en est encore temps. »

J'avais jeté mon manteau sur mes épaules, rabattu mon capuchon sur mes yeux, et ma main était déjà posée sur la barre qui maintenait la porte du fond, lorsqu'un miaulement plaintif, parti de la chambre à coucher, vint me rappeler ma pauvre *pussy*. Je courus la prendre et l'installai, tant bien que mal, dans mon tablier.

Avant que j'eusse mis le pied dans le corridor, la solive s'abattit pour la première fois contre la porte.

Le gond supérieur céda sous le choc. Les chaises et le seau à charbon, qui formaient la cime de ma barricade, furent précipités à grand bruit sur le plancher ; mais le gond inférieur, la pesante commode et le coffre à outils ne bougèrent pas.

« Encore une poussée ! encore un bon coup ! criaient les deux bandits, et tout le bataclan sera par terre. »

Juste au moment où ils devaient se donner carrière pour cette « poussée » à toute course dont ils attendaient un si beau résultat, j'ouvris la porte du fond, et serrant contre ma poitrine le portefeuille rempli de *bank-notes*, les cuillers d'argent dans ma poche, ma chatte au fond de mon tablier, je m'élançai en pleine obscurité.

Je n'eus pas de peine à trouver ma route parmi les obstacles familiers qui encombraient notre arrière-cour, et j'étais parmi les landes, envahies par la nuit la plus noire, quand m'arriva le bruit du second coup, sous lequel la porte cédait complétement, cette fois.

Il ne fallut que trois minutes aux deux voleurs pour constater que je m'étais enfuie avec le portefeuille, car j'entendis d'assez loin les cris qu'ils poussaient, s'exhortant sans doute à me poursuivre. Mais je continuai à courir, et ce bruit s'éteignit en peu d'instants. — D'ailleurs, il faisait si noir, que vingt chenapans, au lieu de deux, eussent jugé inutile de chercher à me rattraper.

Je ne saurais dire au juste combien de temps s'était écoulé lorsque je parvins à la grande ferme, — l'endroit le plus proche où je pouvais trouver refuge. Tout au plus m'était-il resté assez de sang-froid pour me maintenir le dos au vent (ayant remarqué, au début de la soirée, que le vent portait vers Moor-Farm), et pour marcher ainsi, résolûment, à travers ténèbres. Sauf cet éclair de bon sens, l'épreuve par laquelle je venais de passer m'avait laissée à moitié folle. S'il fût arrivé par hasard que le vent eût changé de direction, je me serais infailliblement égarée, et j'avais alors grande

chance de périr en pleine lande, soit d'épuisement,
soit de froid et de frayeur. Heureusement, il soufflait du même côté depuis plusieurs heures, et
j'arrivai à la ferme, mes vêtements traversés par la
pluie, et la tête prise de fièvre.

Quand je donnai l'alarme en frappant à leur porte,
les gens de la famille étaient tous dans leurs lits, à
l'exception du fils aîné, qui avait veillé un peu
tard, ruminant son journal et fumant sa pipe.
J'eus tout juste la force de lui dire, en quelques
paroles haletantes, comment je me trouvais là,
et je tombai ensuite à ses pieds, dans un complet
évanouissement, le premier accident de ce genre
que j'eusse jamais éprouvé.

Cet évanouissement fut suivi d'une grave maladie.
Quand j'eus repris assez de force pour voir ce qui
m'entourait, je me retrouvai dans un des lits de la
ferme; mon père, mistress Knifton, et le médecin
étaient tous dans la chambre; —ma chatte dormait
à mes pieds, et le portefeuille que j'avais sauvé reposait sur une table à côté de moi.

Bien des nouvelles n'attendaient, pour m'être données, que le moment où je serais en état de les écouter. Shifty-Dick et l'autre drôle avaient été pris, et
se préparaient en prison à l'ouverture des prochaines
assises. M. et mistress Knifton avaient tellement pris
à cœur le danger récemment couru par moi, —
danger dont ils accusaient principalement l'étourderie avec laquelle ils m'avaient confié leur portefeuille, — qu'ils avaient insisté pour que mon père,

quittant notre cottage isolé, allât sur leur domaine
en occuper un autre, dont ils lui offraient la jouis-
sance gratuite.

Les *bank-notes* que j'avais su soustraire aux
voleurs m'étaient laissées pour acheter des meubles,
en remplacement de ceux qu'on nous avait brisés.

Ces agréables renseignements m'aidèrent si bien
à me rétablir, que je fus bientôt en état de raconter
à mes amis de la ferme les détails que je viens de
consigner ici par écrit. Ils excitèrent la surprise
et l'intérêt de tous, mais n'émurent personne autant
que le fils aîné du fermier. Mistress Knifton le
remarqua tout comme moi, et, dès que nous fûmes
seules, en fit le sujet de ses affectueuses plaisanteries.

Je n'y prêtai alors aucune attention ; mais quand
je me rétablis, et lorsque nous allâmes occuper notre
nouveau domicile, le « jeune fermier, » comme on
l'appelait de nos côtés, venait constamment nous
voir, sans parler des rencontres fréquentes qu'il
savait se ménager avec moi si quelques menus
soins m'appelaient au dehors. J'avais, comme tant
d'autres jeunes femmes, ma petite dose d'amour-
propre, et les plaisanteries de mistress Knifton
commencèrent à me paraître mériter qu'on y prît
garde.

Sans entrer dans d'inutiles détails, le jeune fermier réussit, un beau dimanche, — sans que je
puisse trop dire comment, — à me faire perdre mon
chemin, pendant que nous revenions ensemble de

l'église; — et, avant que nous nous fussions retrouvés sur la bonne route, il m'avait demandé si
je voulais être sa femme.

Ses parents firent tout au monde pour nous séparer
et rompre le mariage projeté entre nous, pensant
que la fille d'un pauvre carrier n'était pas la compagne qu'il fallait à un *yeoman* si bien pourvu.
Mais le fermier avait de quoi leur tenir tête. A
toutes leurs objections, il répondait invariablement : « Un homme digne de ce nom se marie selon
son goût, et pour se satisfaire lui-même. En prenant
femme, je sais que je place ma réputation et mon
bonheur, — c'est-à-dire le plus précieux dépôt que
je puisse confier à quelqu'un, — sous la garde de ma
compagne... La personne que je compte épouser
avait un dépôt sous sa garde, et, au péril de sa vie, a
voulu justifier la confiance qu'on avait mise en elle...
Elle m'a prouvé par là qu'elle méritait parfaitement, de ma part, tout ce que je lui accorderais
d'estime et de crédit moral..... Le rang et la
richesse sont, à coup sûr, de fort bonnes choses;
mais la certitude de posséder une bonne femme
vaut beaucoup mieux encore..... J'ai l'âge de raison,
je sais ce que je veux, et mon parti bien pris est
d'épouser la fille du carrier. »

Ainsi fit-il.

Si je me suis ou non montrée digne de sa bonne
opinion, vous pourrez, à l'occasion, le lui demander.

Je vous ai conté, de point en point, tout ce que

j'avais à vous dire de ma petite personne, et de mon aventure. Je sais fort bien que tout l'intérêt de cette histoire cesse au moment où je suis sortie de la ferme; mais j'ai jugé bon d'y ajouter ces derniers incidents, — si insignifiants qu'ils soient d'ailleurs, — parce que mon mariage joue ici le rôle de la morale dans toute fable complète.

Ce mariage a été pour moi une source d'aisance et de bonheur : — or je dois tous ces biens à mon aventure nocturne dans le *Black-Cottage*.

LE SECRET DE FAMILLE

I

Est-ce à un Anglais ou à un Français qu'est due cette observation proverbiale : *Toute famille a son squelette en quelque placard ?...* Je ne suis pas assez savant pour vider cette question d'origine ; mais, quel que soit l'auteur de la remarque, je l'estime profonde et vraie. Par une métaphore dont la vulgarité terrible est une convenance de plus, elle révèle une vérité saisissante; — vérité que m'a démontrée mon expérience personnelle.

Notre famille avait en un placard son squelette, elle aussi ; et ce squelette s'appelait l'oncle Georges.

Je suis parvenu petit à petit, et par une série de progrès assez lents, à découvrir le placard où il était caché — J'étais encore enfant, lorsque mes premiers soupçons s'éveillèrent à ce sujet, et homme fait quand je les vis confirmer par l'événement.

Mon père, médecin de son métier, avait, dans une de nos grandes villes de province, une excellente clientèle. J'ai ouï-dire qu'il se maria contre le gré de sa famille. On n'avait rien à objecter contre la naissance de ma mère, rien contre son éducation, rien contre sa bonne renommée : — les parents de mon père ne la détestaient pas moins de tout leur cœur.

Mon grand-père, ma grand'mère, mes oncles, mes tantes déclaraient à l'envi qu'ils la tenaient pour une femme fourbe et sans cœur. Ses maniè-res, ses opinions, et jusqu'à l'expression de son visage, leur étaient autant de sujets de déplai-sance, et tous se trouvaient à cet égard du même avis ; — tous, excepté Georges, le plus jeune des frères de mon père.

Georges était le membre le moins bien partagé de notre famille. Tous les autres étaient spirituels ; il n'avait qu'une intelligence lente et bornée. Tous les autres étaient beaux ; lui seul avait ces dehors vulgaires à qui jamais femme n'accorda plus d'un regard. Les autres réussissaient ; — il échoua tou-jours. Sa profession était celle de mon père ; mais, quand il voulut s'établir séparément, il ne put ja-mais prospérer.

Les malades pauvres, qui n'avaient pas à choisir, réclamaient ses services et s'attachaient à lui. Les malades riches, libres d'opter, — et les dames tout particulièrement, — se gardaient bien de l'appeler quand ils pouvaient frapper à une autre porte. L'exercice de son état lui faisait donc beaucoup gagner... en expérience pratique ; mais, comme argent et comme réputation, le bénéfice était nul.

Si dépourvu que puisse être un homme de tout ce qui le rendrait poétique et attrayant aux yeux des autres, il. arrive bien rarement qu'il n'ait pas en lui quelque passion forte, quelque chose de ce germe qu'on peut appeler l'élément romanesque, plus ou moins enfoui dans les profondeurs de son organisation morale. Tout ce qu'il y avait de passionné, de romanesque chez mon oncle Georges se résumait dans son admiration, son attachement profond pour mon père.

Il avait pour ce frère aîné une sorte de culte, et le regardait comme un des plus nobles échantillons de la race humaine. Lorsque mon père dut se marier, — et lorsque le reste de la famille, ainsi que je l'ai dit plus haut, n'hésitait pas à manifester l'opinion défavorable qu'on avait de la femme par lui choisie, — l'oncle Georges qui, jusqu'alors, ne s'était jamais risqué à combattre les idées d'aucun des nôtres, entreprit, non sans étonner un chacun, de plaider la cause de sa future belle-sœur, et le fit de la manière la plus véhémente,

Le choix de son frère était, à ses yeux, quelque chose de sacré, supérieur à toute controverse.

La personne dont il s'était constitué le champion

avait beau le traiter avec un mépris à peine dissi-
mulé, rire de ses maladresses, s'impatienter de
son bégaiement perpétuel, — rien ne pouvait altérer le dévouement de l'oncle Georges. Elle était
devenue la femme de son frère, et par cela seul elle
était transformée, pour le pauvre officier de santé,
en une véritable reine qui, aux termes de la charte
domestique, « ne pouvait mal faire » en aucune
circonstance quelconque.

Peu de temps après son mariage, mon père prit
chez lui son frère cadet en qualité d'assistant.

Eût-on promu l'oncle Georges à la dignité de pré-
sident de l'Académie de médecine (1), il n'eût été
ni plus heureux ni plus fier que dans cette nouvelle
position. Mon père cependant, — j'en ai bien peur,
— ne comprenait pas tout ce qu'avait de profond
et de touchant l'affection que son frère professait
pour lui.

La besogne la plus pénible était invariablement
dévolue à Georges ; les longues tournées de nuit,
les soins à donner aux clients les plus pauvres et
les moins commodes, les cas d'ivrognerie, les enquêtes les plus rebutantes, — toute la pratique
obscurément laborieuse, celle qui souille les mains
et soulève le cœur, — lui était rigoureusement
assignée, et, jour par jour, mois après mois, il se
courba sans murmurer sous ce joug humiliant.

Lorsque son frère et sa belle-sœur allaient dîner

---

(1) *College of Surgeons.*

en ville, chez quelque famille noble du comté, ;
jamais il ne lui vint en tête qu'il y eût quelque
chose de mortifiant à rester au logis, faute d'une
invitation. Lorsqu'on rendait le dîner, s'il était engagé à « venir prendre le thé, » il lui semblait tout simple qu'on le laissât dans un coin, sans prendre plus
garde à lui qu'à la chaise au bord de laquelle il
était assis. Il ne voyait là aucun manque d'égards
dont il se dût formaliser. — Il faisait partie du mo-
bilier de la maison, et c'était non-seulement la
grande affaire, mais aussi le grand plaisir de sa
vie que de servir ainsi passivement son frère
dans tous les emplois auxquels celui-ci le voulait
employer.

Voilà ce que j'ai pu savoir indirectement de ce
qu'était l'oncle Georges. Par moi-même je n'en ai
guère appris que ce que m'en disent les vagues
souvenirs de ma première enfance.

Maintenant, il me faut parler sommairement de
mes parents, de ma sœur et de moi-même.

Ma sœur était l'aînée des enfants, et la favorite.
Je n'étais venu au monde que quatre ans après elle,
et ma naissance n'avait été suivie d'aucune autre.
Caroline, dès ses débuts dans la vie, se montra,
comme beauté, comme santé, une véritable perfec-
tion. J'étais petit, chétif et, s'il faut dire toute la
vérité, presque aussi laid que l'oncle Georges lui-
même.

Il serait inconvenant à moi de me permettre un
avis sur le bien ou mal fondé de l'aversion que ma

famille paternelle avait toujours manifestée pour ma mère. Tout ce que je puis me hasarder à dire, c'est que ses enfants, du moins, n'eurent jamais à se plaindre d'elle.

Je me rappelle fort bien l'attachement passionné qu'elle portait à ma sœur, et l'orgueil que lui inspirait la beauté de cette enfant, comme aussi la bonté, l'indulgence, dont elle faisait preuve à mon égard. Mes défectuosités personnelles étaient sans doute pour elle en secret, un pénible sujet de réflexions; mais ni elle ni mon père ne témoignèrent jamais qu'ils établissent entre Caroline et moi la plus légère distinction.

Quand on faisait des cadeaux à ma sœur, j'étais tout aussi libéralement traité. Mon père et ma mère la prenaient-ils dans leurs bras pour la caresser et l'embrasser? j'étais sûr d'avoir mon tour immédiatement après. — Mon instinct d'enfant me disait bien qu'il y avait une différence dans les sourires qu'ils nous adressaient alternativement; que les baisers donnés à Caroline étaient empreints de plus de tendresse, et que les mains qui essuyaient ses pleurs passaient plus doucement sur ses yeux; mais ces légers symptômes de préférence étaient de ceux que des parents, si attentifs qu'ils puissent être, ne sauraient dissimuler.

J'y prenais garde alors avec plus d'étonnement que de chagrin. Je me les rappelle, maintenant, sans le moindre amer retour contre l'un ou l'autre de mes parents. Tous deux m'aimaient; tous deux remplirent leurs devoirs envers moi. — Si quelque contrainte paraît percer dans le langage dont je me sers quand je parle d'eux, elle ne dérive de rien qui me soit personnel. Je puis affirmer ceci en toute sincérité, la main sur le cœur.

L'oncle Georges lui-même, quelque affection qu'il me témoignât, aimait mieux, lui aussi, ma belle petite sœur.

Quand je m'amusais à tirer les mèches plates de sa chevelure clairsemée, il me les ôtait en riant, et avec beaucoup de patience; mais il laissait Caroline y fourrager à son aise, jusqu'à ce que ses yeux, d'un gris terne, qu'il promenait volontiers de tous côtés, vinssent à cligner et à se remplir de larmes, tant la souffrance était devenue vive. — Quand j'étais à califourchon sur ses épaules, il se lançait dans le jardin, non sans quelque péril pour moi, imitant avec sa gaucherie habituelle le petit galop d'un cheval; mais si Caroline le montait à son tour, jamais il ne se permettait que les allures les plus douces et les moins compromettantes. Nous menait-il à la promenade, Caroline avait toujours le « côté du mur. » Et lorsque nous interrompions l'un ou l'autre ses tristes opérations pharmaceutiques, il me renvoyait jouer, ajournant les menus services que je réclamais de lui. Mais, s'il s'agissait de Caroline, essuyant à son gros tablier ses doigts onctueux et mal odorants, il mettait de côté flacons et cornues pour la conduire doucement vers la porte, à l'instar de la plus grande dame des Trois-Royaumes.

Ah ! comme il l'aimait ! — et, pour ne manquer ni à la justice ni à la reconnaissance, comme il m'aimait, moi aussi !

Quand j'eus huit ans, — Caroline en avait douze, — je passai quelque temps hors de la maison paternelle. J'étais tombé dans un état de langueur pour lequel un séjour au bord de la mer m'avait été fort salutaire ; mais, une fois revenu dans le comté du centre où était notre résidence, je m'étais vu menacé d'une rechute.

Après force consultations, il fut décidé que je serais placé, jusqu'à ce que ma constitution se fût définitivement fortifiée, auprès d'une sœur de ma mère, vouée au célibat, et qui possédait une maison dans une des villes de la côte sud où l'on va prendre des bains de mer.

Je quittai la maison, je m'en souviens, chargé de présents, et tout joyeux à l'idée de revoir la mer, — aussi heureux du présent, aussi insoucieux de l'avenir qu'ait jamais pu l'être un enfant de mon âge.

L'oncle Georges sollicita un congé pour m'escorter jusqu'à ma nouvelle destination ; mais la pharmacie ne pouvait se passer de lui. Il se consola donc, et me consola moi-même en me promettant de me tailler, au couteau, un magnifique modèle de navire.

J'ai là sous les yeux, au moment même où j'écris ceci, le travail qu'il exécuta pour remplir sa promesse. Les années ont incrusté leur poussière sur cet échantillon de menuiserie : la peinture en est toute craquelée, les cordages se sont enchevêtrés les uns dans les autres; la voilure jaunie est mangée des vers; la coque est en dehors de toutes les proportions admises, et le gréement n'a jamais manqué de faire sourire les marins de mes amis qui se sont avisés d'y regarder. Mais, tout usé, tout défectueux qu'il puisse être, — et quoiqu'on ne puisse le comparer au moindre vaisseau en miniature exposé chez nos modernes marchands de jouets, — je ne me connais guère ici-bas un seul petit meuble dont je ne fisse abandon plus volontiers que du navire de l'oncle Georges.

Je menais, au bord de la mer, une fort heureuse existence, et je passai plus d'un an auprès de ma tante. Ma mère venait souvent s'enquérir des progrès de ma santé. Dans les premiers temps, elle ne manquait jamais d'amener ma sœur avec elle. Mais, pendant les derniers huit mois de mon séjour sur la côte, je ne vis pas une seule fois Caroline.

Je remarquai de plus, à la même époque, un changement qui s'était fait chez ma mère. Elle semblait, à chaque visite, plus inquiète et plus changée. Je la voyais aussi rechercher de plus en plus fréquemment l'occasion de s'entretenir en secret avec ma tante, et leurs conférences duraient longtemps.

Enfin, elle cessa complétement de nous venir voir, se bornant à écrire pour demander de mes nouvelles. Mon père, lui aussi, qui dans l'origine

venait surveiller les progrès de mon rétablissement,
toutes les fois que l'exercice de sa profession lui en
laissait le loisir, maintenant se tenait à l'écart,
ainsi que ma mère. Et l'oncle Georges lui-même, à
qui jamais on n'avait accordé un congé pour qu'il
pût venir me voir, — mais qui m'avait souvent écrit
jusqu'alors, et me provoquait sans cesse à lui répondre, — coupa court soudainement à notre correspondance.

De tels changements ne pouvaient manquer de
me surprendre et de me laisser un peu perplexe :
aussi persécutais-je ma tante pour en avoir l'explication. Elle commença par me payer de vaines
excuses ; puis elle reconnut qu'il y avait du chagrin à la maison ; et, finalement, avoua que ce chagrin était causé par une maladie de ma sœur.

Lorsque je demandai ce qu'était cette maladie,
ma tante me répondit qu'il serait inutile de chercher à me l'expliquer. Je m'adressai alors aux domestiques de la maison. L'une d'elles fut moins réservée que ma tante, et répondit à ma question,
mais en des termes dont le sens m'échappait. Après
maint et maint commentaire, j'en vins à comprendre « qu'une certaine chose grossissait sur le
cou de ma sœur, et que cette chose altérerait à jamais sa beauté, — peut-être même lui coûterait la
vie, — si on ne trouvait quelque moyen de l'en débarrasser. »

Combien j'ai présent le frisson d'horreur qui me
parcourut des pieds à la tête à l'idée vague de

« cette chose » qui tuait ainsi peu à peu !...

Une curiosité mêlée de terreur, un besoin effaré de voir de mes propres yeux la maladie de Caroline, troublait ma pensée dans ses plus intimes profondeurs ; et je suppliai qu'on me permit de rentrer à la maison, pour aider aux soins dont elle était l'objet.

Inutile de dire que ma requête ne fut pas admise.

Les semaines passaient, cependant, et je n'entendais parler de rien, si ce n'est, en termes vagues, de la maladie de ma sœur, maladie qui suivait son cours.

Un jour, sans en rien dire à personne, j'écrivis à l'oncle Georges, — lui demandant, comme un enfant que j'étais, de venir me donner des nouvelles de Caroline.

Je savais parfaitement où se trouvait le bureau de poste, et je sortis le matin, à la dérobée, pour aller jeter ma lettre dans la boîte. Puis je rentrai de même par le jardin, et je grimpai par la fenêtre d'un arrière-salon situé au rez-de-chaussée.

Au-dessus était la chambre à coucher de ma tante ; et, à peine entré dans la maison, j'entendis des gémissements et des sanglots qui venaient précisément de cette pièce. Or ma tante était une femme singulièrement calme et posée. Je ne pouvais m'imaginer que ces pleurs bruyants, ces sanglots convulsifs vinssent d'une personne pareille, et je courus à la cuisine, tout effrayé, pour savoir des domestiques qui pouvait se permettre de mener un chagrin si bruyant dans la chambre même de leur maîtresse.

Je trouvai la femme de chambre et la cuisinière qui se parlaient tout bas, la mine fort allongée. — Elles tressaillirent à ma vue, comme si j'eusse été une grande personne venant les surprendre en flagrant délit d'oisiveté.

« Il est trop jeune, dit l'une de ces deux femmes, il est trop jeune pour en avoir beaucoup de chagrin. Et, quant à ce qui le concerne, il vaut bien mieux que cela ne soit pas arrivé plus tard. »

Peu de minutes après, leurs plus tristes révélations m'étaient acquises. — C'était ma tante qui pleurait dans sa chambre : Caroline avait cessé de vivre !

Je sentis le coup plus vivement que les domestiques et autres étrangers ne le supposaient. Je n'avais pourtant que l'âge d'enfant, et je possédais cette heureuse élasticité de nature qui est l'apanage de l'enfance. Plus âgé, je me serais complétement absorbé dans mon chagrin, et je n'aurais pu observer ma tante d'aussi près que je le fis, quand elle fut assez calmée, quelques heures plus tard, pour me donner accès auprès d'elle.

Je ne fus nullement surpris de lui voir les yeux enflés, les joues pâles ; je ne le fus pas davantage du nouvel éclat de pleurs auquel elle s'abandonna quand, au début de notre entrevue, elle me prit dans ses bras. Mais j'éprouvai beaucoup de surprise et une certaine inquiétude, en constatant sur son visage une expression de terreur que je ne pouvais m'expliquer.

Il était tout simple que la mort de ma sœur l'attristât et la fit pleurer ; mais pourquoi cette physionomie effrayée qui semblait annoncer quelque autre catastrophe ?

Je m'informai s'il y avait, outre la mort de Caroline, d'autres mauvaises nouvelles de notre famille. Ma tante me répondit que non, d'une voix étrangement voilée, et tout à coup détourna de moi son visage. — Mon père était-il mort?... Non... Ma mère?... Non... Et l'oncle Georges ?... — Ma tante fut prise d'un frisson lorsqu'elle répondit négativement à cette question comme à toutes les autres. Puis elle me pria de cesser cet interrogatoire. « Elle n'était pas, disait-elle, en état de le supporter, » et fit signe à la domestique, pour que celle-ci m'emmenât hors de la chambre.

Le lendemain, on m'annonça que je retournerais à la maison pour assister aux funérailles ; et, dans la soirée, je sortis sous la conduite de la femme de chambre, un peu pour me promener, un peu pour aller prendre mesure de mon deuil. En sortant de chez le tailleur, je persuadai à cette fille d'étendre le rayon de notre promenade autour de la baie, en lui racontant, à mesure que nous allions, cent et cent petites anecdotes relatives à ma pauvre petite sœur, et qui me revenaient en foule dans ces premières journées de tristesse. Elle s'intéressait si fort à mes récits, et je m'y livrais moi-même avec tant d'ardeur, qu'avant de songer au retour nous laissâmes disparaître le soleil derrière l'horizon.

Le ciel s'était couvert de nuages, et le crépuscule avait fait place à une obscurité complète, quand nous eûmes regagné le voisinage de la petite cité. La femme de chambre n'était pas très-rassurée de se trouver seule avec moi sur le rivage désert, et à deux ou trois reprises, tandis que nous avancions, elle regarda derrière elle, par-dessus son épaule.

Tout à coup, elle me serra fortement la main, et me dit :

« Il faudrait grimper là-haut aussi vite que nous pourrons... »

A peine avait-elle articulé ces mots, que j'entendis marcher derrière moi ; — un homme arriva lestement à mes côtés, m'arracha des mains de la femme de chambre, et m'enlevant à hauteur de poitrine, sans prononcer une parole, couvrit mon visage de baisers.

Je m'aperçus qu'il pleurait, attendu que mes joues, à l'instant même, se trouvèrent inondées de ses larmes ; mais il faisait trop noir pour que je pusse le reconnaître, ou même distinguer comment il était mis.

Il ne me tint pas dans ses bras plus d'une demi-minute, autant que j'en puisse juger. La femme de chambre appelait au secours ; je fus doucement déposé sur la grève, et l'étranger, au moment même, disparut dans les ténèbres....

Lorsque cet incident bizarre fut rapporté à ma tante, elle en parut d'abord tout abasourdie ; mais, le moment d'après, son visage changea d'expression, comme si elle s'était tout à coup avisée ou souvenue de quelque chose. — Elle devint d'une pâleur cadavéreuse et, avec une précipitation fort extraordinaire chez elle :

« Laissons cela, me dit-elle, et n'en parlons plus !... C'était tout simplement un méchant tour, destiné, je le parierais, à vous faire peur... Ainsi, cher enfant, oubliez cette histoire... Ne la racontez jamais à personne ! »

Il lui était plus facile de me donner cet avis, qu'il ne me l'était de le suivre. Pendant bien des nuits, à partir de ce moment, je ne pus songer qu'à cet étranger qui m'avait couvert de ses baisers et de ses larmes.

Qui pouvait-il être ?... quelqu'un, à coup sûr, qui me chérissait tendrement, et qui était en proie à quelque grand chagrin. Ma logique d'enfant arrivait irrésistiblement à ces conclusions. Mais quand j'essayai de passer en revue tous les grands messieurs qui m'aimaient beaucoup, je ne pus jamais trouver, remplissant à mon gré les conditions du programme, que mon père et mon oncle Georges.

II

On me ramena chez nous, au jour dit, pour y
subir la rude épreuve, — rude même à l'âge que
j'avais alors, — de contempler la douleur passion-
née de ma mère et le muet désespoir de mon père.

Je me souviens que ma première entrevue avec
eux, après la mort de Caroline, fut sagement
abrégée par ma tante, et que, par ménagement
pour eux, elle m'emmena promptement hors de la
chambre.

La porte une fois refermée derrière nous, elle
parut manifester une velléité de me garder auprès
d'elle; mais je m'échappai bientôt pour descendre
quatre à quatre vers la pharmacie, où je comptais
pleurer ma gentille compagne de jeux, ma petite
sœur tant regrettée, avec celui qui était en tiers
dans tous nos amusements, — avec le bon oncle
Georges.

J'ouvris la porte de cette espèce de laboratoire, et
je n'y vis personne. Je séchai mes larmes, regardant de tous côtés.

La pharmacie était vide.

Je remontai dans le galetas où couchait l'oncle
Georges; il n'y était point. Sa brosse à cheveux,

son vieil étui à rasoirs, tout usé, qui lui venait de
mon grand-père, n'étaient point sur la table de toilette.

Lui avait-on donné une autre chambre ?

Je sortis sur le palier, et doucement, avec un
inexprimable serrement de cœur, j'appelai :

« Oncle Georges ! »

Personne ne répondit ; mais ma tante accourut
au bas de l'escalier des combles :

« Chut ! disait-elle... Il ne faut plus ici prono-
cer ce nom ! »

Sur quoi, elle s'arrêta tout soudain, comme
effrayée de ses propres paroles.

« Est-ce que l'oncle Georges est mort ? » lui demandai-je :

Ma tante rougit et pâlit alternativement ; puis,
avec un bégaiement très-marqué, prononça quelques paroles que je ne me donnai pas le temps de
comprendre... Je descendis rapidement, la frôlant
au passage... Mon cœur semblait prêt à se rompre,
et je sentais ma chair se glacer.

Hors d'haleine, et sans rien calculer, je me préci-
pitai dans la chambre où mes parents m'avaient
reçu... Ils y étaient encore assis l'un auprès de l'autre.

Je courus à eux me tordant les mains et, parmi
mes sanglots, demandant à tue-tête :

« L'oncle Georges est-il donc mort ? »

Ma mère poussa un cri qui, me terrifiant aussitôt,
me fit immobile et muet. Mon père la regarda un
moment, sonna pour appeler la femme de chambre,

10.

et, me saisissant rudement par le bras, m'entraîna de force hors de l'appartement.

Il me conduisit en bas, dans un cabinet, s'assit sur le fauteuil qui lui servait d'ordinaire, et me plaça devant lui, entre ses genoux.

Ses lèvres étaient blêmes, et je sentais sur mes épaules, qu'il avait saisies, trembler violemment ses deux mains.

« Jamais il ne faudra, parler de votre oncle Georges, » me dit-il à voix basse, en paroles saccadées et vibrantes... « Jamais devant moi, jamais devant votre mère, jamais devant votre tante, jamais devant personne au monde !... jamais ! jamais ! jamais !... »

Ce mot, ainsi répété, m'effrayait plus encore que la véhémence comprimée avec laquelle parlait mon père... Il vit quelle peur j'avais, et avant de passer outre, adoucit un peu l'accent de sa voix.

« Vous ne reverrez plus l'oncle Georges, disait-il. Votre mère et moi, nous vous aimons tendrement. Néanmoins, si vous mettez en oubli ce que je viens de vous dire, vous serez renvoyé de chez nous... Ne prononcez plus ce nom !... Jamais, vous m'entendez ?... A présent, embrassez-moi, et retirez-vous !... »

Comme ses lèvres tremblaient, et comme elles se posèrent froides sur les miennes !

Aussitôt après avoir reçu ce baiser glacial, je me glissai hors de la chambre, et j'allai me cacher au fond du jardin.

« L'oncle Georges est parti... Je ne le reverrai plus jamais... et jamais je ne dois plus parler de lui... »

Telles étaient les paroles que je me répétai avec une terreur, un trouble indicibles, dès que je me retrouvai seul. Il y avait pour ma jeune intelligence une horreur inexprimable dans ce mystère qu'on m'ordonnait, une fois pour toutes, de respecter éternellement, et que, selon toute probabilité, je ne verrais jamais s'éclaircir. Mon père, ma mère, ma tante me semblaient désormais séparés de moi par quelque infranchissable barrière. Caroline morte, l'oncle Georges disparu, et avec ce sujet d'entretien prohibé, qui viendrait perpétuellement se placer entre mes parents et moi, je ne me sentais plus, en quelque sorte, l'hôte de mon propre foyer.

Bien que je me gardasse d'enfreindre l'ordre exprès que mon père m'avait donné dans son cabinet (ses paroles, sa physionomie, et le cri de ma mère, qui retentissait encore à mes oreilles, étaient certes plus qu'il n'en fallait pour leur garantir ma docilité), je ne perdis jamais le secret désir de percer l'obscurité qui enveloppait la destinée de l'oncle Georges.

Je demeurai à la maison pendant deux années, sans faire à ce sujet la moindre découverte.

Si je questionnais les domestiques sur le compte de mon oncle, ils n'avaient qu'une chose à me dire : c'est qu'un jour il avait cessé de paraître au logis.

Je ne pouvais m'adresser à aucun membre de la

famille de mon père. Ils résidaient au loin, ne venaient jamais nous voir, et l'idée de leur écrire, à mon âge, dans la position qui m'était faite, ne pouvait m'entrer dans la cervelle.

Ma tante se renfermait dans un silence tout aussi obstiné que celui de mon père et de ma mère ; mais je ne pouvais oublier le changement de sa physionomie pendant cette minute où elle avait eu à réfléchir sur l'étrange accident qui m'était survenu, lors de ma promenade nocturne avec sa femme de chambre. Plus j'y songeais, et plus je rapprochais cette altération de ses traits de ce qui s'était passé, à mon retour dans la maison paternelle, plus je me sentais assuré que l'étranger qui m'avait pressé sur son cœur, en me mouillant de ses larmes, ne pouvait être que l'oncle Georges.

Après deux années passées chez mes parents, on fit droit à un de mes plus ardents désirs, en me plaçant à bord d'un navire marchand sur lequel j'allais faire mon apprentissage du métier de marin. C'était mon idée fixe depuis mon premier séjour chez ma tante, où la mer m'était devenue familière, et je persistai assez dans ma résolution, quand je l'eus une fois prise, pour que mes parents reconnussent la nécessité d'accéder à mes vœux.

Ma nouvelle existence me sembla ravissante, et, pendant plus de quatre années, passant d'une station à l'autre, je ne cessai de rester à l'étranger.

Lorsque, à la longue, je rentrai chez nous, ce fut pour y trouver notre foyer attristé par une infortune nouvelle. — Mon père était mort le jour même où je mettais à la voile pour revenir en Angleterre.

Ni l'absence ni le continuel changement de résidence n'avaient affaibli mon désir de percer à jour le mystère attaché à la disparition de l'oncle Georges. La santé de ma mère était pourtant si délicate que j'hésitai quelque temps avant d'oser aborder devant elle ce sujet défendu. Lorsque enfin je m'y hasardai, — laissant entendre « que cette même réserve prudente dont la nécessité avait pu exister, tandis que j'étais encore un enfant, n'était plus indispensable maintenant que je devenais un jeune homme, » — elle fut prise d'un tremblement nerveux, et m'enjoignit de me taire :

« La volonté de mon père, disait-elle, avait toujours été de maintenir vis-à-vis de moi la réserve adoptée dès le début. Il ne l'avait nullement autorisée, en mourant, à s'expliquer plus ouvertement ; et, maintenant qu'il n'était plus là, elle se garderait bien d'agir d'après de nouvelles inspirations qu'il ne pouvait plus contrôler. »

Ma tante, lorsque je m'adressai à elle, me dit en substance les mêmes choses. Malgré tout, bien décidé à ne me point décourager, je fis un voyage dont le but ostensible était de rendre visite aux parents de mon père, mais avec la secrète pensée de chercher à me procurer, de ce côté, tous les renseignements qui pourraient m'être fournis sur le compte de l'oncle Georges.

Mes investigations qui, en somme, n'obtinrent

qu'un médiocre succès, ne furent pourtant pas
absolument sans résultats.

Georges avait toujours été pour ses sœurs, si
belles, et ses frères, si bien servis par la fortune,
l'objet d'une sorte de mépris; et, en prenant en
main la cause de son frère aîné, — ainsi qu'il l'a-
vait fait à l'époque du mariage de ce dernier, — il
n'avait pas amélioré sa position vis-à-vis de ses
proches. Ceux qui survivaient ne s'occupaient
guère de lui que d'assez haut et fort négligemment,
je le constatai en mainte occasion. Ils m'assu-
rèrent « n'en avoir jamais entendu parler, et n'a-
voir sur lui aucun renseignement, si ce n'est qu'il
avait dû aller s'établir quelque part, à l'étranger,
après s'être conduit, vis-à-vis de mon père, de manière à mériter le blâme et la déconsidération.....
On avait suivi ses traces jusqu'à Londres, où il
était allé vendre les titres de rente qui formaient
son lot dans l'héritage paternel; et il avait été vu
sur le pont d'un paquebot en route pour la France
le jour même où ces fonds avaient été vendus. »

Là s'arrêtait ce qu'on avait pu apprendre de sa
destinée. Aucun de ses frères, aucune de ses sœurs
ne put me dire en quoi consistait au juste cette
« bassesse, » dont sa conduite aurait été entachée

« Mon père avait invariablement refusé d'entrer
dans des détails pénibles pour eux, non-seulement
à l'époque où son frère avait disparu, mais toutes
les fois que, depuis lors, on avait voulu mettre cette
question sur le tapis. Georges avait toujours joué,

dans le troupeau, le rôle d'une espèce de brebis ga-
leuse, et très-certainement il avait lui-même conscience de sa dégradation, sans quoi il n'aurait pas
manqué de s'expliquer, de se justifier par écrit. »

Tels étaient les détails que je pus recueillir durant ma visite à mes parents de la ligne paternelle.
Ils tendaient, selon moi, non pas à dévoiler le mystère, mais à le rendre plus impénétrable.

Ne semblait-il pas, en effet, incroyable que
l'oncle Georges, — cette douce, affectueuse et docile
nature, — eût offensé délibérément un frère qu'il
chérissait par-dessus tout au monde, à une période
quelconque de leurs mutuels rapports? — mais qu'il
eût commis un acte indigne de tous deux, au moment même où ma sœur se mourait, voilà ce qui
était simplement et bien évidemment impossible.

Et pourtant, je me trouvais en face de ce fait
inintelligible, mais bien avéré, que la mort de
Caroline et la disparition de l'oncle Georges avaient
eu lieu dans la même semaine.

Jamais le Secret de famille ne m'embarrassa plus,
et ne me parut plus difficile à éclaircir que lorsque
j'eus entendu tout ce qu'avaient à m'en dire les
parents de mon père.

Je puis passer rapidement sur les événements
qui marquèrent ensuite quelques années de ma
vie.

Mon métier m'absorbait à peu près complète-
ment, et m'entraînait loin de mes proches, loin de
mes amis. Mais, en quelque lieu qu'il m'appelât, et

tels travaux qui me fussent imposés, le souvenir de
l'oncle Georges, le désir de m'expliquer sa disparition soudaine, me hantaient comme des esprits
familiers.

Souvent, — alors que le quart de nuit me retenait
sur le pont, — je me rappelais cette promenade sur
la grève ténébreuse, l'étreinte précipitée de cet inconnu, l'étrange satisfaction que j'avais éprouvée
lorsque ses larmes avaient inondé mes joues, et
cette brusque fuite qui l'avait séparé de moi sans que
j'eusse repris assez de sang-froid et assez d'haleine
pour prononcer une seule parole. Souvent aussi, je
passais en revue les incidents, inexplicables pour
moi, qui avaient suivi mon retour chez mon père
après les funérailles de ma sœur; — et plus souvent encore je fatiguais mon cerveau à chercher un
plan quelconque, au moyen duquel je pourrais persuader à ma mère ou à ma tante de me révéler le
secret que jusqu'alors elles avaient gardé avec tant
de persévérance.

La seule chance que j'eusse de savoir un jour
ce qui était réellement arrivé à l'oncle Georges, —
la seule espérance qui me restât de le revoir jamais, — dépendaient de ces deux personnes, auxquelles m'unissaient les liens du sang et d'une
mutuelle affection. Après ce qui s'était passé entre
nous, je ne pouvais conserver la pensée d'amener
ma mère à traiter avec moi ce sujet, qu'elle regardait comme interdit; — mais je n'estimais pas
aussi absolument impossible d'amener quelque

jour ma tante à se départir de sa discrète réserve.

Je ne devais pourtant pas voir se réaliser les espérances, que de ce chef j'avais conçues. A la première visite que je fis en Angleterre, je trouvai ma pauvre tante sous le coup d'une attaque de paralysie qui lui avait ôté l'usage de la parole.

Elle mourut bientôt après dans mes bras, m'instituant son unique héritier. Je fouillai avidement ses papiers, comptant y trouver quelques indications relatives au « Secret de famille; » mais ces recherches ne me fournirent aucun indice capable de me mettre sur la voie. — Toutes les lettres de ma mère, adressées à sa sœur pendant la dernière maladie de Caroline, avaient été soigneusement anéanties.

III

D'autres années s'écoulèrent. Ma mère alla rejoindre sa sœur dans la tombe; et j'étais aussi loin que jamais d'avoir rien découvert au sujet de l'oncle Georges.

Peu après avoir subi ce dernier malheur, je vis ma santé s'altérer gravement, et, sur le conseil de mon médecin, je partis pour aller essayer l'effet salutaire de certaines eaux dans le midi de la France.

Je me rendais sans me presser à cette destination, me détournant volontiers de la route directe, et m'arrêtant partout où je me trouvais bien.

Un soir, n'étant plus qu'à deux ou trois journées de l'établissement thermal qui m'avait été conseillé, je fus frappé de la position pittoresque d'une petite ville située a quelque distance de la grande route, sur le sommet d'une côte élevée.

Le désir me vint de faire plus ample connaissance avec cette localité si attrayante, et d'y passer la nuit, si j'y trouvais une installation convenable.

Le principal hôtel étant proprement tenu et fort tranquille, j'y arrêtai une chambre pour la nuit, et sortis, après le dîner, afin d'aller visiter la cathédrale. Au moment où j'y entrai, l'oncle Georges n'était nullement présent à mon esprit ; et pourtant, à ce moment-là même, le hasard m'amenait, comme par la main, à cette découverte que j'avais en vain poursuivie pendant tant d'années, — découverte dont je désespérais depuis la mort de ma mère.

Je ne trouvai rien dans l'église qui me parût digne d'attention, et j'allais en sortir, lorsque à travers une porte latérale j'aperçus une vue charmante, que je m'arrêtai à considérer.

Le cimetière formait le premier plan, et, par delà ses limites, la colline s'abaissait en pente douce vers la plaine, inondée alors des rayons du soleil à son déclin. Le curé desservant lisait son bréviaire, sans cesser de monter et de redescendre l'allée funèbre, entre deux rangées de tombeaux.

Dans le cours de mes nombreux pèlerinages, j'a-

vais appris à parler français aussi couramment que
mes compatriotes les plus instruits, et quand le
prêtre arriva près de moi, je lui adressai quelques
éloges du paysage que nous avions sous les yeux,
profitant de l'occasion pour le complimenter, en
outre, pour le bon et soigneux entretien du champ
des morts.

Il me répondit avec beaucoup de politesse, et la
conversation s'engagea immédiatement entre nous.

Tandis que nous arpentions côte à côte l'allée
sablée, mon attention se fixa sur une des tombes,
érigée un peu à l'écart des autres. La croix dont
elle était surmontée, différait notablement, par sa
forme, de celles qu'on voyait au-dessus des autres
monuments. Presque toutes, d'ailleurs, étaient dé-
corées de guirlandes ou de couronnes : celle-ci était
nue, et ce qui la rendait encore plus extraordinaire,
c'est qu'aucun nom ne se lisait au dessous.

Le curé, remarquant que je m'arrêtais pour jeter
un coup d'œil sur ce tombeau, secoua la tête en
soupirant.

« Là repose un de vos compatriotes, me dit-il ensuite.... J'ai assisté à son agonie.... Il avait supporté ici parmi nous, et pendant longues années, le
fardeau d'une immense douleur..... Sa conduite
nous avait appris à lui accorder une pitié, un respect sincères.

— Comment se fait-il que son nom ne soit pas
inscrit sur la pierre qui recouvre ses cendres? demandai-je aussitôt.

— C'est sur son désir exprès que cette omission a
eu lieu, répondit le prêtre avec quelque hésitation.
Il m'avoua, près de mourir, qu'il avait résidé parmi
nous sous un nom qui ne lui appartenait pas.... J'obtins de lui qu'il me révélât celui qu'il avait droit de
porter, et il me fit connaître en même temps les détails
de sa vie.... Il avait de fortes raisons pour vouloir
être oublié après sa mort.... Ses dernières paroles,
ou à peu près, furent celles-ci : « Que mon nom pé-
risse avec moi ! » Et je dus lui promettre, pour satisfaire à un désir suprême, que je tiendrais ce nom
caché à tous, sauf à une seule personne.

— Sans doute quelque parent? dis-je au curé.

— Oui.... un neveu, » me répondit-il.

Quand ce dernier mot sortit de ses lèvres, mon
cœur y répondit par un étrange sursaut. Je chan-
geai sans doute de couleur, car le curé me regarda
tout aussitôt avec un redoublement d'attention et
de curiosité.

«... Un neveu, continua-t-il, que le défunt avait
aimé comme si cet enfant eût été son fils.... Il
ajouta que si jamais ce neveu, retrouvant ses traces, venait s'enquérir de lui sur ce coin de terre où
sa sépulture avait été marquée, j'aurais alors la liberté de lui révéler tout ce qu'il m'avait confié.... —
J'aimerais, disait-il, j'aimerais que mon petit Char-
ley sût un jour la vérité : malgré la différence de
nos âges, nous avons été bons camarades pendant
bien des années. »

Mon cœur battit plus vite et je sentis une con-

traction au fond de ma gorge, lorsque j'entendis le
prêtre prononcer, sans le savoir, mon nom de baptême, en me rendant compte des dernières paroles
du pauvre exilé défunt.

Aussitôt que j'eus pu raffermir ma voix et reprendre possession de moi-même, je fis connaître au curé
mon nom de famille, et je lui demandai « si ce nom
ne figurait point, par hasard, dans l'histoire à laquelle il avait été initié sous le sceau du secret ? »

Il recula de quelques pas, et, dans son étonnement, joignit fortement ses deux mains. »

« Se peut-il ? » disait le prêtre d'une voix conte-
nue, et me regardant avec une sorte d'effarement.

Je lui remis mon passe-port, tout en dirigeant
mes regards du côté du tombeau. Mes yeux se rem-
plissaient de larmes à mesure que me venaient en
foule les souvenirs du passé. Sachant à peine ce
que je faisais, je m'agenouillai près de la fosse, et,
sur le gazon qui la recouvrait, je passai à plusieurs
reprises une main caressante.

« Hélas! oncle Georges, pourquoi n'avoir pas
confié votre secret à votre petit camarade ?... Pourquoi l'avoir réduit à venir vous chercher *ici?* »

Le prêtre me releva doucement, et me pria de
l'accompagner à la maison curiale.

Tout en cheminant dans cette direction, je nom-
mai tour à tour les personnes et les lieux dont, selon moi, mon oncle avait dû parler, afin de prouver
à mon compagnon que j'étais bien celui vis-à-vis
duquel sa promesse le laissait libre.

Avant que nous fussions installés dans son petit salon, assis en face l'un de l'autre, nous étions à peu près de vieux amis.

Je crus devoir commencer par lui raconter tout ce que j'ai déjà relaté ici au sujet de l'oncle Georges et de son mystérieux départ. Mon hôte écoutait, la tristesse peinte sur le visage, et me dit quand j'eus terminé :

« Je comprends fort bien le vif désir que vous avez de savoir ce que je suis autorisé à vous dire; mais veuillez m'excuser si je vous préviens, avant tout, que dans l'histoire de votre oncle, il est des détails qui pourront vous affliger... » Sur ces paroles, il s'arrêta tout à coup.

« M'affliger... comme neveu? demandai-je.

— Non, répliqua le prêtre, en détournant les yeux... comme fils. »

Je lui exprimai toute ma reconnaissance pour la délicatesse et la bonté qui lui avaient dicté cet avertissement préalable; mais en même temps je lui demandai de ne point me tenir plus longtemps dans le doute, et de me faire connaître, sans hésiter, la vérité tout entière, si dur que pût être pour moi ce qui allait sortir de sa bouche.

« En me racontant tout ce que vous saviez déjà au sujet de ce que vous appelez votre Secret de famille, reprit le curé, vous m'avez fait remarquer, comme une coïncidence étrange, que la mort de votre sœur et la disparition de votre oncle avaient eu lieu dans le cours de la même semaine... N'avez-

vous jamais soupçonné quelle avait pu être la cause
du premier de ces événements?...

— Je n'ai su, à cet égard, que ce que mon père
m'avait dit, et ce qu'ont cru comme moi tous nos
amis, — c'est que Caroline est morte d'une tumeur
au cou... D'autres personnes ont pensé, du reste,
que c'était plutôt de l'effet que cette tumeur au cou
avait exercé sur l'ensemble de sa constitution.

— Elle est morte à la suite d'une opération ten-
tée pour lui enlever cette tumeur, dit le prêtre à
voix très-basse... Et l'opérateur fut votre oncle
Georges »

Ces quelques paroles suffirent pour faire éclater
la vérité devant mes yeux.

« Consolez-vous, reprit le bon curé, par la certitude que le long martyre de cet homme a pris fin
depuis longtemps... Il repose dans l'éternelle paix...
Réuni à sa petite idole, ils se comprennent maintenant, et ils sont heureux. Cette pensée, sur son lit
de mort, l'a soutenu jusqu'au bout... Il parlait toujours de votre sœur comme de *sa petite favorite*.
Il croyait fermement qu'elle l'attendait là-haut pour
lui prodiguer le pardon et les consolations... Et qui
oserait dire que son attente aura été trompée ?
Certes, ce n'est pas moi... ni personne de ceux qui
ont aimé, qui ont souffert.

» Ce fut dans les intimes profondeurs de son dévouement à cette enfant, reprit le curé, que votre
oncle alla chercher le courage d'entreprendre une
opération si délicate... Votre père, assez naturelle-

ment, ne se sentait pas le sang-froid nécessaire. Ses
confrères, qu'il avait consultés, mettaient en doute
qu'on pût raisonnablement essayer l'ablation de
cette tumeur, dans l'état particulier où ils la trouvaient. Seul, votre oncle était d'un avis contraire.
Il avait trop de modestie pour émettre son opinion ;
mais votre mère en eut connaissance. La difformité
dont sa belle petite fille était menacée lui faisait
horreur ; et le désespoir qu'elle en éprouvait la
poussait irrésistiblement à essayer de tous les re-
mèdes qui pouvaient lui offrir la moindre chance
de guérison. Ce fut elle qui décida votre oncle à
suivre les inspirations dont jusqu'alors il s'était sagement méfié. Sans doute ce fut cette horreur dont
je viens de parler, ce fut la crainte de voir la beauté
de sa fille perdue à jamais, qui fermèrent ses yeux
aux dangers de l'opération. A vous, son fils, je ne
sais guère comment le dire, mais il faut bien y arriver, cependant ; — un jour que votre père était
absent, elle informa votre oncle — ce qui était faux
— que son frère avait consenti à ce que l'opération
se fît, ajoutant qu'il avait quitté tout exprès la
maison, attendu qu'il ne se sentait pas la force d'en
être témoin... Sur cette assurance, votre oncle
n'hésita plus. Il ne doutait pas du résultat, pourvu
que son courage ne vînt pas à lui manquer. Tout
ce qu'il redoutait, c'est que sa tendresse pour l'enfant ne fît vaciller sa main quand il se verrait dans
la terrible nécessité de faire pénétrer le bistouri
sous cette peau délicate et blanche, pour laquelle

lui semblait trop rude le contact d'une main caressante... »

A ces mots, malgré mes efforts pour rester maître
de moi, je me sentis envahi par un frisson.

« Inutile d'insister sur ces pénibles détails, continua le prêtre, qui eut égard à mon émotion... Disons simplement que le courage de votre oncle lui
manqua précisément lorsqu'il en aurait eu le plus
besoin. Son affection pour votre sœur fit trembler
cette main, d'ordinaire si ferme. Pour tout dire, en
un mot, l'opération fut manquée..... Votre père, à
son retour, trouva son enfant près de mourir. Son
désespoir frénétique, lorsque la vérité lui fut révé-
lée, le conduisit à des excès dont le récit me répu-
gne... Il dégrada son frère en le frappant au visage... Il jura de le poursuivre devant les tribunaux
pour lui faire expier, par un châtiment public, sa
fatale témérité... Votre oncle, blessé au cœur par
ce qui était arrivé, ne ressentit pas ces cruels ou-
trages comme tant d'hommes l'eussent fait à sa
place. Il jeta un regard sur sa belle-sœur (permet-
tez-moi, vu ce qui me reste à dire, de ne pas l'appeler votre mère), afin de savoir si elle reconnaîtrait
l'avoir elle-même poussé à cette tentative de guérison, l'y avoir encouragé, l'avoir trompé en invo-
quant la prétendue autorisation donnée par son
mari... Elle se taisait, — et quand ses lèvres s'ouvrirent, ce fut pour joindre ses malédictions à celles
dont votre père accablait *le meurtrier de leur enfant!*... Je n'ai pas à rechercher devant vous

11.

si elle obéissait à un sentiment de crainte, ou à une passion vindicative..... Je me borne à constater les faits... »

Le prêtre s'arrêta, tournant de mon côté un regard où se peignait une certaine anxiété. Je ne pus prendre sur moi de lui adresser la parole en un tel moment, mais un serrement de main lui apprit qu'il pouvait, qu'il devait poursuivre.

Aussi reprit-il en ces termes :

« Votre oncle, alors, se tourna vers votre père, et lui adressa les dernières paroles que, dans ce monde, son frère aîné dût lui entendre prononcer :

— J'ai mérité, lui dit-il, tout ce que votre colère pouvait m'infliger de châtiments ; mais je dois vous épargner l'affreux scandale de me traîner publiquement devant la justice... Les magistrats, venant à me trouver coupable, ne pourraient prononcer contre moi d'autre peine que celle de l'exil.... Cette peine, je l'accepte spontanément... Dieu m'est témoin que je croyais, dans mon âme et conscience, pouvoir sauver votre enfant des souffrances et de la difformité auxquelles nous la savions condamnée... J'ai risqué le tout pour le tout, et j'ai perdu... Mon cœur et mon intelligence ont reçu un choc dont ils ne se relèveront jamais... Je ne suis plus bon à rien qu'à m'en aller loin d'ici, pour dérober ma honte et ma décadence morale à tous les regards qui jamais ont pu tomber sur moi... Je ne reviendrai jamais ; je n'attends de vous ni pardon ni pitié. Si, quand je ne serai plus là, votre cœur s'adoucit en

ma faveur, tenez secret ce qui s'est passé : empê-
chez que d'autres bouches ne répètent ce que j'ai
entendu sortir de la vôtre et de celle de votre
femme!... Je regarderai comme une expiation suf-
fisante, et au delà de ce que je mérite en fait d'ex-
piations, ces ménagements que vous aurez pour le
frère séparé de vous... Oubliez-moi dans ce monde!
Puissions-nous être réunis dans cette autre sphère
où tout cœur est mis à jour, où nulle pensée ne
reste secrète, et où l'enfant qui nous a précédés
pourra nous réconcilier !... Ces paroles dites, il
sortit... Votre père ne l'a jamais revu depuis lors,
et n'a jamais su ce qui était advenu de lui.. »

Je comprenais, maintenant, pourquoi mon père
n'avait jamais confié la vérité à personne, pas
même aux membres de sa propre famille. Ma mère,
bien évidemment, avait tout raconté à sa sœur,
mais sous le sceau du secret. Et les terribles révélations n'étaient jamais sorties de ce cercle étroit.

« Votre oncle m'a dit, continua le prêtre, qu'avant
de quitter l'Angleterre, il avait, à la dérobée, pris
congé de vous, dans une ville au bord de la mer,
devenue votre résidence accidentelle. Il ne s'était
pas senti le courage de quitter à jamais son pays
et ses amis, sans vous embrasser une dernière fois.
Il vous suivit dans l'obscurité, vous saisit dans ses
bras, et s'éloigna de vous ensuite, sans vous laisser
le temps de le reconnaître. Il s'embarqua dès le
lendemain...

— Pour venir ici ? demandai-je.

— Oui... Du temps qu'il étudiait encore à l'Hôtel-Dieu, il avait séjourné ici une semaine avec un de ses camarades d'hôpital. C'est ici qu'il revint pour se cacher, souffrir et s'éteindre... Nous avions tous deviné en lui un de ces hommes écrasés, flétris par quelque grande infortune, et nous lui portions, à lui et à sa douleur, un respect sincère... Il vivait seul, ne sortant guère [de sa maison qu'au déclin du jour. Il allait ordinairement s'asseoir sur cette colline, la tête dans sa main, le regard tourné vers l'Angleterre..... C'était son endroit de prédilection : aussi le lui a-t-on choisi pour lieu de sépulture.... De tous les gens du pays, je suis le seul à qui ses antécédents aient été connus; — et encore ne m'a-t-il raconté sa vie que lorsque sa dernière heure allait sonner.... Ce qu'il a dû souffrir durant cet exil prolongé, personne n'oserait le dire..... Moi-même, appelé à le voir plus fréquemment que nul autre, je n'ai pourtant jamais entendu tomber de ses lèvres une seule plainte. Il eut, vivant, le courage des martyrs, et quand il mourut avec la résignation d'un saint, son intelligence ne s'égara que dans les derniers instants..... Il disait que sa *petite chérie* se tenait au pied du lit, s'apprêtant à l'emmener avec elle; et il avait sur les lèvres, au moment où il rendit l'âme, le premier sourire que j'y eusse jamais vu. »

Le prêtre se tut. Nous sortîmes ensemble aux mélancoliques lueurs du crépuscule, et nous nous arrêtâmes quelque temps au sommet de cette colline où l'oncle Georges venait s'asseoir, dirigeant ses regards du côté de la patrie absente.

Quelle angoisse de cœur j'éprouvais, en songeant à ce qu'il avait dû souffrir pendant ce long exil, tissu de solitude et de silence !

Avais-je à me féliciter d'être enfin parvenu à connaître le Secret de famille ?.... J'ai souvent pensé que non..... J'ai plus d'une fois souhaité que jamais n'eût été soulevé pour moi le voile obscur qui me cacha si longtemps la triste destinée de l'oncle Georges.

FAUNTLEROY

Ce petit dîner était à coup sûr des plus tristes.

Sur les quatre convives que nous étions, deux avaient passé la cinquantaine; les deux autres n'avaient pas tout à fait vingt ans; et nous n'avions, par conséquent, aucun sujet à traiter au même point de vue, tous intimement liés avec notre hôte, mais nous connaissant à peine l'un l'autre.

Peut-être la présence de quelques dames eût-elle amélioré la situation; mais notre amphitryon était voué au célibat, et, sauf la *parlour-maid* qui aidait au service de la table, aucune fille d'Ève ne rayonnait dans cet intérieur ténébreux.

Nous abordâmes toute espèce de sujets; mais ils s'épuisaient rapidement, et la conversation tombait tout à plat.

Nos anciens, probablement, craignaient de se commettre en parlant trop librement devant nous autres cadets.

De notre côté nous contenions les élans de notre gaieté, les saillies de notre jeunesse, par déférence pour notre hôte qui, deux ou trois fois, parut légèrement inquiet à notre endroit, se] demandant peut-être « si nous resterions convenables en présence de ses respectables invités ? »

Une circonstance aggravante, c'est que nous dînions à une heure raisonnable. Lorsque au dessert, les bouteilles firent leur premier voyage autour de la table, la pendule de la cheminée sonna seulement huit heures.

Je comptais les coups du marteau sonore, et je devinai, à l'expression de sa physionomie, que l'autre « cadet, » assis à côté de moi, les comptait également... Arrivés au huitième et dernier, hélas ! nous échangeâmes des regards désespérés :

« Encore deux heures de ce métier-ci !... qu'allons-nous devenir au monde ? »

Voilà, très-exactement traduit, le discours qu'échangeaient nos yeux.

Le vin, par bonheur, était excellent. Et j'estime que, sans nous être donné le mot, en vertu d'un accord tacite, nous en vînmes à la même conclusion, — savoir que notre unique chance pour bien finir la soirée était de finir aussi les bouteilles.

Naturellement on se mit à parler vins. Jamais, je pense, Anglais ne se sont réunis pour passer la

soirée ensemble, sans que cet inépuisable sujet ait
été mis sur le tapis.

Tout homme, en ce pays, quand il a de quoi payer
l'*income-tax*, se trouve avoir fait une fois ou autre
quelque achat de vin méritant une mention spé-
ciale Parfois c'est un si bon marché « qu'il n'espère
pas retrouver jamais le pareil; » ou bien il est « le
seul individu des Trois-Royaumes - n'appartenant
pas à la pairie, — qui ait encore quelques gouttes
de certaine vinée merveilleuse, maintenant épuisée
sur toute la surface du globe. » Celui-ci, de moitié
avec un ami, acheta jadis un résidu de quelques
douzaines de bouteilles, provenant de la cave d'un
haut et puissant seigneur, après la mort d'icelui ;
et il les paya un prix tellement exorbitant, qu'il
refuse d'en convenir, se contentant de secouer la
tête; — l'ami en question, si vous lui demandez ce
qui en est, secoue la tête, lui aussi, et refuse
de répondre. — Un autre, conduit par le hasard
dans une méchante auberge de quelque pays perdu,
y trouva du vin de Xérès absolument *impotable;* et,
s'étant informé s'il n'y en avait pas d'autre dans la
maison, reçut pour réponse, « qu'en effet on pourrait lui trouver, dans quelque arrière-cave, une piquette étrangère dont personne ne s'accommodait. »
Il en fit apporter une bouteille, par curiosité pure,
et la prétendue piquette se trouva du vin de Bour-
gogne, « tel que la France entière n'en pourrait
maintenant produire. » Réservant sa découverte
pour lui seul, et se gardant bien de mettre sur ses

gardes la candide hôtelière (dont le mari était défunt), il a eu toute la provision pour un vrai « morceau de pain. » Un autre encore est en bons termes
avec le maître d'une célèbre taverne, à Londres, et
il recommande à un ou deux amis intimes d'y aller
dîner, si jamais ils passent près de là. « Ils porteront
ses compliments au propriétaire, et lui demande-
ront une bouteille de son xérès brun, au cachet
bleu clair, ce qui le distingue essentiellement du
cachet *bleu foncé*. Les dîneurs qui, chaque année,
sont là par milliers, se figurent avoir bu ce fameux
xérès quand on leur sert le cachet bleu foncé,
mais le vrai, celui dont la réputation est hors ligne,
c'est le cachet bleu clair : personne ne le connaît
en Angleterre, sauf le tavernier lui-même... et ses
amis intimes. »

Dans toutes ces conversations où le vin figure en
première ligne, si variés que soient d'ailleurs les
récits dont il est l'objet, on entend successivement
chaque orateur affirmer une de ces deux grandes
généralités : — ou bien il en sait plus long, en cette
matière, que n'importe qui en ce bas monde ; —
ou bien il a dans sa cave un vin supérieur à celui-
là même qu'on lui sert, et qu'il s'empresse de dé-
clarer excellent.

On a vu, quoique rarement, des hommes réunis
ne parler ni de femmes, ni de chevaux, ni de poli-
tique ; mais on n'en a jamais vu qui, mangeant à
la même table, aient omis de parler vins. On n'en
a jamais vu non plus qui, traitant ce sujet, ne se

çroient tenus d'afficher une infaillibilité dont, sur tout autre, ils se garderaient bien de revendiquer avec aussi peu de retenue les douteux priviléges.

Combien de temps dura l'inévitable conversation sur les vins, dans cette soirée dont je me constitue l'historien, c'est plus que je ne saurais dire; j'en avais entendu tant d'autres toutes pareilles, à tant d'autres tables, que mon attention s'en était bientôt lassée, et que j'en vins à oublier absolument ce monotone petit dîner auquel j'assistais, ainsi que la société mal assortie dont je me trouvais un des membres.

Je ne saurais trop dire combien de temps dura cet oubli discourtois; mais lorsque mon attention revint, après un intervalle quelconque, sur mon insignifiant entourage, je m'aperçus que le bon vin commençait à manifester sa vertu.

Aux deux côtés du fauteuil de notre hôte, le cours de l'entretien avait pris des allures plus rapides et plus gaies : la conversation à propos de vins s'était épuisée, et l'un des deux convives âgés — M. Wendell — racontait à l'autre — M. Trowbridge — une misérable escroquerie commise récemment à son préjudice par un des commis qu'il employait.

La première partie de ce récit fut absolument perdue pour moi. La seconde, qui seule obtint mon attention, nous menait, avec ce malheureux commis, jusque sur les bancs d'Old-Bailey.

« Comme je vous le disais, continua M. Wendell, je m'étais décidé à poursuivre, et les poursuites

eurent lieu. Bien des gens me blâmaient étourdi-
ment d'avoir fait emprisonner ce jeune homme, et
prétendirent que j'aurais dû lui pardonner, vu que
par suite de son abus de confiance, je ne perdais
guère plus de dix livres sterling.... Comme vous
pensez bien, pour ce qui me touchait personnelle·
ment, j'aurais beaucoup mieux aimé ne pas aller
devant la justice ; mais je crus que mon devoir envers la société en général, et envers mes confrères
en particulier, me condamnait impérieusement à
faire un exemple.... C'est d'après ce principe que
j'agis alors, et je ne regrette point d'avoir pris ce
parti... Les circonstances dans lesquelles ce misérable m'avait volé, ajoutaient encore à l'ignominie
de sa conduite.... C'était, si jamais il y en eut, un
réprouvé endurci, et j'avoue, en toute conscience,
que l'occasion seule lui avait manqué pour devenir
un aussi parfait scélérat *que Fauntleroy en personne.* »

Au moment où M. Wendell personnifiait ainsi son
idéal de scélératesse en citant l'exemple de Fauntleroy, je vis son interlocuteur, M. Trowbridge, devenir fort rouge, et commencer à se démener sur
sa chaise.

« Lorsque vous aurez désormais à citer un modèle de perversité, dit ce personnage vénérable,
vous me ferez plaisir, monsieur, si vous choisissez
un autre nom que celui dont vous avez fait usage... »

M. Wendell — et fort légitimement à mon sens
— parut ébahi de cette allocution, qui lui avait été

adressée avec beaucoup de politesse, mais en même temps avec beaucoup de fermeté :

« Pourrais-je savoir en quoi l'exemple qui m'est venu a pu vous désobliger ? demanda-t-il.

— Il me désoblige en cela, monsieur, repartit M. Trowbridge, qu'il m'est très-désagréable d'entendre l'épithète de *scélérat* accolée au nom de Fauntleroy.

— Miséricorde ! s'écria M. Wendell, au comble de la surprise.... Il vous est désagréable, à vous — à vous commerçant comme je le suis moi-même — à vous dont la réputation est si bien et si universellement établie, — il vous est désagréable d'entendre appeler *scélérat* un homme qu'on a pendu pour crime de faux ?... Dites-moi, au nom du ciel, comment cela peut être.

— Cela est, répondit M. Trowbridge avec le plus complet sang-froid, parce que Fauntleroy fut un de mes amis.

— Veuillez donc me pardonner, mon cher monsieur, repartit M. Wendell avec une politesse éminemment tempérée de sarcasme...; mais, de tous les amis que vous a valus votre utile et honorable carrière, celui que vous venez de nommer devait être, à mon sens, le dernier auquel vous pussiez faire allusion dans une compagnie honorable; du moins, en le nommant ainsi tout haut.

— Fauntleroy, dit M. Trowbridge, a commis un crime inexcusable, et, il a subi une peine flétrissante.... mais Fauntleroy n'en a pas moins été un

de mes amis, et j'aurai toujours le courage de le
reconnaître comme tel, tant que je serai de ce
monde ... Sa mémoire m'est encore chère, bien
qu'il ait violé un dépôt sacré, bien qu'il ait expié
son crime sur la potence.... Ne vous scandalisez
pas, M. Wendell !... Je vous dirai, je dirai à tous
nos amis ici présents, s'ils veulent bien le permettre, d'où me vient cette espèce de culte, si étrange
à vos yeux, et qui me fait si peu d'honneur.... C'est
une historiette assez curieuse, et qui, je crois, offre
quelque intérêt à tout observateur de la nature humaine, indépendamment du jour qu'elle peut jeter
sur la biographie du malheureux dont nous par-
lions... Vous autres jeunes gens, continua M. Trowbridge, s'adressant à mon contemporain et à moi,
vous avez sans doute ouï parler de Fauntleroy, bien
que sa faute, et l'expiation dont elle fut suivie, et
l'énorme retentissement qu'ont eus l'un et l'autre,
soient bien antérieurs à vous! »

Nous répondîmes que ce nom avait effectivement
sa place dans nos souvenirs, comme celui d'un des
grands criminels de son temps. Nous savions qu'il
était associé à une des grandes maisons de banque
de la capitale; — qu'il avait marqué par les dernières années de sa vie; — qu'il s'était emparé,
au moyen d'un faux, de sommes confiées à sa cura-
telle, sommes qui avaient un double droit à n'être
pas détournées par lui; — et enfin, qu'il avait été
pendu, pour ce crime, en l'année mil huit cent
vingt-quatre, époque où la potence n'était pas en-

core réservée aux seuls assassins, et où Jack-Ketch (1) comptait encore parmi les réformateurs à la mode.

« Fort bien, reprit M. Trowbridge... Vous en savez bien assez sur le compte de Fauntleroy pour prendre intérêt à ce que je vais vous raconter... Quand les bouteilles auront fait le tour de la table, je commencerai mon récit. »

Les bouteilles circulèrent en effet, — le vin de Bordeaux pour la jeunesse dégénérée, —. le vin de Portugal pour les *gentlemen* d'âge mûr, de tête solide, et offrant toute la résistance voulue.

M. Trowbridge mouilla ses lèvres dans son verre, réfléchit un instant, — les mouilla derechef, — et entreprit en ces termes l'anecdote qu'il avait promise :

II

Ce que j'ai à vous raconter, messieurs, remonte à l'époque où, fort jeune encore, j'allais fonder, pour mon propre compte, un établissement séparé.

Mon père était depuis longues années en relations avec M. Fauntleroy, de la fameuse maison Marsh, Stracey, Fauntleroy et Graham. Pensant qu'il pourrait m'être utile, dans l'avenir, que ma

(1) Nom populaire du bourreau.

position fût connue de l'une des grandes notabilités commerciales, mon père crut devoir instruire cet ami, pour lequel il professait la plus haute vénération, que j'allais débuter dans les affaires, avec fort peu de capitaux et de la manière la plus modeste.

M. Fauntleroy accueillit ce renseignement avec un cordial intérêt, et promit « d'avoir l'œil sur moi. » Je m'imaginai, en conséquence, qu'il attendrait quelque temps pour savoir si je ne perdrais pas pied dès le début, et que, s'il me voyait réussir, il m'aiderait alors en tout ce qui pourrait dépendre de lui. L'avenir devait me faire trouver en lui un ami tout autrement actif que je ne le supposais, et je vis bien que je n'avais point apprécié à toute sa valeur le généreux intérêt qu'il avait pris à moi dès mes premiers pas dans la carrière.

Pendant que j'étais encore aux prises avec les difficultés qu'offre la création d'un établissement commercial, pendant que je travaillais à me créer des relations, une clientèle, etc., je reçus un message de M. Fauntleroy, qui m'engageait à monter dans son cabinet, à la maison de banque, la première fois qu'il m'arriverait de passer aux environs.

Ainsi que vous l'imaginerez sans peine, je ne fus pas longtemps à faire naître cette occasion de le voir, et me présentant chez ces riches banquiers, je fus aussitôt introduit dans le cabinet particulier de M. Fauntleroy.

Je n'ai jamais rencontré d'homme plus gracieux,

— rempli de gaieté, bon compagnon, la répartie toujours prête, — avec une espèce de jovialité brusque et affectueuse qui lui gagnait tous les cœurs. Ses commis raffolaient de leur patron, — et je puis vous assurer que, chez les banquiers, pareil phénomène ne s'est pas vu fréquemment.

« Eh bien ! jeune Trowbridge, me dit-il en repoussant vivement les paperasses entassées devant lui... vous allez donc voler de vos propres ailes ?... J'ai toujours beaucoup estimé votre père, et je souhaite vivement que vous réussissiez... Vos affaires sont-elles en train ?... Non ?... Vous en êtes seulement aux préliminaires, n'est-ce pas ?... Très-bien !... Vous aurez vos embarras, mon brave... et je veux tout d'abord en écarter un... Approchez votre oreille, et recevez ce petit avis... Prenez-nous pour vos banquiers.

— Vous êtes trop bon, monsieur, repartis-je... et je serais trop heureux de suivre ce conseil, si seulement il était à ma portée. Mais les frais de premier établissement ont absorbé la plus grande partie de mes ressources : et quand, de ce chef, j'aurai tout payé, il ne me restera pas grand'chose pour la première année... Je ne pense pas qu'après avoir fait honneur à tous les engagements qu'il a fallu prendre, je dispose de plus de trois cent liv. st. argent comptant... Et je serais honteux de venir importuner une maison comme la vôtre, en y ouvrant un compte de si peu d'importance...

— Allons donc !... dit M. Fauntleroy... Est-ce que

vous êtes banquier?... Et comment vous permettez-
vous, ne l'étant pas, d'avoir un avis en cette matière?... Faites ce qu'on vous dit, rapportez-vous-
en à moi, et tirez sur nous pour autant qu'il vous
plaira... Un moment, je n'ai pas fini... Quand vous
ouvrirez votre compte courant, parlez au caissier en
chef... Peut-être aura-t-il quelque chose à vous
dire... Maintenant, ne me dérangez plus... Allez,
adieu!... bien le bonjour.., Au revoir!... Dieu vous
accompagne!... »

Voilà de ses façons... Ah! le pauvre brave
homme... voilà de ses procédés!...

Le lendemain, en allant ouvrir ce misérable
compte, je m'adressai au caissier en chef : il avait
ordre de payer mes lettres de change, sans s'inquiéter de ma balance. Seulement, lorsque l'*avoir*
aurait été dépassé, on soumettrait à M. Fauntleroy,
— et rien qu'à lui, — les ordres que je donnerais...
Parmi les débutants, m'en citerez-vous beaucoup
qui trouvent chez leurs devanciers enrichis, une
aide aussi confiante, aussi généreuse?

Je marchai, donc... Je marchai très-posément,
mais sans reculer jamais, prenant soin de ne pas
mettre la charrue devant les bœufs, et de n'oublier
jamais que les petits commencements mènent, avec
le temps, à de grandes fins. La perspective d'un de
ces grands résultats — grands, veux-je dire, par
rapport à l'infime position que j'avais alors dans
le commerce — me fut offerte peu de temps après
mon entrée dans les affaires. En termes plus clairs,

j'eus occasion de prendre intérêt dans une affaire de premier ordre, qui devait me rapporter gros et augmenter mon crédit, mais à condition que je fournirais, avant d'y être admis, une garantie solide pour des sommes relativement fort importantes.

En ce moment décisif, je me rappelai mon excellent ami, M. Fauntleroy, et, retournant à la maison de banque, je fus admis, comme naguère, dans son cabinet particulier.

Je l'y trouvai, assis à la même table, avec d'aussi nombreux papiers devant lui, et la même façon encourageante de vous dire tout net sa pensée en aussi peu de mots que possible.

Je lui expliquai l'affaire qui m'appelait auprès de lui, non sans quelque hésitation et quelque inquiétude; car je craignais qu'il ne vît une certaine indiscrétion dans la manière dont je me prévalais ainsi des bontés qu'il m'avait précédemment prodiguées.

Lorsque j'eus fini, avec un simple geste de tête qui impliquait un assentiment sans réserve, il saisit une feuille de papier blanc, griffonna sur ce papier quelques lignes avec la promptitude qui éclatait dans tous ses gestes, me rendit ce gribouillage, et, avant que j'eusse pu articuler un seul mot, me poussa dehors par les deux épaules.

Arrivé dans les bureaux, je regardai ce qu'il avait écrit. — C'était une garantie, un aval, que la grande maison de banque me donnait, à moi chétif, pour toute la somme qui m'était demandée, et pour une somme supérieure, si je venais à en avoir besoin.

Je n'aurais pu, à cette époque, trouver des mots qui exprimassent ma reconnaissance, et je ne sais pas si j'en trouverais encore aujourd'hui. Je puis seulement dire que ce sentiment a survécu, chez moi, au crime, au déshonneur, et à ce trépas terrible infligé par le bourreau.

De cette mort, je ne saurais parler sans une extrême répugnance. Mais je n'ai pas le choix. Mon récit m'amène désormais à une époque plus récente, et à la fatale découverte qui, de mon bienfaiteur, de mon ami Fauntleroy, fit, aux yeux du pays tout entier, un misérable faussaire.

J'ai donc à vous prier de franchir avec moi un certain laps de temps après celui où eurent lieu les événements que je viens de relater.

Dans cet intervalle, — grâces au secours que j'avais reçu dès le début, — ma position dans les affaires s'était grandement améliorée. Vous pouvez maintenant vous représenter celui qui vous parle sur le grand chemin de la fortune, avec des bureaux importants, un état-major de commis, et me voir assis, tout seul, dans mon cabinet particulier, entre quatre et cinq heures de l'après-midi, un samedi soir.

Ma correspondance était à jour; j'avais reçu toutes les personnes favorisées d'un rendez-vous chez moi; je parcourais le journal d'un œil distrait, et je pensais à lever le siège, quand un de mes commis entre et me dit « qu'un étranger désirait

me voir immédiatement pour une affaire très-es-
sentielle.

— A-t-il donné son nom ? demandai-je.

— Non, monsieur.

— Vous ne le lui avez pas demandé?

— Si, monsieur. Et il m'a répondu que ce nom
ne vous apprendrait rien, s'il vous le faisait
passer.

— Quelqu'un de ces mendiants par correspondance, peut-être?

— Il n'est pas des mieux mis, monsieur; mais
son langage n'est pas celui d'un de ces quéman-
deurs à qui vous songez... Il parle bref et d'un ton
péremptoire : il a dit qu'il venait dans votre intérêt, et que vous auriez plus tard du regret, si vous
refusiez de le recevoir.

— Ah!... il a dit cela ?... Et bien, faites entrer !»

L'homme fut introduit tout aussitôt. C'était un
individu de moyenne taille, traits anguleux, apparence malsaine, avec une assurance de mauvais
aloi, des airs effrontés et fanfarons, une fausse élégance de costume qui laissait percer le mendiant
sous le dandy; d'ailleurs si peu gêné par des scrupules de politesse, qu'il ne daigna pas m'ôter son
chapeau, tandis qu'il me dévisageait hardiment à
son entrée. Jamais je ne l'avais vu de ma vie; il
me fut impossible d'asseoir sur de tels dehors une
conjecture quelconque à propos de la position so-
ciale qu'il occupait. Bien évidemment, ce n'était
pas un *gentleman ;* mais deviner au juste à laquelle,

12.

des nombreuses catégories de vagabonds qui s'étagent dans les rayons mixtes de notre mauvais monde, celui-ci devait appartenir, c'était là une tâche au-dessus de ma compétence.

« Vous vous appelez Trowbridge? commença-t-il.

— Oui, répondis-je avec assez de sécheresse.

— Vos banquiers sont MM. Marsh, Stracey, Fauntleroy et Graham?

— Pourquoi cette question?

— Répondez-y, vous le saurez.

— Fort bien... Mes banquiers sont, en effet, Marsh, Stracey, Fauntléroy et Graham... Après?

— Retirez jusqu'au dernier *farthing* de l'argent que vous avez chez eux, aujourd'hui même, avant que la maison ferme, c'est-à-dire avant cinq heures!... »

Je le regardai, les yeux grands ouverts, la surprise me coupant la parole.

« Ébahissez-vous tout à votre aise, continuat-il du plus grand sang-froid... Je sais fort bien ce que je vous dis... Regardez à votre pendule!.. Dans vingt minutes cinq heures sonneront, et la banque sera fermée... Retirez tous vos fonds, je vous le répète... et jusqu'au dernier *farthing*... Prenez bien garde à ce que je vous dis là!...

— Retirer mes fonds !... m'écriai-je, commençant à me remettre... Avez-vous votre bon sens?... Savez-vous bien que mes banquiers sont à la tête d'une des premières maisons du monde entier?... Et que prétendez-vous donc, — vous qui m'êtes

absolument inconnu, — en prenant à mes affaires
un si singulier intérêt?... Si vous tenez réellement
à me voir suivre vos conseils, pourquoi ne vous ex-
pliquez-vous pas catégoriquement?

— Je me suis expliqué... Suivez ou non, comme il
vous plaira, le conseil que je vous donne... Cela
m'est absolument indifférent... J'ai fait ce que j'a-
vais promis... N'en parlons plus!... »

Il prenait le chemin de la porte. L'aiguille de la
pendule était entre la vingtième des minutes qui
me restaient tout à l'heure, et les trois quarts qui
maintenant allaient sonner.

« Ce que vous avez promis? répétai-je, me levant pour arrêter mon interlocuteur.

— Oui, dit-il, la main sur le bouton de la porte.
Je vous ai délivré mon message. Quoi qu'il arrive,
ne perdez pas ceci de vue!... Bien le bonsoir!... »

Et avant que j'eusse pu ajouter un seul mot, il
était parti.

Je voulus le rappeler; mais la parole, soudain,
me manqua.

Phénomène inexplicable, faiblesse ridicule, tout
ce que vous voudrez; mais il y avait eu, dans les
dernières paroles de cet homme, quelque chose qui
m'avait plus qu'à moitié terrifié.

Je regardai la pendule. — L'aiguille marquait
les trois quarts.

Mon bureau était justement assez loin de la
maison de banque pour que le temps me restât à
peine de prendre une décision à l'instant même.

Si j'avais eu le loisir de la réflexion, je suis parfaitement sûr que je n'aurais pas profité de l'avertissement si extraordinaire qui venait de m'être donné. L'apparence équivoque, les dehors suspects de cet inconnu, — l'invraisemblance criante de l'insinuation ainsi risquée contre le crédit de la maison de banque sur laquelle ses paroles appelaient le soupçon, — la possibilité qu'il fût dépêché par un de nos ennemis, désireux de me brouiller, par cette manœuvre souterraine, avec mon plus solide patron, en me portant à témoigner une absurde méfiance envers la maison à laquelle il appartenait ; — toutes ces considérations se seraient nécessairement présentées à mon esprit, pour peu que j'eusse trouvé à ma disposition le temps de méditer un peu le parti à prendre ; et, par voie d'inévitable conséquence, pas un *farthing* de mon avoir chez mes banquiers n'eût été déplacé en cette journée mémorable.

« Mais, vu les circonstances, j'avais à peine le temps d'agir, nullement celui de peser le pour et le contre. Quelques paiements considérables, effectués au début de la semaine, avaient si bel et bien diminué les sommes portées à mon crédit, qu'il me restait à peine à disposer sur la maison de banque pour quinze cents livres sterling (1). Je saisis mon livre de chèques, j'y traçai une traite à vue pour la somme entière, et j'enjoignis à un de mes commis de courir chez mes banquiers pour en opérer l'en-

(1) Environ 37,500 fr. monnaie française.

caissement, avant que l'établissement fût fermé.

Je ne puis dire ce qui me poussait, si ce n'est une hâte aveugle, et l'espèce d'éblouissement où m'avait laissé l'étrange apparition de ce personnage mystérieux. J'agissais machinalement, sous l'influence de l'inexplicable et vague terreur que ses dernières paroles avaient éveillée en moi, sans m'arrêter un moment à scruter mes propres sensations, sans même avoir conscience complète de ce que je faisais.

Trois minutes après que la porte de mon cabinet se fut refermée sur l'étranger, mon commis était parti au galop pour la maison de banque, et je me trouvai seul, les mains comme deux glaçons, la tête prise par une sorte de vertige.

Je ne retrouvai quelque empire sur moi-même que lorsque le commis revint, rapportant en billets la somme que je l'avais envoyé chercher. Il était arrivé chez mes banquiers, tout juste à temps pour se la faire remettre. Au moment même où on lui faisait passer, à travers le guichet, l'argent de ma traite, l'horloge sonnait cinq heures, et l'ordre était donné de fermer les portes.

Quand les *bank-notes*, dûment comptées, furent sous clef dans mon coffre-fort, il me sembla que la raison reprenait tout à coup ses droits sur moi.

Jamais je ne me suis adressé des reproches aussi amers que ceux dont alors je m'accablai. Comment avais-je récompensé la sollicitude paternelle dont M. Fauntleroy m'avait donné tant de

preuves? En l'outrageant par la plus vile, la plus
grossière méfiance de l'honneur et du crédit de sa
maison; — et cela, sur la parole d'un inconnu, d'un
vagabond s'il en fut jamais. Agir comme je venais
de le faire, c'était folie, et folie caractérisée. Je ne
pouvais m'expliquer une étourderie de cet ordre...
Je ne pouvais me persuader à moi-même que je
l'eusse réellement commise.

J'ouvris le coffre-fort pour regarder encore une
fois ces billets de banque... Après l'avoir refermé,
j'en jetai la clef sur mon bureau, avec une sorte de
dépit furieux contre moi-même... L'argent était
bien là, irrécusable gage de ma folie : il me criait,
pour ainsi dire, que je venais de m'exposer à perdre
pour jamais l'ami le plus cher, le mieux éprouvé
que j'eusse au monde.

Il fallait immédiatement prendre quelques me-
sures pour m'excuser, autant que cela pouvait dépendre de moi. Je compris ceci dès que je retrouvai
un peu de sang-froid. Il n'y avait qu'une manière
directe et simple de me tirer du mauvais pas où
j'avais été assez sot pour me laisser engager. Je pris
mon chapeau, et sans hésiter un moment, je courus
à la maison de banque, entendant bien me purger
aux yeux de M. Fauntleroy, par la confession la plus
complète et la plus naïve.

Mais quand je le demandai à la porte, on me
répondit qu'il n'était pas venu depuis deux jours.
— Il y avait pourtant là un des associés, encore
occupé dans son cabinet, et à qui je pourrais

m'adresser s'il s'agissait d'une affaire urgente.

Je lui fis passer mon nom, demandant à le voir.

C'est à peine si nous nous étions rencontrés deux ou trois fois, et par cela même, l'entrevue que j'allais avoir avec lui devenait incomparablement plus embarrassante et plus humiliante pour moi. Mais comment me résoudre à rentrer chez moi sans avoir rien fait? Le lendemain étant un dimanche, comment me supporterais-je, pendant cette journée d'inaction, si je n'avais essayé d'atténuer le mieux possible l'effet de ma désastreuse démarche? — Aussi, bien que cet entretien me coûtât beaucoup, j'aurais été singulièrement désobligé si l'associé de mon ami avait refusé de m'admettre.

A mon grand soulagement, le concierge de la banque revint avec un message favorable.

Il me serait impossible de dire sous quelles formes je présentai mes explications et mes excuses. J'étais si troublé, si mal à mon aise, que je pouvais à peine m'exprimer. L'unique circonstance que j'aie bien présente à l'esprit, c'est que j'eus honte de faire allusion à mon entrevue avec l'étranger, et que j'expliquai le retrait de mes fonds en lui donnant pour motif une ridicule panique fondée sur des bruits malveillants, à la source desquels je n'avais jamais pu remonter, et qui, selon moi, devaient n'être, au fond, qu'une sorte de mauvaise plaisanterie.

A mon grand étonnement, l'associé en question

parut né pas prendre garde à l'insuffisance de mes
excuses, et n'ajouta point à ma confusion par l'interrogatoire détaillé auquel je m'attendais. Un air
de fatigue et de distraction que j'avais en entrant
remarqué sur sa physionomie, y demeura tandis
que je parlais. On eût dit que le semblant d'attention qu'il voulait bien m'accorder lui coûtait quelques efforts. Et lorsque enfin je m'arrêtai court au
milieu d'une phrase commencée, désespérant de la
pouvoir jamais achever, je n'obtins d'autre réponse
que ces quelques paroles, poliment tournées, mais
parfaitement insignifiantes :

« Ne vous préoccupez pas de si peu de chose,
monsieur Trowbridge !... Ne cherchez pas d'inutiles
apologies !... Nous sommes tous sujets à erreurs
pareilles... Ne parlons plus de celle-ci, et vous ren-
verrez l'argent dès demain lundi, si vous nous honorez encore de votre confiance. »

Il regardait de nouveau à ses papiers, comme s'il
désirait qu'on le laissât seul, et je n'avais, en conséquence, qu'à prendre congé dans le plus bref délai possible.

Je m'en revins chez moi, un peu soulagé par cette
pensée que j'avais, au moyen d'une démarche op-
portune, frayé les voies à la meilleure explation
possible, c'est-à-dire au prompt renvoi des fonds
par moi retirés.

Néanmoins, je passai un dimanche assez triste,
en réfléchissant que je n'avais pas fait ma paix
avec M. Fauntleroy. Le désir que j'avais de me jus-

tiller vis-à-vis de ce généreux ami devint peu à peu
si vif, que je risquai d'empiéter sur ses heures de
loisir en me présentant, ce dimanche même, à la
porte de son domicile urbain. Il était absent, et son
domestique ne put rien me dire qui me mit à même
de l'aller chercher ailleurs.

Il ne restait plus qu'à attendre le jour où la
routine de ses devoirs le ramènerait forcément à sa
maison de banque.

Je descendis dans mes bureaux, le lundi matin,
une bonne demi-heure plutôt que d'habitude, tant
j'avais hâte de restituer dans les caisses de mes
banquiers, aussitôt que possible, la somme que j'en
avais retirée l'avant-veille.

Sur le seuil même de la porte que je venais
d'ouvrir, je m'arrêtai tout surpris. Il était certainement arrivé quelque chose de grave. Les commis,
au lieu d'être assis, comme d'ordinaire, à leurs pu-
pitres, s'étaient groupés pêle-mêle, et causaient
entre eux avec des airs effarés. Quand ils me virent,
ils battirent en retraite derrière mon principal chef
de service, qui fit un pas vers moi, tenant à la main
une circulaire.

« Vous savez la nouvelle, monsieur? me dit-il.
— Non..... Qu'est-ce que c'est? »

Il me tendit la circulaire. Je sentis mon cœur
bondir au moment où j'y jetai les yeux... Je pâlis-
sais, mes genoux se heurtaient sous moi.

Marsh, Stracey, Fauntleroy et Graham avaient
suspendu leurs paiements...

« Il n'y a pas une demi-heure que la circulaire a été expédiée, continua mon premier commis... je viens d'aller à la maison de banque. Les portes sont fermées; il n'y a pas à douter que Marsh et C° n'aient arrêté ce matin leurs opérations... »

A peine l'entendis-je. A peine savais-je qui me parlait. Mon étrange visiteur du samedi précédent s'était à l'instant même emparé de toutes mes pensées, et il me semblait encore entendre résonner à mes oreilles l'avis brusque et décisif qu'il était venu m'apporter.

Cet homme était donc au courant de la situation de la banque, avant que personne au monde en fût instruit? La dernière traite payée au guichet de cette maison croulante, au moment où les portes allaient se fermer, le samedi, était cette même traite que je m'étais tant reproché d'avoir tirée. Le seul compte courant liquidé à temps était justement le mien. — Où donc l'étranger avait-il puisé ce renseignement qui m'avait tiré d'affaire?

Et pourquoi me l'avait-il apporté avec tant de zèle, à *moi*, qu'il ne connaissait pas le moins du monde?...

Je cherchais à tâtons, comme un homme errant parmi les ténèbres, une réponse à ces deux questions, — j'étais encore perdu dans l'insondable abîme de doutes où elles m'avaient précipité, — lorsque la nouvelle de la suspension de paiements fût suivie d'une seconde émotion tout autrement pénible à supporter (pour moi, du moins) que n'avait été la première.

Pendant que je discutais avec mes commis sur les probabilités de la faillite qui allait s'ouvrir, deux négociants de mes amis accoururent dans mes bureaux, porteurs d'une terrible nouvelle; c'est que l'un des associés de la maison ainsi compromise était arrêté comme prévenu du crime de faux.

Jamais je n'oublierai cette effrayante matinée du lundi, et ce que j'éprouvai en apprenant que l'homme livré à la justice était justement M. Fauntleroy.

Je lui fus fidèle jusqu'au bout... Je puis dire, en toute loyauté, qu'en apprenant ces fatales nouvelles, je ne voulus rien admettre de contraire à la confiance que m'avait toujours inspirée mon généreux ami. Les négociants en question arrivaient cependant avec tous les détails de l'arrestation. Ils m'apprirent que deux des collègues de M. Fauntleroy dans le mandat de tutelle qui leur était dévolu, étaient venus à Londres pour y aviser à la vente et au remplacement de certaines valeurs mobilières; en s'informant, à la maison de banque de M. Fauntleroy, ils ne l'y avaient pas rencontré; sur quoi, lui donnant avis de leur présence, ils étaient allés chez un agent de change, convenir d'un jour où ils se réuniraient chez lui avec leur *fellow-trustee* (1). Pour

(1) *Fellow-trustee.* — Le *trustee* est le mandataire chargé de veiller soit sur l'emploi de tels ou tels fonds, soit à l'exécution

économiser, autant que possible, le temps que ses mandataires auraient à perdre dans cette prochaine rencontre; le *stock-broker* offrit de faire immédiatement certaines recherches, et il les laissa chez lui, attendant qu'il revînt. Ils le virent en effet rentrer bientôt dans un étonnement profond, et il leur apprit que les valeurs dont ils comptaient disposer avaient été vendues, peu auparavant, jusqu'aux dernières cinq cents livres. L'affaire donna lieu à des investigations immédiates : l'autorisation de vendre fut produite; et les deux *trustees* virent, à côté du nom de M. Fauntleroy, leurs deux signatures... habilement contrefaites.

Ceci se passait le vendredi.

Sans perdre un moment, les *trustees* dépêchèrent les officiers de justice après M. Fauntleroy. Il fut arrêté, conduit devant le magistrat, et placé sous le coup d'un mandat, dans la journée du samedi.

C'est le lundi seulement que mes deux amis me donnèrent tous ces détails. Mais je n'en avais pas fini, même alors, avec les incidents de cette matinée. J'avais appris déjà la faillite de mes banquiers et l'arrestation de M. Fauntleroy. J'allais bientôt me trouver parfaitement édifié, de la façon la plus

---

de tel ou tel acte, soit encore plus généralement à la bonne administration de telle ou telle affaire. En termes plus généraux encore, il a la *tutelle* de quelque intérêt, et il répond, sur ses biens, de la bonne gestion du mandat remis à sa loyauté.

étrange et la plus triste, sur la question de savoir s'il était innocent ou non.

Avant que mes amis eussent quitté mon cabinet, — avant que j'eusse épuisé la série d'arguments que ma reconnaissance, plutôt que ma raison, me suggérait en faveur du malheureux prisonnier, — un billet portant sur la suscription les mots : *très-pressé*, vint tout à coup me réduire au silence.

Il m'était adressé par M. Fauntleroy, de sa prison même, et ne renfermait que deux lignes, par lesquelles il me suppliait de solliciter immédiatement la permission nécessaire pour l'aller trouver sans aucun retard.

Je n'essaierai pas de décrire le frémissement d'attente, le singulier mélange de crainte et d'espoir qui vinrent m'agiter quand je reconnus l'écriture, et quand je vis à quelle démarche j'étais convié.

J'obtins un laissez-passer, et me rendis à la prison.

Les autorités, sachant à quelle terrible extrémité le prévenu était réduit, et craignant une tentative de suicide, l'avaient consigné entre les mains de deux hommes chargés de le garder à vue. L'un d'eux sortit dès qu'on eût ouvert la porte de la cellule ; l'autre, qui n'avait plus le droit de s'éloigner, mit une certaine délicatesse à s'accouder à la fenêtre, regardant au dehors, dès que j'eus été introduit.

Fauntleroy était assis sur le bord de son lit, la

tête baissée, les mains négligemment abandonnées sur ses genoux, lorsque mon premier regard tomba sur lui. Au bruit que je fis en m'approchant, il se redressa, se leva soudain, et vint me jeter ses bras autour du cou.....

Mon cœur était prêt à déborder.

« Dites-moi, dites-moi que c'est un mensonge!.. Pour Dieu, monsieur, dites-le-moi!.. »

Je ne trouvai pas d'autres paroles.

Mais, hélas! il ne répondit pas... ou plutôt il répondit, mais seulement en détournant la tête.

Il y eut là un terrible silence. Ses bras étaient toujours autour de mon cou, et tout soudainement, il colla ses lèvres contre mon oreille :

« Avez-vous pu retirer vos fonds? me demandait-il à voix basse... Avez-vous eu le temps, samedi soir?... »

Je me dérobai à son étreinte par un mouvement machinal, tant cette question m'avait surpris.

« Eh quoi! m'écriai-je tout haut, oubliant l'individu qui se trouvait à la fenêtre, en tiers avec nous... Cet homme chargé d'un message?...

— Chut! dit-il, posant vivement sa main sur mes lèvres... J'étais déjà sous la main de la justice... et je n'ai pu choisir mieux... Je ne le connais pas plus que vous ne le connaissez vous-même... Je l'ai largement payé, vu la chance qui le mettait sous ma main,.. et j'ai couru le risque d'une infidélité fort probable, d'une commission payée et non faite.

— C'était donc *vous* qui l'envoyiez ?

— C'était moi... »

Voilà, messieurs, toute mon histoire.

Je n'ai nul besoin de vous apprendre que M. Fauntleroy, déclaré coupable, fut pendu par la main du bourreau. Il m'a été donné d'adoucir ses derniers moments ici-bas, en me chargeant d'arranger quelques-unes de ses affaires particulières, dont le réglement, encore incomplet, laissait un poids énorme sur sa conscience. Elles n'avaient heureusement aucun rapport avec le crime par lui commis, et je pouvais, par conséquent, sans le moindre scrupule, lui rendre l'unique service par lequel il m'ait été donné de reconnaître tous ses bienfaits.

Je ne dirai rien pour montrer son caractère sous un jour plus favorable, rien pour pallier le méfait dont il a été puni. Mais je ne saurais oublier qu'au moment où la terre lui manquait sous les pieds, — au moment où il se sentait sous la pesante main de la justice humaine, — il songea au jeune homme dont il avait favorisé les humbles débuts, à la reconnaissance duquel il s'était fait les droits les plus légitimes, et dont il était bien décidé à ne jamais trahir la candide confiance.

Je laisse à de plus grands esprits que le mien de concilier l'anomalie de l'audacieuse fraude qu'il commit envers d'autres, avec son inébranlable loyauté à mon égard. Aussi vrai que nous sommes assis là, une des dernières préoccupations de Fauntleroy dans ce bas monde, et un de ses derniers actes, fut l'effort qu'il tenta pour me sauver d'une perte où j'aurais été entraîné par ma confiance en lui.

Il n'y a pas d'autre secret dans ce culte que je porte encore à la mémoire d'un criminel. Et voilà pourquoi l'épithète de « scélérat » affecte péniblement mon cœur, lorsque je l'entends accoler au nom, — au nom flétri, je l'avoue, — du faussaire Fauntleroy...

Faites circuler la bouteille, jeune *gentleman*,... et pardonnez à un homme de la vieille école d'avoir occupé si longtemps vos loisirs par un récit du vieux temps.

LE RENARD ET LA POULE

—

Extrait du Registre-Correspondance de la police de Londres

—

FRANCIS THEAKSTONE, INSPECTEUR EN CHEF DE LA POLICE
MÉTROPOLITAINE, AU SERGENT BULMER.

Londres, 4 juillet 18...

Sergent Bulmer,

La présente vous informera que votre concours
est requis dans une affaire importante, laquelle
réclame toute l'attention d'un agent expérimenté.
Vous me ferez le plaisir de confier au jeune homme
porteur de cette lettre, la suite des recherches où
vous êtes engagé en ce moment. Vous lui direz,
telles que vous les avez notées, toutes les circonstances du vol que vous êtes chargé d'éclaircir. Vous
le mettrez au courant de la marche que vous avez
suivie, et (s'il y a lieu) des indices déjà obtenus

13.

contre la personne, ou les personnes, par qui l'argent a été volé; vous le laisserez ensuite tirer ce qu'il pourra de l'affaire maintenant entre vos mains. — Il doit avoir l'entière responsabilité de la chose et tout l'honneur du succès, s'il réussit.

Voilà quels sont les ordres qu'il m'est enjoint de vous communiquer.

Et maintenant un mot, entre nous, sur cet étranger qui va vous remplacer. Il se nomme *Matthew Sharpin*. On veut lui fournir l'occasion de franchir d'un seul bond tous les grades inférieurs — en supposant qu'il soit de force à le faire. Vous me demanderez, naturellement, d'où lui vient ce privilége. Je puis seulement vous dire qu'il a des protections toutes particulières en certains hauts parages; vous et moi ferons aussi bien de n'en parler qu'à voix basse.

Ancien clerc d'avoué, il est aussi satisfait de sa personne que sa personne est désagréable à voir. Si nous le prenions au mot, il quitterait son ancien métier tout à fait spontanément, sans autre motif qu'une préférence marquée pour le nôtre. Vous ne le croirez pas plus que je ne l'ai cru. Mon idée, à moi, c'est qu'il aura trouvé moyen de s'immiscer plus que de raison dans les affaires particulières de quelque client, ce qui, tout en rendant difficile de le conserver dans le personnel de l'étude, lui donne désormais assez de prise sur son patron pour faire de son renvoi, pur et simple, une chose dangereuse, sinon impossible.

A mon avis, donc, les avantages inusités qu'on lui offre parmi nous sont destinés à lui fermer la bouche.

Quoiqu'il en soit, M. Matthew Sharpin doit être chargé de l'affaire que vous avez dirigée jusqu'à ce jour; et s'il la mène à bonne fin, nous sommes sûrs de voir son vilain museau à demeure parmi nous.

Je vous tiens au courant de tout ceci, afin que vous n'alliez pas vous faire de tort en vous mettant à dos le nouvel arrivant.

Tout à vous,

Fr. Theakstone.

M. MATTHEW SHARPIN A L'INSPECTEUR EN CHEF
THEAKSTONE.

Londres, 5 juillet.

Cher Monsieur,

Ayant obtenu du sergent Bulmer tous les renseignements qui m'étaient nécessaires, je demanderai la permission de vous rappeler certaines instructions que j'ai reçues, relativement au compte rendu de mes futures démarches.

Vous avez été chargé de l'examen de mes rapports avant leur envoi aux autorités supérieures, « afin, m'a-t-on dit, que je puisse au besoin avoir le bénéfice d'une expérience supérieure à la mienne »

— précaution qui, j'ose le croire, sera parfaitement inutile.

Les circonstances extraordinaires de l'affaire dont je suis maintenant chargé, rendent impossible que je m'éloigne, ne fût-ce même que pendant une heure, des lieux où le vol a été commis; je me vois donc privé de tout rapport personnel avec vous, jusqu'à ce que j'aie pu au moins ébaucher la découverte du voleur; de là découle pour moi la nécessité de mettre par écrit certains détails qui parfois gagneraient à être communiqués verbalement.

Telle est, si je ne me trompe, la position exacte dans laquelle nous sommes placés l'un vis-à-vis de l'autre. Je le constate afin que, dès le début, nous nous comprenions bien tous les deux, et j'ai l'honneur d'être,

Votre obéissant serviteur,

MATTHEW SHARPIN.

—

L'INSPECTEUR EN CHEF THEAKSTONE
A M. MATTHEW SHARPIN.

Londres, 5 juillet.

Monsieur,

Vous avez commencé par perdre inutilement votre temps, votre papier et votre encre. Nous avions

tous les deux, j'imagine, la notion très-exacte de
nos rôles respectifs, lorsque je vous envoyai porter ma lettre au sergent Bulmer; ce n'était donc pas
la peine d'écrire pour entrer là-dessus dans des re-
dites oiseuses. Soyez assez bon, dorénavant, pour
employer votre plume d'une façon plus utile.

Vous avez maintenant à me rendre compte par
écrit de trois objets distincts :

Premièrement : — vous me ferez un rapport sur
les instructions reçues par vous du sergent Bulmer,
de manière à nous prouver que rien ne vous ayant
échappé, vous êtes bien complétement au courant
de toutes les circonstances de l'affaire qui vous a
été confiée.

Secondement : — vous nous informerez de vos
projets.

Troisièmement : — vous devrez nous mettre au
courant du plus petit résultat obtenu (si toutefois
vous en obtenez aucun). jour par jour, et au besoin
heure par heure.

Voilà quel est *votre* devoir. Quant à ce que le
mien peut être, lorsque j'aurai besoin que vous me
le rappeliez, je vous écrirai pour vous en prévenir.
D'ici là, je reste votre tout dévoué,

FRANCIS THEAKSTONE.

M. MATTHEW SHARPIN A L'INSPECTEUR EN CHEF THEAKSTONE.

Londres, 6 juillet.

Monsieur,

Vous êtes un homme mûr, et, par cela même, naturellement enclin à quelque jalousie envers ceux qui, comme moi, sont à *la fleur* de leur âge, et en possession *de toutes leurs facultés.* Ces circonstances étant données, il est de mon devoir de vous témoigner certains égards, et de ne pas me montrer plus sévère que de raison pour vos légers défauts. Je renonce donc complétement à me fâcher du ton général de votre lettre, et passerai l'éponge sur le souvenir de votre maussade épître.

Bref, Theakstone, mon digne chef, je vous excuse, et j'en viens à notre affaire.

« Mon premier devoir, dites-vous, est de vous adresser un rapport exact sur les instructions que j'ai reçues du sergent Bulmer. » Les voici à votre service, et telles que je les ai comprises.

Au numéro 13 de Rutherford-street se trouve une boutique de papetier, tenue par un nommé Yatman, homme marié, mais sans enfants. Les autres habitants de la maison, outre M. et mistress Yatman, sont un jeune célibataire nommé Jay, qui occupe au second la chambre donnant sur la rue ; — un commis qui couche dans une des mansardes ; — et une servante dont le lit est placé dans l'arrière-cuisine. Toutes les semaines, à jour fixe, une femme de journée vient prêter son aide à cette servante.

Voilà les seules personnes qui, en temps ordinaire, ont un libre accès dans la maison.

M. Yatman, pendant plusieurs années, avait fait d'assez bonnes affaires pour réaliser ce que les gens dans sa position considèrent comme une jolie aisance. Il a essayé, malheureusement pour lui, d'augmenter sa fortune par la spéculation. Ses placements furent mal entendus, la chance l'abandonna, et, il y a deux ans environ, sa ruine se trouva consommée.

Du naufrage de sa fortune, il n'a pu sauver qu'une somme de deux cents livres sterling (1). Bien que M. Yatman, en retranchant toute dépense superflue, et en abandonnant la plupart de ses habitudes de luxe ou de comfort, ait fait tout son possible pour se maintenir dans les étroites limites de son revenu, il n'a jamais réussi à réaliser aucunes économies sur le produit de son commerce. Ses affaires vont mal depuis quelques années, la réduction des prix leur ayant fait tort. Par suite de ces diverses circonstances, la semaine dernière encore, M. Yatman, en fait d'argent comptant, ne possédait que les deux cents livres ci-dessus mentionnées comme l'unique débris de son ancienne fortune. Cette somme était placée dans une respectable maison de banque.

(1) 5,000 fr. environ.

Il y a huit jours que, M. Yatman et M. Jay causant ensemble, la conversation tomba sur les difficultés matérielles qui assiégent de toutes parts le commerce actuel. M. Jay (dont l'emploi est de fournir aux journaux les éléments de leur chronique quotidienne, savoir le récit — à un sou la ligne — des meurtres et des accidents, baptisés *faits divers*), M. Jay, donc, fit part à son propriétaire de certains bruits alarmants qui courent, dans la Cité, sur la solvabilité des banques. Ces rumeurs étant déjà parvenues de plusieurs côtés jusqu'à M. Yatman, il ne put les entendre confirmer ainsi par son locataire sans se sentir ramené au souvenir de ses anciennes pertes.

Ce souvenir lui revint avec une telle force, qu'il résolut de se rendre immédiatement à la banque pour en retirer ses fonds. Le jour touchait à sa fin, et il arriva tout juste avant la fermeture des portes. On lui rendit un billet de banque de 50, trois de 25 et six de 5 livres.

Son intention était d'employer l'argent qu'il venait de recouvrer, à faire différents prêts aux petits marchands de son quartier, qui sont parfois dans de fort pressants embarras pécuniaires. M. Yatman pensait avoir trouvé là le placement le plus sûr et le plus avantageux de son argent.

Il mit ses valeurs dans une enveloppe, et les rapporta dans la poche de côté de son paletot.

A peine rentré dans sa demeure, il demanda au commis de lui chercher une petite boîte en fer-blanc, dont on ne s'était pas servi depuis des années, et que M. Yatman se rappelait devoir être exactement de dimension à contenir ses billets de banque. Tout d'abord, cette espèce de *tire-lire* fut introuvable; M. Yatman appela sa femme, pour savoir si elle se rappelait l'avoir serrée quelque part.

Cette question fut entendue par la servante, qui montait à ce moment le plateau du déjeuner, et par M. Jay, qui descendait l'escalier pour se rendre au théâtre.

La petite boîte fut enfin découverte par le commis; M. Yatman y logea ses valeurs, la cadenassa, et la replaça dans la poche de son paletot, d'où il n'en sortait guère qu'un petit coin, — assez cependant pour qu'elle fût aperçue.

M. Yatman, dans tout le cours de la soirée, ne bougea pas de sa chambre. Il ne vint pas de visites.

A onze heures, en se couchant, il plaça son petit trésor sous son oreiller. Lorsque sa femme et lui se réveillèrent, le lendemain matin, la boîte avait disparu. On mit immédiatement opposition au paiement des billets dans les bureaux de la banque, mais jusqu'à ce jour on n'a pu obtenir vent ni nouvelle de l'argent soustrait.

Rien de plus clair que les circonstances de l'affaire, en les limitant à ce qui vient d'être dit. Elles tendent toutes à prouver que le vol doit avoir été commis par quelque personne de la maison.

Les soupçons planent, par conséquent, sur la servante, sur le commis et sur M. Jay.

Les deux premiers avaient entendu leur maître demander la boîte; mais ils ignoraient à quel usage celui-ci la destinait. Ils devaient naturellement conjecturer qu'on y mettrait de l'argent; l'un et l'autre d'ailleurs — la servante en desservant le thé, — le commis en rendant les clefs à son maître, après la fermeture du magasin, — eurent occasion de penser, en voyant la boîte dans la poche de M. Yatman, qu'il avait l'intention de l'emporter avec lui dans sa chambre, quand il irait se mettre au lit.

D'autre part, il avait été dit à M. Jay, — dans le courant de la conversation sur les banques, — que son propriétaire y possédait un dépôt de 200 livres. Il savait aussi que M. Yatman l'avait quitté avec l'intention bien arrêtée d'aller retirer cet argent; et depuis, en descendant l'escalier, il l'avait entendu réclamer la boîte en question. Il devait dès-lors supposer que l'argent était rentré au bercail, et que la boîte de fer-blanc servirait à l'abriter. Néanmoins, comme il sortit avant que la boîte fût trouvée, et rentra seulement après le coucher d'un chacun, on ne saurait croire qu'il ait pu avoir une idée quelconque de l'endroit où, pour cette nuit, M. Yatman avait serré son argent.

C'est donc par le plus grand des hasards, — s'il est réellement l'auteur du vol, — qu'il aura dirigé ses recherches du côté de la chambre à coucher plutôt que dans toute autre partie de l'habitation commune.

A propos de cette chambre, quelques détails sont nécessaires sur la position qu'elle occupe dans la maison, et sur l'accès facile qu'elle offre, à n'importe quelle heure du jour et de la nuit.

La pièce en question, située au premier, donne sur la cour. Mistress Yatman, dont l'organisation est particulièrement nerveuse, est sujette à bien des petites manies. Le feu, par exemple, lui fait une peur affreuse, et elle se préoccupe volontiers des accidents qui pourraient arriver si, en cas d'incendie, elle se trouvait forcément retenue chez elle sans pouvoir s'enfuir. Son mari a donc pris l'habitude de ne *jamais fermer à clef* la porte de leur chambre à coucher.

Ils conviennent de plus, tous les deux, qu'ils ont le sommeil très-lourd. Le voleur n'a donc pas couru de grands risques, relativement parlant. Il n'avait qu'à tourner le bouton pour entrer dans la chambre ; et, — moyennant quelques précautions pour ne rien heurter, rien renverser, — il n'avait pas à craindre le réveil des dormeurs.

Ce détail est fort essentiel. Il corrobore la conviction où nous étions déjà, que l'argent doit avoir été pris par un des habitants de la maison, le vol ayant pu être commis par des personnes qui n'ont ni la vigilance ni la finesse d'un voleur expérimenté.

Voilà les faits racontés au sergent Bulmer, lorsqu'il fut appelé à découvrir les coupables et à recouvrer, si faire se pouvait, les billets de banque perdus.

Les enquêtes les plus minutieuses n'ont fourni aucune preuve de la culpabilité des gens sur lesquels tombait directement le soup.on. Leur conduite et leur langage, lorsqu'ils furent informés de ce qui s'était passé, semblaient témoigner énergiquement de leur innocence.

Le sergent vit qu'il fallait s'en tenir à des recherches secrètes et à un rigide système d'observations.

Il commença par recommander à M. et à mistress Yatman de feindre la confiance la plus absolue à l'égard des personnes qui habitent sous leur toit; puis il se mit en campagne, épiant les allées et venues de la servante, et cherchant à découvrir ses relations, ses habitudes et ses secrets.

Trois jours et trois nuits d'espionnage, exercé tour à tour et par le sergent lui-même, et par des auxiliaires habitués à ces sortes d'investigations, suffirent pour lui prouver que ses soupçons contre cette fille n'étaient pas fondés.

Les mêmes manœuvres furent ensuite employées à l'égard du commis. Il y eut là plus d'incertitudes et plus de difficultés à vaincre pour prendre à son insu les renseignements qui pouvaient le disculper; mais on en vint enfin à bout, et quoiqu'il n'y ait pas, pour ce qui le concerne, la même certitude qu'au sujet de la servante, il n'en existe pas moins de très-fortes raisons pour supposer que le commis est innocent.

La conséquence nécessaire de ces démarches.

est de ramener tous les soupçons sur M. Jay.

Quand je présentai votre lettre de recommandation au sergent Bulmer, il s'était déjà occupé de ce
jeune homme. Le résultat de l'enquête qui le concerne est jusqu'à présent des moins favorables.
M. Jay a des habitudes irrégulières. Il fréquente
les lieux publics, et semble être intimement lié avec
des gens de mauvaise vie. De plus, on lui sait des
dettes criardes chez tous ses fournisseurs, et il n'a
pas payé son dernier terme à M. Yatman Hier soir
il est rentré en état d'ivresse, et, la semaine dernière, on l'a vu s'entretenir familièrement avec un
boxeur de profession. Bref, M. Jay, — qui s'intitule
« journaliste » parce qu'il fournit quelques notes
aux journaux, — est un jeune homme qui a des
goûts vulgaires et des façons peu convenables. Rien
de ce qui a été déjà découvert sur son compte ne
lui fait honneur sous aucun rapport.

Vous êtes, maintenant, au courant des plus petits
détails à moi communiqués par le sergent Bulmer.
Je crois que vous n'y trouverez aucune omission,
et je pense que, malgré vos préjugés contre moi,
vous serez forcé d'admettre que jamais exposé plus
clair ne vous a été soumis. J'ai maintenant à vous
dire quelles sont mes intentions, aujourd'hui que
l'affaire est entre mes mains.

Il est évident, — en premier lieu, — que je vais
reprendre les choses au point où le sergent les a
laissées. Je me crois permis, après le témoignage
favorable qu'il leur rend, de ne plus m'inquiéter

ni de la servante ni du commis. — Reste à décider, quand on aura obtenu de nouvelles preuves, si M. Jay est coupable ou non. Avant de considérer les billets comme perdus, il faut nous assurer que ce monsieur ne peut nous renseigner sur leur destinée.

Voici le plan que j'ai adopté, avec la pleine approbation de M. et mistress Yatman, pour découvrir si M. Jay est ou non le voleur. Je vais me présenter chez eux, aujourd'hui, en jeune homme qui cherche un logement. La chambre du second sur la cour me sera montrée comme étant à louer, et je m'y installerai ce soir, affectant les dehors et le langage d'un jeune provincial qui vient à Londres pour tâcher de s'y faire une position.

J'habiterai, de cette façon, la chambre contiguë à celle de M. Jay. Nous ne sommes séparés que par une mince cloison de plâtre ; il me sera donc facile de percer un trou dans un coin, ce qui me permettra d'entendre et de voir tout ce qui se passera chez lui quand ses amis le viendront visiter. Tant qu'il restera dans la maison, je serai à mon poste. Toutes les fois qu'il sortira, je serai derrière lui. En le guettant de la sorte, je crois que je puis d'avance regarder son secret comme découvert.

Je ne me permettrai pas de pressentir ici ce que vous allez penser de mon plan de campagne. Il me paraît avoir l'inestimable mérite de joindre la sûreté à la simplicité. C'est donc avec toute sorte d'espérances que je termine cette lettre, et que j'ai l'honneur de me dire,

Votre très-obéissant serviteur,

Matthew Sharpin.

DU MÊME AU MÊME

Londres, 7 juillet,

Monsieur,

Comme vous ne m'avez pas fait l'honneur de répondre à ma dernière missive, j'en conclus qu'elle a produit sur vous, en dépit de vos préventions à mon égard, l'impression toute favorable que j'en attendais. Flatté, encouragé, — démesurément peut-être, — par l'approbation que manifeste votre éloquent silence, je continue à vous rendre compte de ce qui s'est passé pendant ces dernières vingt-quatre heures.

Je suis désormais comfortablement établi dans le voisinage immédiat de M. Jay, et je m'empresse de vous apprendre que j'ai pratiqué deux meurtrières, au lieu d'une, dans la cloison qui nous sépare. Ma gaieté naturelle m'a poussé à faire l'extravagance, bien pardonnable, de leur donner à chacune un nom spécial. J'ai baptisé la pre-

mière mon « *observatoire,* » et la seconde mon
« *cornet* (1). »

Le nom du premier trou s'explique de lui-même ;
quant au second, il doit ce sobriquet à un petit
tube d'étain dont une extrémité est insérée dans le
trou de la muraille, tandis que l'autre aboutit à
mon oreille, lorsque je suis à mon poste de surveil-
lance. De cette façon, tandis que je regarde M. Jay
par mon « observatoire, » mon « cornet » me per-
met d'entendre tout ce qui se dit dans la chambre.

Ma parfaite candeur, — vertu que je possède depuis ma plus tendre enfance, — me force à vous
avouer que l'ingénieuse idée d'ajouter un *cornet* à
l'*observatoire* déjà projeté me vient de mistress
Yatman.

Cette personne, à la fois simple et distinguée, est
entrée dans tous mes plans avec une intelligence et
une finesse que je ne saurais trop louer. M. Yatman
se trouve tellement abattu par la perte qu'il a faite,
qu'il est tout à fait incapable de m'aider en quoi que
ce soit. Mistress Yatman, qui lui est évidemment
fort attachée, souffre de voir son mari dans cette
triste position, bien plus que de la perte en elle-
même ; et l'activité qu'elle déploie provient du
désir qu'elle a de l'arracher à l'état de prostration
où il est tombé.

(1) *Peep-hole,* *pipe-hole,* consonnances intraduisibles. On
conserve seulement le sens général de la plaisanterie à laquelle
se livre M. Sharpin.

(*Note du traducteur.*)

« L'argent, monsieur Sharpin, — disait-elle hier soir, les larmes aux yeux, — une stricte économie jointe à un travail assidu peut nous le rendre avec le temps ; mais c'est l'état pitoyable où je vois mon mari qui me fait surtout désirer la capture du voleur. Je ne sais si je ne me trompe, mais lorsque je vous ai vu, j'ai senti l'espoir du succès rentrer dans mon cœur, et je crois que si le misérable qui nous a volés doit être découvert, ce ne saurait être que par vous. »

J'acceptai ce compliment flatteur dans le même esprit qui l'avait dicté, — intimement convaincu que tôt ou tard on m'en reconnaîtra digne.

Laissez-moi, maintenant, en revenir à mes affaires, c'est-à-dire à mon « observatoire » et à mon « cornet. »

J'ai passé quelques heures à regarder tranquillement M. Jay ; quoiqu'il reste rarement chez lui, d'après ce que m'a dit mistress Yatman, il n'a pas quitté sa chambre de toute la journée.

Voilà, pour commencer, quelque chose d'assez équivoque.

Je dois ajouter, de plus, qu'il s'est levé tard ce matin (ce qui est toujours mauvais signe chez un jeune homme), et qu'une fois debout, il a passé fort longtemps à bâiller et à se plaindre d'un mal de tête. Comme les autres débauchés de son espèce, il n'a presque rien mangé pour son déjeuner. Son premier soin en sortant de table a été de fumer une pipe, — une sale pipe de terre qu'un *gentleman*

eût été honteux de porter à ses lèvres. La pipe finie,
il a pris du papier, de l'encre, une plume, et s'est
mis à écrire en poussant un gros soupir : — lui
fut-il arraché par les remords que lui a légués
son vol, ou par la répugnance que lui inspirait son
travail, c'est ce que je ne saurais vous dire. Après
avoir écrit quelques lignes (que l'éloignement ne
me permit pas de lire), il se renversa sur le dos de
sa chaise, et se prit à chantonner quelques airs
populaires.

Je reconnus *My Mary-Ann*, *Robin around* et *Old
dog Tray*, parmi ces mélodies de carrefour. Reste
à savoir si ce ne seraient pas là des signaux par
lesquels il s'entendrait avec ses complices.

Lorsqu'il se fut amusé quelque temps à fredonner
ainsi, mon homme se leva et se promena dans la
chambre, s'arrêtant de temps à autre pour confier
une nouvelle phrase au papier posé sur le bureau.

Quelques instants après, il s'arrêta devant une
armoire fermée à clef et l'ouvrit. Je regardai de
tous mes yeux, comptant bien sur quelque découverte.

Je le vis prendre, avec toutes sortes de précautions, sur une des tablettes, un objet que je ne dis-
tinguai pas tout d'abord... Il se retourna... Ce n'é-
tait qu'une bouteille d'eau-de-vie !

Ayant bu un petit verre de liqueur, ce paresseux
vaurien s'étendit de nouveau sur son lit, et en moins
de cinq minutes, il dormait profondément.

Après l'avoir entendu ronfler pendant plus de

deux heures, je fus ramené à mon « observatoire » par un coup frappé à sa porte. Il se jeta hors de son lit, et courut ouvrir avec une précipitation suspecte. Un très-petit garçon, dont la figure était fort mal lavée, dit, à peine entré : « Sauf respect, monsieur, ils n'attendent plus que vous. » Le gamin s'assit ensuite sur une chaise, les pieds ballants, et s'endormit tout d'un trait. M. Jay, blasphémant comme un païen, s'attacha une serviette mouillée autour de la tête, et réinstallé devant son papier, se mit à écrire aussi vite que ses doigts le lui permirent.

De temps en temps il se levait, allait tremper la serviette dans l'eau, la replaçait, et se remettait à l'ouvrage.

Ce manége dura bien trois heures; notre gaillard plia son manuscrit, réveilla l'enfant, et le lui remit en l'apostrophant ainsi : « Debout! jeune marmotte... et pas accéléré en avant, marche!... Si tu vois le patron, dis-lui de tenir l'argent prêt pour quand je passerai. »

Le jeune drôle disparut avec une grimace d'intelligence.

Je fus tenté un moment de suivre cette « marmotte, » mais après mûre réflexion, je trouvai plus sûr de guetter encore les allures suspectes de M. Jay.

Au bout d'une demi-heure, il mit son chapeau et sortit. Naturellement, je mis mon chapeau et sortis aussi.

En descendant l'escalier, je rencontrai mistress Yatman qui montait. Grâce à la bonté de cette dame, il était convenu d'avance, entre nous deux, que pendant que je remplirais l'agréable tâche de suivre partout M. Jay, elle profiterait de son absence pour fouiller parmi ses effets.

Cette fois, il porta ses pas directement vers la taverne la plus proche, et commanda deux côtelettes de mouton pour son dîner. Je m'assis près de lui, et pour mon dîner, je commandai de même deux côtelettes de mouton.

Nous étions dans la salle depuis peu d'instants, lorsqu'un jeune homme de mauvaise mine, installé en face de nous, tenant à la main son verre de *porter*, s'approcha de M. Jay. Je fis semblant de lire le journal, mais j'écoutais de toutes mes oreilles.

« Jack est venu s'informer de vous, dit le jeune homme.

— A-t-il laissé quelque commission pour moi? demanda M. Jay.

— Oui, répondit l'autre, et il m'a chargé, dans le cas où je vous verrais, de vous dire qu'il désirait tout particulièrement vous rencontrer ce soir même, et qu'il serait chez vous vers sept heures.

— C'est bien, dit M. Jay, je rentrerai à temps pour le recevoir. »

Là-dessus, le jeune homme de mauvaise mine acheva son *porter*, et se disant très-pressé, prit congé de son ami (peut-être faudrait-il employer ici le mot complice).

A six heures vingt-cinq minutes trente secondes,
— dans les affaires importantes une exactitude
scrupuleuse est nécessaire, — M. Jay acheva ses
côtelettes et régla son compte. A six heures vingt-
six minutes quarante secondes, j'achevais mes
côtelettes et payais ma note.

Dix minutes plus tard, je rentrais dans Rutherford-street, et j'étais reçu dans le corridor par
mistress Yatman. La physionomie de cette charmante femme exprimait tant de tristesse et de découragement, qu'elle me fit mal à voir. « Je crains
bien, madame, lui dis-je, que vos recherches
n'aient été infructueuses. » Elle secoua la tête et
poussa un soupir si doux, si languissant, que, sur
mon honneur, j'en fus tout troublé. — Pendant un
moment, j'oubliai mes préoccupations et je fus
jaloux de M. Yatman.

« Ne vous découragez pas, madame, lui dis-je
avec une sympathie qui sembla l'émouvoir; j'ai
surpris une conversation mystérieuse; je connais
un coupable rendez-vous; j'attends beaucoup, ce
soir, de mon *observatoire* et de mon *cornet*. Je vous
en supplie, pas d'émotion!... Mais je crois être à la
veille d'une découverte importante. »

Mon dévouement à ma mission prit alors le dessus
et fit taire mes tendres sentiments. — Un regard,
un signe de tête, et je la quittai...

De retour à mon poste, je trouvai M. Jay installé
dans un fauteuil et digérant à loisir — sa pipe à la
bouche. Sur la table placée devant lui, ce pré-

voyant jeune homme avait disposé deux verres, une carafe d'eau et une bouteille d'eau-de-vie. Il était alors près de sept heures. Au moment où l'horloge sonna, l'individu répondant au nom de « Jack » fit son entrée.

Il paraissait agité; — je suis heureux de dire, même, qu'il paraissait violemment agité.

La joie d'un succès anticipé se répandit dans tout mon être. Palpitant d'émotion, je regardai par mon « observatoire » et vis ce Jack adorable, le héros de cette délicieuse entreprise, prenant séance en face de moi.

Sauf l'expression de leurs physionomies, qui n'était pas la même, ces deux misérables se ressemblaient tellement que je les regardai tout aussitôt comme frères. Jack était le plus propre et le mieux mis des deux. J'admets ceci dès le début. C'est peut-être un de mes défauts, de toujours pousser la justice et l'impartialité jusqu'à leurs dernières limites. Je ne suis pas un Pharisien, moi, et quand le vice a des circonstances atténuantes, je demande qu'on rende justice au vice. — Oui, oui, de manière ou d'autre, rendons au vice ce qui lui revient !

« Eh bien ! Jack, comment va l'affaire ? dit M. Jay.

— Ne le lisez-vous pas sur mon visage ? dit Jack... Tout retard est à présent périlleux... Finissons-en avec des anxiétés intolérables, et après-demain matin, jouons le tout pour le tout !...

— Aussitôt que cela ? s'écria M. Jay d'un air

étonné... Enfin, si vous êtes prêts, je le suis aussi...
Mais, Jack, je demande si l'*autre personne* est prête...
En êtes-vous bien sûr?... »

Il sourit en disant cela, — un affreux sourire! —
et, emphatiquement, appuya sur ces deux mots :
« l'autre personne. » Il y a évidemment un troisième
misérable, quelque désespéré coquin, mêlé à l'affaire.

« Venez nous trouver demain, dit Jack, vous en
jugerez par vous-même... Soyez dans Regent's-
Park à onze heures du matin... et guettez-nous au
coin de l'*Avenue-Road*.

— J'y serai, dit M. Jay... Acceptez-vous une
goutte de grog?... Pourquoi vous lever?... Vous ne
partez pas encore?

— Si, je m'en vais, dit Jack... Le fait est que,
dans l'agitation où vous me voyez, je ne puis rester
cinq minutes de suite à la même place... Quelque
ridicule que la chose puisse vous paraître, je suis
en proie à une inquiétude nerveuse qui ne me
quitte plus. Je ne puis m'empêcher de craindre
qu'au dernier moment nous ne soyons découverts...
Je prendrais volontiers pour un espion tout
homme qui, dans la rue, me regarde attentivement. »

A ces mots, les jambes ne manquèrent. Il fallut
toute ma force de caractère pour me maintenir à
mon « observatoire. »

« Quelle absurdité! s'écria M. Jay avec toute l'ef-
fronterie d'un scélérat endurci dans le crime...

Si nous avons pu garder le secret jusqu'à présent, nous saurons bien le garder jusqu'à la fin... Buvez une goutte d'eau-de-vie, et vous en serez aussi convaincu que je le suis moi-même. »

Jack refusa toute espèce de boisson, et persista dans ses idées de départ.

« Il faut que j'essaie de l'effet d'une bonne course, dit-il... N'oubliez pas, demain matin à onze heures, au coin de l'*Avenue-Road*, Regent's-Park. »

Il s'éloigna là-dessus, tandis que son pendard de frère riait à s'en tenir les côtes et reprenait sa pipe de terre, objet de mon dégoût le plus prononcé.

Je m'assis sur le bord de mon lit, où positivement je tremblais d'émotion.

Il est évident pour moi que les billets de banque n'ont pas encore été changés, et je puis ajouter que c'était également l'opinion du sergent Bulmer, lorsqu'il remit l'affaire en mes mains. Quelle est donc la conclusion toute naturelle à tirer de la conversation que je viens de vous transmettre ? C'est que les complices se réunissent demain pour se partager le produit du vol, et pour s'entendre sur le moyen le plus sûr de changer les billets dès le lendemain matin.

M. Jay, sans aucun doute, est le plus coupable de l'affaire, et ceci même doit le conduire à braver le plus grand risque. C'est lui, je le parierais, qui changera le billet de 50 livres.

Ma mission sera donc de le suivre. — A demain,

dans Regent's-Park; je ferai de mon mieux pour entendre ce qui s'y dira.

En supposant qu'un nouveau rendez-vous soit arrangé pour après-demain, il va sans le dire que je m'y rendrai. Cela étant, j'aurai besoin de deux personnes compétentes (dans le cas où les trois coquins se sépareraient après leur réunion) pour suivre les deux autres coupables. Il va sans le dire, également, que si les misérables s'en vont ensemble, je tiendrai en réserve mes subordonnés.

Ambitieux par nature, je désire, si c'est possible, garder pour moi seul tout l'honneur de cette affaire.

8 juillet.

J'ai à vous remercier de l'envoi immédiat de mes deux subordonnés, gens dont la capacité, par malheur, ne me paraît pas très-bien établie; — mais je serai toujours là pour les guider.

La première chose à faire, ce matin, était naturellement de mettre M. et mistress Yatman au courant de ce qui s'était passé, afin de leur expliquer la présence des deux étrangers.

M. Yatman (qui, entre nous, est un pauvre homme) se contenta de hocher la tête.

Mistress Yatman (cette femme supérieure) me gratifia d'un charmant regard d'intelligence.

« Oh! monsieur Sharpin, dit-elle, je suis si contrariée de voir ces deux hommes!... En réclamant leur aide, ne semblez-vous pas douter du succès? »

Je l'ai regardée en clignant d'une certaine façon qu'elle veut bien tolérer, et je lui ai répondu, volontiers facétieux, qu'elle était sous l'influence d'une erreur légère.

« C'est justement, madame, parce que je suis certain du succès, ajoutai-je tout haut, que je les ai mandés près de moi... Je suis décidé à retrouver cet argent, non-seulement pour moi-même, mais pour M. Yatman... et pour vous. »

J'insistai beaucoup sur ces derniers mots.

« Oh! monsieur Sharpin!... » reprit-elle avec une rougeur céleste. Puis elle baissa les yeux vers son ouvrage.

Il me semble que je pourrais aller avec cette femme jusqu'au bout du monde, si M. Yatman voulait bien, tant seulement, décéder un peu.

J'envoyai mes deux subordonnés attendre mon loisir dans Regent's-Park. Une demi-heure plus tard, je m'y rendais moi-même sur les pas de M. Jay.

Les deux complices étaient exacts au rendez-vous.

Je rougis en l'écrivant, mais il est néanmoins indispensable de constater ceci : le « troisième misérable, » le « désespéré coquin » de mon dernier rapport, — ou, si vous l'aimez mieux, la mystérieuse « autre personne » de la conversation des deux frères — est... une femme... une jolie femme.

Je me suis longtemps refusé à cette idée, que le

beau sexe est invariablement mêlé à tout ce qui
arrive de mal en ce monde; mais, après l'expérience
de ce matin, je ne puis m'empêcher d'en arriver à
cette triste conclusion. Je renonce donc à défendre
le sexe, je l'abandonne en masse, — à l'exception
de mistress Yatman.

L'homme appelé « Jack » offrit son bras à
cette inconnue. M. Jay se plaça de l'autre côté.
Tous trois commencèrent à se promener sous les
arbres.

Je suis désolé d'ajouter qu'il me fut impossible de
les suivre d'assez près pour entendre leur conversation. Je pus seulement conjecturer, d'après leurs
physionomies et leurs gestes, qu'ils parlaient tous
les trois, avec une extraordinaire vivacité, d'un
sujet qui les préoccupait vivement.

Au bout d'un quart d'heure ainsi employé, ils
firent subitement volte-face pour revenir sur leurs
pas. Ma présence d'esprit ne m'abandonna point
dans cette extrémité. Je fis signe à mes subordonnés de continuer leur route d'un air dégagé,
tandis que je me glissais adroitement derrière un
tronc d'arbre.

Comme ils passaient à côté de moi, j'entendis Jack
dire à M. Jay :

« C'est convenu, demain matin, à dix heures
et demie... N'oubliez pas que je vous arrive en
fiacre !... Il vaut mieux ne pas courir la chance
d'en prendre un dans ce quartier-ci. »

M. Jay répondit quelques mots que je n'entendis

pas, et — se serrant les mains avec une audacieuse
cordialité qui me fit mal au cœur — ils revinrent à
leur point de départ ; là, ils se séparèrent. Je suivis
M. Jay ; mes agents eurent à l'égard de deux autres
la même attention délicate.

Au lieu de me ramener à Rutherford-street,
M. Jay me conduisit dans le Strand, et entra, une
fois là, dans une maison de mauvaise apparence ; —
d'après l'inscription placée sur la porte, ce devait
être un bureau de journal, mais elle m'avait bien
plutôt l'air d'un réceptacle d'objets volés.

Après quelques minutes, il en sortit, sifflottant,
la main dans son gousset. D'autres que moi l'auraient arrêté sur-le-champ ; mais je me souvins
qu'il fallait aussi mettre la main sur ses deux complices, et qu'il était essentiel, pour cela, de n'apporter aucun obstacle au rendez-vous du lendemain.

Il me semble qu'un pareil sang-froid, dans des
circonstances aussi difficiles, doit être rare chez
un agent novice, dont la réputation est encore à
faire.

De la maison suspecte, M. Jay se rendit à un
cabinet de lecture où il parcourut les journaux en
fumant un cigare. Du cabinet de lecture il gagna,
toujours flânant, la taverne de la veille, où il
mangea ses côtelettes. Je flânai comme lui, et dans
le même établissement je pris le même repas. A
l'issue de son dîner, il rentra chez lui ; à l'issue du
mien, je rentrai chez moi. Il eut sommeil de bonne

heure et se coucha. Aussitôt que je l'entendis ronfler, le sommeil me prit aussi, et je me couchai.

Le lendemain matin, de bonne heure, mes deux agents vinrent me faire leur rapport. Ils avaient vu l'homme appelé Jack reconduire sa compagne jusqu'à la porte d'une maison de bonne apparence, située aux environs de Regent's-Park.

Une fois seul, il avait pris la première rue à droite, qui conduisait dans un faubourg principalement habité par de petits marchands. Il s'arrêta devant une porte basse, qu'il ouvrit avec sa clef ; puis il se glissa dans la maison, mais non sans avoir jeté un regard de méfiance du côté de mes deux hommes, qui vaguaient sur le trottoir opposé.

Là se bornaient tous les renseignements qu'ils eussent à me communiquer. Je les retins dans ma chambre pour le cas où j'aurais besoin d'eux, et je grimpai à mon « observatoire » afin de savoir ce que devenait M. Jay. Il s'habillait, et prenait beaucoup de peine pour donner meilleure tournure à son extérieur débraillé. C'était justement là ce que j'avais prévu. Un vagabond comme M. Jay sait combien il est nécessaire, lorsqu'on va changer un billet de banque volé, de se donner des dehors respectables. A dix heures cinq minutes, il avait enfin achevé de brosser son chapeau et de nettoyer, avec de la mie de pain, ses gants, d'une propreté douteuse.

A dix heures dix minutes, il était dans la rue, se dirigeant vers la plus prochaine place de fiacres, et suivi par nous, de plus près qu'il ne pensait.

Il prit une voiture ; — nous montâmes dans une autre.

Je n'avais pu saisir la veille le nom de l'endroit où ils devaient se retrouver ; mais je m'aperçus, au bout de peu d'instants, que nous prenions la route si fréquentée qui mène à l'Avenue-Road.

La voiture de M. Jay entra lentement dans « le Park. » Je fis arrêter la mienne à la porte et continuai de le suivre à pied, afin de ne pas éveiller les soupçons. Au même moment, je vis la voiture s'arrêter, et les deux complices venir vers elle à travers les arbres. Ils y montèrent, et le *cab*, alors, rebroussa chemin.

Je revins en courant vers mon fiacre et j'ordonnai au cocher de se laisser dépasser, de manière à les suivre.

Cet homme obéit à mes instructions, mais d'une façon si maladroite qu'il éveilla leur méfiance. Nous trottions derrière eux depuis environ trois minutes (retournant par où nous étions venus), lorsque je me penchai par la portière pour vérifier de combien nous étions devancés ; — je les vis alors, penchés hors de leur *cab*, braquer sur moi deux paires d'yeux passablement inquiets... Je retombai à ma place, trempé d'une sueur froide. — Ce détail n'a rien de très-noble, mais je ne saurais mieux rendre les sensations que j'éprouvai en ce moment critique.

« Nous sommes découverts, dis-je faiblement à

mes subordonnés. — Ils me regardèrent d'un air
ébahi. — Je passai subitement des abîmes du désespoir au comble de l'indignation.

« C'est la faute du cocher, leur dis-je avec beaucoup de dignité. Descendez l'un ou l'autre, et lui
administrez une vigoureuse bourrade! »

Au lieu de m'obéir (les chefs ne doivent pas
ignorer cette insubordination), ils se mirent tous
deux à la portière. Alors que je me préparais à les
en arracher, ils s'étaient redressés tous les deux ;
et avant que j'eusse pu leur exprimer mon vif dé-
plaisir :

« Regardez donc, monsieur! » me dirent-ils en
riant.

Je regardai.

La voiture que nous suivions s'était arrêtée.

Où?

A la porte d'une église!

Je ne sais quelle impression aurait produit cette
découverte sur le commun des hommes, mais ayant
moi-même des principes religieux très-arrêtés, je
fus saisi d'horreur.

J'ai souvent lu des histoires qui montrent jusqu'où
peut aller l'absence de bons principes chez ces
sortes de gens: mais je n'avais pas encore entendu
parler de trois voleurs se réfugiant dans une église
pour échapper aux poursuites. — J'estime que cette
audace sacrilége est sans exemple dans les annales
du crime.

Je fronçai le sourcil, de façon à mettre un terme à

la gaieté déplacée de mes deux subordonnés. Il était facile de voir ce qui se passait dans ces intelligences obtuses. Si je n'avais consulté que les apparences, voyant entrer deux hommes et une femme en habits de fête dans une église, — un jour de la semaine et à onze heures du matin, — j'aurais pu en tirer la même conclusion ridicule à laquelle mes agents étaient arrivés. Mais de trompeuses probabilités n'en imposent pas à des hommes tels que moi.

J'entrai dans l'église, suivi de l'un de mes hommes; je laissai l'autre en faction à la porte de la sacristie. — Qu'on essaie donc de mystifier votre serviteur Matthew Sharpin!... — Nous grimpâmes jusque dans l'orgue par les petits escaliers latéraux. Ils étaient là tous les trois, tranquillement installés dans un des bancs de la nef!... Oui, certes, et si incroyable que vous paraisse la chose, dans un des bancs de la nef les trois complices étaient assis.

Avant que j'eusse pu prendre mon parti, un prêtre se montra, revêtu du costume sacerdotal et suivi d'un enfant de chœur. La tête me tourna; mes regards se troublèrent; mille sombres récits de vols commis dans les temples me revinrent à la mémoire. Je tremblai pour le digne homme, et même pour son innocent acolyte.

Le prêtre se place derrière la balustrade de l'autel: les trois mécréants s'approchent; il commence à lire...

« Quoi? » me demanderez-vous...

Je réponds sans hésiter : — Les premiers versets de l'office matrimonial.

L'un de mes hommes eut l'audace de me regarder alors, feignant d'avaler son mouchoir pour étouffer un éclat de rire. — Je ne lui accordai aucune attention. — Une fois assuré que Jack était le marié, tandis que Jay suppléait le père de la jeune fille, je quittai l'église, escorté de mes agents.

Bien des gens, à ma place, se seraient peut-être troublés, s'imaginant avoir commis une grosse bévue. Je n'éprouvai, quant à moi, rien de semblable, et ne baissai pas d'un seul cran dans ma propre estime ; — même à présent, même au bout de trois heures, je me trouve toujours calme, toujours plein d'espoir.

Aussitôt sorti de l'église, je fis connaître à mes hommes l'intention bien arrêtée où j'étais de continuer à suivre l'autre voiture, malgré tout ce qui s'était passé.

Un d'eux eut l'impertinence de me poser cette question : « Pourriez-vous, monsieur, nous renseigner sur l'objet de vos poursuites ?... S'agit-il d'argent volé ou de femme détournée ?... Nous aimerions fort à le savoir. »

Son vulgaire compagnon encouragea par un gros rire cette plaisanterie messéante. Ils méritent tous les deux une réprimande officielle, et j'espère bien qu'elle ne manquera ni à l'un ni à l'autre.

Lorsque la cérémonie du mariage fut terminée,

mes trois individus remontèrent dans leur fiacre, tandis que notre voiture (cachée derrière un angle de l'église, de façon à ce qu'ils ne pussent soupçonner sa présence) marchait de plus belle sur leurs traces.

Ils nous conduisirent à la station du *South-Western-Railway*. Les nouveaux mariés prirent des places pour Richmond, — payant leurs billets avec une pièce d'or, et me privant ainsi du plaisir de les arrêter, ce que j'aurais certainement fait s'ils eussent exhibé un billet de banque.

Ils se séparèrent de M. Jay en lui disant : « N'oubliez pas l'adresse — 14, *Babylone-Terrace*... Vous dînez à la maison, d'aujourd'hui en huit. »

M. Jay accepta l'invitation, ajoutant d'un ton badin « qu'il allait se hâter de rentrer chez lui, afin de remplacer ses beaux habits par des guenilles, et de se mettre à l'aise pour le reste du jour. » Je dois ajouter que je l'ai vu rentrer et ressortir ensuite aussi « confortablement malpropre » que l'avait annoncé sa honteuse prédiction.

Voilà où en est l'affaire, que je suppose à sa première phase.

Je devine, et de reste, ce que les personnes sans cervelle diront de ma manière d'agir jusqu'à ce moment. Elles prétendront que j'ai fait fausse route dès le début, et de la manière la plus absurde : — selon elles, les conversations suspectes que j'ai entendues n'ont eu d'autre objet que la réussite d'un mariage clandestin ; — à l'appui de leurs assertions, elles invoqueront les faits accomplis dans l'église comme autant de preuves irrécusables.

Laissons-les dire. Je ne conteste rien. Je demande seulement à poser une question, dictée par une sage expérience des choses de ce monde, et à laquelle mes adversaires les plus opiniâtres ne répondront pas, je crois, très-facilement.

Le fait du mariage une fois admis, quelles preuves ceci vous fournit-il en faveur des trois personnes mêlées à cette transaction frauduleuse?

Aucune.

Mes soupçons, au contraire, s'aggravent à l'endroit de M. Jay et de ses complices, car je trouve là le motif réel du vol. Un monsieur qui va passer sa lune de miel à Richmond a certainement besoin d'argent, et il en est de même d'un monsieur qui a des dettes chez tous ses fournisseurs.

Serait-ce là une supposition injuste? Au nom de la morale outragée, je le nie énergiquement. Ces hommes se sont concertés pour escamoter frauduleusement une femme : qui les empêche de s'être entendus pour voler des billets de banque?

Soutenu par la logique d'une vertu rigide, je défie le vice et ses sophismes de me faire quitter, fût-ce d'une seule ligne, la route que je me suis tracée.

Et puisqu'il est question de vertu, je puis ajouter que j'ai présenté l'affaire, sous ce point de vue, à M. et mistress Yatman. Cette femme charmante, cette femme accomplie eut d'abord quelque peine à suivre un raisonnement aussi serré. Ma franchise me force d'ajouter qu'elle hocha la tête en pleurant et joignit ses lamentations prématurées à celles de son mari. Mais une explication quelque peu détaillée de ma part, et l'attention qu'elle mit à l'écouter, suffirent pour la faire changer d'opinion.

Elle convient maintenant avec moi que rien dans ce mariage inattendu ne contribue à prouver l'innocence de M. Jay, du sieur « Jack » ou de la jeune femme enlevée, — « cette effrontée drôlesse, » comme l'appelle ma belle amie.

Du reste, ceci n'est rien. Il est plus important de vous apprendre que mistress Yatman ne m'a pas retiré sa confiance, et que son mari a promis de l'imiter, en s'efforçant d'espérer encore.

Me voilà donc, — grâce à la nouvelle tournure que les choses ont prise, obligé d'attendre les ordres de mes supérieurs: je les attends avec l'assurance d'un homme qui se sent deux cordes à son arc.

En suivant les trois complices, tandis qu'ils se rendaient de l'église à la gare, j'avais deux motifs: je les escortais premièrement pour le compte de l'administration, puisque je restais intimement convaincu de leur culpabilité; secondement, je tenais, pour mon propre compte, à ne point perdre leur piste, désirant surprendre le lieu de refuge des deux jeunes gens, afin d'en tirer au besoin un renseignement que la famille de la jeune personne pourra bien évaluer assez haut.

Quoi qu'il arrive, je puis dès lors me féliciter de n'avoir pas perdu mon temps.

Si mes chefs approuvent ma conduite, j'ai un plan tout prêt pour l'avenir; si, au contraire, mes chefs me blâment, je me rendrai à la maison de Regent's-Park pour y négocier mes précieuses indications. — Ainsi, de toute façon, cette affaire emplit ma bourse et me donne la réputation d'un homme remarquablement subtil.

Je n'ai plus que ceci à dire : si un individu quelconque osait affirmer que M. Jay et ses complices sont innocents de la soustraction des billets de banque, je défie à mon tour cet individu, — fût-il l'inspecteur en chef Theakstone lui-même, — de nommer l'individu par qui a été commis le vol de Rutherford-street, Soho.

Fort de cette conclusion, j'ai l'honneur d'être

Votre très-humble serviteur,

MATTHEW SHARPIN.

—

L'INSPECTEUR EN CHEF THEAKSTONE AU SERGENT BULMER.

Birmingham, 9 juillet.

Sergent Bulmer,

Ce prétentieux étourneau, M. Matthew Sharpin, a complétement embrouillé l'affaire de Rutherford-street, ainsi du reste que je l'avais prévu. Obligé

15.

dé rester à mon poste, c'est à vous que je m'adresse pour remettre la poursuite en bon chemin. Je vous envoie, ci-inclus, l'insipide bavardage que cet imbécile de Sharpin ose appeler « un rapport. »

Lisez-le, et lorsque vous aurez pris connaissance de toutes ces niaiseries, je pense que vous vous accorderez avec moi pour regarder comme certain que le sot personnage a cherché partout le voleur, — sauf à l'endroit où il l'aurait infailliblement découvert.

Cinq minutes vous suffiront maintenant pour vous emparer du coupable ; finissez-en donc le plus tôt possible, et envoyez-moi ici votre rapport. Dites à M. Sharpin que, jusqu'à nouvel ordre, il doit se considérer comme suspendu de ses fonctions, et croyez-moi

Votre tout dévoué,

FRANCIS THEAKSTONE.

———

LE SERGENT BULMER A L'INSPECTEUR EN CHEF THEAKSTONE.

Londres, 10 juillet.

Inspecteur Theakstone,

Votre lettre et le rapport me sont régulièrement parvenus.

Les sages, dit-on, peuvent toujours apprendre

quelque chose, même d'un fou. Lorsque j'eus terminé la lecture du stupide compte-rendu rédigé par le sieur Sharpin, je vis exactement, comme vous l'aviez prévu, ma route toute tracée pour mener à bien l'affaire de Rutherford-street.

Une demi-heure plus tard, j'étais dans la maison. La première personne que j'y rencontrai fut mon admirable collègue.

« Venez-vous m'aider ? me dit-il.

— Pas précisément, lui répondis-je... Je viens vous prévenir que vous êtes provisoirement suspendu de vos fonctions.

— A merveille, reprit-il, sans rien perdre évidemment de l'estime qu'il s'est vouée... Je pensais bien que vous seriez jaloux de moi... Rien de plus naturel, et je ne vous en blâme pas. Donnez-vous la peine d'entrer, et faites comme chez vous... Je m'en vais régler une petite affaire, pour mon propre compte, dans les environs de Regent's Park. En besogne, sergent, voyons vos manœuvres !... »

Ce que disant il partit ; je ne lui demandais rien de mieux. Aussitôt que la servante eut fermé la porte derrière mon homme, je la priai de prévenir son maître que je désirais le voir un moment en particulier.

Elle m'introduisit dans l'arrière-boutique, où je trouvai M. Yatman, qui, resté seul, lisait son journal :

« Je viens, monsieur, lui dis-je, pour cette affaire de vol. »

Il me coupa la parole d'un air grognon, — car c'est un assez triste homme, faible de caractère, et digne de porter jupons.

« Oui, oui, je sais, disait-il ; vous venez pour m'apprendre que votre agent, cet homme si habile et si retors, auquel les murs sont redevables de tant de trous, s'est grossièrement mépris et qu'il a perdu en définitive la trace de mon voleur...

— Oui, monsieur, lui dis-je. C'est en effet là *une* des choses que j'avais à vous dire... Mais j'ai encore une autre communication à vous faire.

— Pouvez-vous m'indiquer le voleur ? répondit-il, plus hargneux que jamais.

— Oui, monsieur, dis-je ; je crois que je le puis. »

Il posa son journal, et me regardant avec une anxiété craintive.

« Ce n'est pas mon commis ? reprit-il... J'espère, pour cet homme, que ce n'est pas lui ?...

— Cherchez encore, monsieur, continuai-je avec un sentiment de pitié.

— Cette paresseuse, cette sans-soin de servante ?

— Elle est paresseuse, monsieur, elle est désordonnée ; les renseignements que j'ai pris sur elle ne me l'ont pas laissé ignorer... Mais le voleur n'est pas cette fille.

— Qui est-ce alors, au nom de Dieu ? me dit-il.

— Voulez-vous, s'il vous plaît, lui demandai-je, vous préparer à une surprise fort désagréable ? Voulez-vous aussi, pour le cas où l'impatience vous gagnerait, me permettre de vous faire observer que, de nous deux, je suis le plus robuste, — et que si vous vous laissiez aller à lever la main sur moi, je pourrais vous blesser sans le vouloir, par pur instinct de défense ? »

Il devint pàle comme la mort, et recula son siége à deux ou trois pieds de moi.

« Vous m'avez demandé, monsieur, poursuivis-je, de vous désigner la personne qui a pris votre argent. Si vous insistez pour que je vous réponde...

— J'insiste, interrompit-il d'une voix faible... Qui l'a pris ?

— C'est votre femme », lui dis-je avec le plus grand calme, mais en même temps du ton le plus positif.

Il sauta hors de sa chaise comme si je l'avais frappé d'un coup de couteau, et son poing s'abattit sur la table si lourdement, que le bois en craqua de toutes parts.

« Doucement, monsieur !... lui dis-je. Ce n'est pas la colère où vous vous mettrez qui vous fera découvrir la vérité.

— Mensonge ! s'écria-t-il avec un autre coup de poing sur la table... Ignoble, abominable mensonge !... Comment osez-vous ?... »

Il s'arrêta, retomba sur son fauteuil, et, promenant autour de lui des regards ébahis, finit par éclater en sanglots.

« Quand vous aurez recouvré un peu de bon sens, lui dis-je, nul doute que vous ne soyez assez *gentleman* pour vous excuser du langage que vous venez d'employer ; d'ici là, veuillez, si vous pouvez, prêter l'oreille à quelques paroles d'explication... M. Sharpin a fait passer à notre inspecteur un rapport, le plus extraordinaire et le plus ridicule du monde, rapport où il rend compte, non-seulement de ses faits et gestes, parfaitement absurdes en eux-mêmes, mais encore des faits et gestes de mistress Yatman.

» Un pareil document, dans la plupart des circonstances, n'eût été jugé bon qu'à mettre au panier. Mais, dans l'espèce qui nous occupe, il se trouve que le paquet de sottises assorti par M. Sharpin conduit à une conclusion que le naïf écrivain s'est bien gardé de jamais dégager. Je suis si certain de ne pas me tromper à cet égard, que je consens à perdre ma position, si nous n'arrivons à découvrir que mistress Yatman, abusant de la niaiserie et des prétentions de ce jeune homme, a fait tout au monde pour se mettre à couvert en dirigeant à dessein ses soupçons sur les personnes les plus étrangères au crime... Je vous dis ceci en toute confiance, et j'irai même un peu plus loin ;... j'irai jusqu'à exprimer nettement mon opinion sur les motifs qui ont poussé mistress Yatman à dérober cet argent et sur l'emploi qu'elle en a fait, tout au moins pour une partie... Personne ne peut, monsieur, jeter les yeux sur cette dame sans être frappé du goût et de l'élégance qui règnent dans ses ajustements... »

Au moment où je prononçais ces dernières paroles,

le pauvre homme sembla recouvrer la faculté de s'exprimer. Il m'interrompit tout net avec autant de hauteur que si, au lieu d'être un simple papetier, il eût pu mettre la couronne ducale sur ses armoiries.

« Cherchez, disait-il, une autre justification pour les calomnies que vous n'avez pas honte d'articuler contre ma femme... J'ai chez moi, au moment où je vous parle, parmi mes factures acquittées, le compte de sa modiste pour l'année dernière.

— Pardon, monsieur, répondis-je, mais ceci ne prouve rien... Les modistes, s'il faut que je vous l'apprenne, se livrent à un méchant petit trafic dont la police fait l'expérience presque quotidienne. Une femme mariée qui veut recourir à ce subterfuge peut toujours avoir deux comptes chez sa couturière; — l'un, que son mari voit et acquitte; — l'autre, dont elle a seule connaissance, où l'on enregistre les articles excessifs secrètement payés par la femme, petit à petit, au fur et à mesure des ressources qu'elle peut se faire... Selon l'usage le plus fréquent, ces payements graduels sont pris, deniers par deniers, sur l'argent du ménage... Je soupçonne, en ce qui vous concerne, qu'ils n'auront pas eu lieu... On aura menacé de poursuivre; mistress Yatman, qui connaît vos revers de fortune, s'est vue mise au pied du mur; — et c'est ainsi qu'elle a été amenée à prélever sur votre caisse de quoi payer son compte particulier.

— Je ne croirai jamais cela, dit-il. Vous n'avez

pas dit un mot qui ne soit une abominable insulte pour ma femme et pour moi...

— Vous connaissez-vous assez de caractère, monsieur, repris-je, l'arrêtant court afin d'épargner du temps et des paroles, êtes-vous assez homme pour prendre cette facture acquittée dont vous me parliez tout à l'heure, et venir trouver avec moi, séance tenante, la modiste employée par mistress Yatman ?»

Cette apostrophe directe le fit rougir ; il alla aussitôt chercher la facture, et mit son chapeau. Je tirai de mon portefeuille la liste renfermant les numéros des billets perdus, et nous sortîmes ensemble à l'instant même.

Arrivés chez la modiste (c'était, comme je m'y attendais, une de ces bonnes maisons du West-End, connues pour l'élévation de leurs prix), je demandai une entrevue particulière à la maîtresse de la maison, sous prétexte d'affaires graves.

Plus d'une fois nous nous étions trouvés en rapport, elle et moi, pour des investigations du même ordre. A peine m'eut-elle reconnu qu'elle envoya chercher son mari.

Je leur dis qui était M. Yatman, et de quels renseignements nous avions besoin.

« Tout ceci est strictement entre nous ? demanda le mari, auquel je répondis affirmativement par un signe de tête.

— Et on nous gardera le secret ? reprit la femme, qui reçut la même promesse muette.

— Voyez-vous, ma chère, quelque inconvénient à ce que M. l'agent puisse jeter un coup d'œil sur nos livres ?

— Pas le moins du monde, cher ami, du moment où vous y consentez vous-même.»

Pendant ce court entretien, M. Yatman demeurait assis, véritable image de la surprise et du désespoir, fort peu à sa place dans une conférence aussi courtoise qu'était la nôtre.

On apporta les livres, — et il suffit d'une minute d'examen, consacrée aux pages où figurait le nom de mistress Yatman, pour établir surabondamment que je ne m'étais pas trompé d'une syllabe.

D'un côté, sur un dé ces registres, était le compte du mari, que M. Yatman avait réglé; de l'autre, sur un livre à part, le compte secret, également acquitté. Le payement était daté du jour même qui avait suivi la disparition de la boîte aux billets.

Le compte particulier susdit montait à la somme de cent soixante-quinze livres sterling, shillings non compris, et il embrassait une période de trois années. Pas un seul à-compte n'avait été payé pendant ce laps de temps.

Au-dessous de la dernière ligne se trouvait une annotation ainsi rédigée :

« Troisième lettre de rappel, 23 juin. »

Posant le doigt sur cette mention révélatrice, je demandai à la modiste s'il s'agissait bien du mois de juin dernier.

« Oui, répondit-elle ; et maintenant elle regret'

tait d'avoir à dire que la lettre renfermait certaines menaces, relatives aux poursuites qu'on se trouverait obligé d'exercer.

— Je croyais, lui dis-je, que vous accordiez à vos bonnes pratiques un crédit de plus de trois ans ? »

Sur quoi la modiste, jetant un regard du côté de M. Yatman, me répond à l'oreille : « En général, oui... Mais non quand le mari d'une dame a fait de mauvaises affaires. »

Tout en parlant, elle me montrait le compte. Les articles inscrits à partir du moment où les embarras pécuniaires de M. Yatman avaient commencé, n'attestaient pas moins d'extravagance, — pour une personne placée comme l'était sa femme, — que les articles inscrits pendant l'année antérieure à cette époque. Si la dame avait retranché quelque chose à ses dépenses, ce n'était pas, très-certainement, sa toilette qui avait pu en souffrir.

Il n'y avait plus qu'à examiner, et encore pour la forme, le livre de caisse. La somme payée l'avait été en billets, dont les chiffres et les numéros se rapportaient exactement à ceux qui étaient inscrits sur ma liste.

Ceci fait, je jugeai à propos d'emmener immédiatement M. Yatman. Il était dans un état si pitoyable, que j'appelai un fiacre, et accompagnai le pauvre homme jusque chez lui.

Tout d'abord il se démenait et pleurait comme un enfant ; mais je le calmai bientôt, et je lui dois cette justice d'ajouter qu'au moment où le *cab* s'arrêta devant la porte, il s'excusa, dans les meilleurs termes, des excès de langage auxquels il s'était abandonné.

Par manière de retour, je tâchai de lui donner quelques bons conseils sur ce qu'il avait à faire ultérieurement pour mettre sur un bon pied son autorité conjugale. Mais il ne prit pas garde à ce que je lui disais, et monta son escalier en murmurant le le mot de « séparation. »

Il y a chance à peu près égale pour que mistress Yatman, femme d'esprit qu'elle est, se tire ou ne se tire point de l'embarras dans lequel l'ont mise ses dépenses insensées. Je gagerais, quant à moi, qu'elle aura recours aux attaques de nerfs, aux cris les plus déchirants, et qu'elle obtiendra ainsi le pardon de son mari complétement terrifié.

Mais ce ne sont pas là nos affaires. Pour tout ce qui engageait notre responsabilité, le problème est résolu maintenant ; et du moment qu'il en est ainsi, je ne vois pas dans quel but le présent rapport serait poussé plus loin.

C'est pourquoi je demeure, sans rien de plus, votre très-obéissant et zélé serviteur,

THOMAS BULMER.

P. S. Je dois ajouter qu'au moment où je quittais Rutherford-street, je rencontrai M. Matthew Sharpin, qui venait y faire ses paquets.

« Voyez un peu ! disait-il, se frottant les mains et

très-animé; je suis allé chez les parents de nos jeunes amoureux, et à peine leur avais-je fait connaître l'affaire qui m'amenait, on m'a chassé à grands coups de pied... Cette brutalité avait heureusement deux témoins, et doit me rapporter cent livres sterling comme un liard.

— Je vous félicite de votre bonne chance, lui dis-je.

— Merci, répliqua-t-il. Quand pourrai-je vous féliciter, à mon tour, d'avoir mis la main sur le voleur ?

— Aussitôt que vous voudrez, car le voleur est découvert.

— Je m'y attendais bien, reprend-il. J'ai accompli toute la besogne; vous arrivez au bon moment et vous en recueillez tout l'honneur... Monsieur Jay, sans aucun doute ?

— Non, lui dis-je.

— Qui donc? reprit-il.

— Demandez à mistress Yatman... Elle vous attend pour vous le dire.

— Fort bien !... J'aime bien mieux l'apprendre de cette charmante femme que de vous, » répliqua-t-il, et il entre dans la maison avec un empressement des plus comiques.

Que pensez-vous de tout ceci, cher inspecteur ? Aimeriez-vous à chausser les souliers de M. Sharpin? Quant à moi, je vous le garantis, cette fantaisie n'est pas près de me venir.

L'INSPECTEUR THEAKSTONE A M. MATTHEW SHARPIN.

12 juillet.

Monsieur,

Le sergent Bulmer vous a déjà dit que vous deviez vous considérer comme suspendu de vos fonctions jusqu'à nouvel ordre. J'ai maintenant mission d'ajouter qu'on refuse positivement vos services comme membre de la police de sûreté. Vous voudrez bien tenir cette lettre pour un congé officiel donné en bonne forme.

Je puis vous informer, entre nous, que votre rejet n'est pas de nature à endommager le moins du monde la bonne réputation dont vous pouviez jouir. Il implique simplement que vous n'avez pas l'esprit tout à fait assez subtil pour une besogne comme la nôtre; si nous avions absolument besoin d'une nouvelle recrue, nous vous préférerions, et de beaucoup, mistress Yatman.

Votre obéissant serviteur,

FRANCIS THEAKSTONE

L'inspecteur n'est pas à même de joindre à la dernière de ces lettres le moindre commentaire essentiel. On a découvert que M. Matthew Sharpin a quitté la maison de Rutherford-street, cinq minutes après l'entretien qu'il avait eu, sur le seuil de cette maison, avec le sergent Bulmer.

Son attitude exprimait au plus haut degré la surprise et la terreur. Sur sa joue gauche se remarquait une éclatante plaque rouge, qui paraissait résulter de ce qu'on appelle vulgairement « une giroflée à cinq feuilles. » Le marchand devant lequel il passait l'a aussi entendu se servir, par rapport à mistress Yatman, d'une expression très-choquante, et il l'a vu serrer les poings par un geste éminemment vindicatif, au moment où ce naïf garçon tournait au galop le coin de la rue.

Depuis lors, on n'a plus entendu parler de lui, et nous conjecturons qu'il a quitté Londres avec le projet d'offrir son précieux concours à la police de province.

On a des indications encore moins précises au sujet des relations domestiques de M. et mistress Yatman, relations si intéressantes à connaître. Nous avons appris pourtant, de la manière la plus positive, que le soir où M. Yatman revint de chez la modiste, le médecin de la famille fut mandé en grande hâte. Le pharmacien le plus proche reçut, peu après, l'ordonnance d'un calmant à préparer pour mistress Yatman. Le lendemain, M. Yatman acheta du même pharmacien un flacon de sels, et on le vit entrer ensuite au cabinet de lecture pour y demander un roman, — un roman de mœurs aristocratiques, — susceptible de distraire une dame malade.

On a inféré de ces circonstances qu'il n'a pas jugé à propos de réaliser ses idées de séparation, — idées qui lui ont sans doute paru incompatibles avec l'état actuel (présumé) où se trouve le système nerveux de cette dame, si essentiellement délicate

LE PHARE

SUJET DU DRAME. — LES ACTEURS. — LE THÉÂTRE

A Eddystone, sur un îlot rocailleux qui sort des flots de la Manche, à douze milles environ de la côte la plus voisine, — celle de Cornouailles, — trois phares ont été successivement construits. Une brochure où sont racontées les vicissitudes de ce périlleux établissement me donna la première idée de composer un drame dont il serait le théâtre. On appréciera ces vicissitudes quand on saura que le premier des phares d'Eddystone a été détruit par l'incendie, le second par la tempête. Le troisième subsiste encore à l'heure qu'il est.

Au début, deux hommes étaient chargés d'entretenir la lumière placée au sommet du phare; plus tard, on ajouta un troisième gardien. Ces gardiens, habitant un rocher complétement stérile, à douze milles en mer, sont à la merci des éléments pour toute communication régulière avec la côte, c'est-à-dire pour tout rapport avec le reste des hommes et tout renouvellement des provisions indispensables à la conservation de leur vie.

Cette condition singulière me frappa d'abord comme devant, par elle-même, être féconde en situations dramatiques non encore exploitées. A mesure que j'avançais dans la lecture du document auquel j'ai fait allusion plus haut, je m'assurais que l'histoire de la construction des trois phares était en même temps celles des souffrances exceptionnelles, des périls étranges endurés et subis par les diverses générations d'hommes qui, tour à tour, sont venus occuper ce poste de salut. Parmi ces périls était celui de mourir de faim, si les communications entre l'îlot et le continent demeuraient interrompues au delà d'un certain terme. Une fois, à tout le moins, cette circonstance s'était présentée, — et les gardiens n'avaient été sauvés qu'à la dernière extrémité.

Cet incident me parut fournir au drame que je projetais déjà son introduction naturelle. Je fus amené à choisir pour scène le second des trois phares successivement construits, par le bénéfice de certaines circonstances historiques qui pouvaient servir à expliquer telle ou telle complication du drame. Et pour donner autant de relief que possible au caractère des trois hommes que je voulais mettre

en scène comme gardiens du phare, je dus établir
entre eux et le reste des hommes un rapport étroit,
que je crus trouver en les rattachant tous trois, de
diverses manières, à l'histoire et aux conséquences
d'un crime depuis longtemps commis. Cette combinaison me permettait en outre de donner, comme
dénoûment à ma pièce, l'exemple moral du plus
généreux pardon. C'est au moyen de ces différentes
combinaisons que j'espérai me trouver à même de
montrer le jeu des émotions les plus violentes,
telles que les peuvent éprouver des hommes dont
l'éducation n'a pas modifié la rudesse et la simplicité natives.

Telles étaient mes idées, quand j'entrepris d'écrire
mon premier drame.

Ma tâche accomplie, je ne me trouvai pas convaincu d'avoir réussi. Mon expérience d'écrivain,
formée à l'école du roman, avait fort bien pu
m'égarer dans la composition et l'exécution d'un
ouvrage dramatique. Ces doutes me détermin-
rent à consulter M. Charles Dickens. Son amicale
bonté, sa franchise m'étant déjà connues, je savais
de science certaine que son examen serait parfaitement consciencieux, et que les résultats de
cet examen me seraient communiqués sans réserve.

J'éprouve encore quelque orgueil, — on m'excu-
sera de l'avouer, — à dire que M. Charles Dickens
jugea ma première œuvre dramatique avec assez
de faveur pour me proposer immédiatement de la

faire représenter chez lui, devant une société choisie, afin de lui faire courir les chances du théâtre. Inutile d'ajouter que cette offre fut acceptée tout aussitôt, et avec une vive reconnaissance. La distribution des rôles se fit sans désemparer.

La belle-sœur et la fille aînée de M. Ch. Dickens voulurent bien accepter le rôle de lady Grâce et celui de Phœbé Dale. M. Dickens se réserva celui d'Aaron Gurnock. Il mit le comble à son obligeance en écrivant un prologue en vers qui expliquait à l'auditoire le but de la représentation, et une pathétique romance ajoutée, dans le premier acte, au rôle de Phœbé Dale (1). M. Mark Lemon, — un des écrivains qui ont le plus fait pour l'art dramatique anglais depuis bon nombre d'années — et M. Augustus Egg, de l'Académie royale des beaux-arts, consentirent à représenter Jacob Dale et Samuel Furley. L'auteur de la pièce, encouragé par tant de bienveillants exemples, osa se charger du personnage de Martin Gurnock.

Le théâtre fut installé au rez-de-chaussée de la maison de M. Dickens, et le plus célèbre de nos peintres de marine, M. Stanfield, consentit à se charger des décors. A un admirable intérieur du phare où la scène se passe, il ajouta, par surcroît, une vue de l'ancien phare d'Eddystone, tel qu'il se dressait au milieu des flots courroucés. Cette dernière toile, destinée à servir de rideau, n'en est

(1) Ces deux morceaux de poésie sont retranchés de la traduction.

pas moins un des plus remarquables ouvrages de
cet habile artiste.

Ce fut dans ces excellentes conditions que le
Phare fut représenté, pour la première fois, à
Tavistock-House (résidence de M. Dickens), le 16
juin 1855. Il eut encore deux représentations,
le 18 et le 19 du même mois, et cela devant des
spectateurs tels que pouvaient seules en réunir les
invitations de M. Dickens. Le succès passa, je dois
le dire, mes plus orgueilleuses espérances. Je dois
dire aussi qu'en dehors du mérite de la pièce, la
manière dont elle fut jouée suffisait pour rendre
cette victoire à peu près certaine. On sait de reste
que les troupes d'*amateurs* pèchent, d'ordinaire,
par le défaut d'ensemble, la trop grande hâte, la
confusion qu'elle engendre, les rôles mal sus, etc.
Ceux de Tavistock-House s'étaient préparés par
une série de répétitions qui aurait lassé la patience
de tout comédien de profession. Aussi pas une hésitation, pas une erreur. La scène tumultueuse qui
termine le premier acte ne fit perdre la tête à
personne et n'engendra aucun désordre. Les rôles
de femmes furent rendus avec une dignité calme,
une douce émotion, dont peu de spectateurs auront
oublié le charme. On vit, par l'exemple de MM. Egg
et Mark Lemon, combien les personnages secon-
daires, habilement interprétés, peuvent concourir
à l'effet général d'un drame. Quant à la manière
dont le principal rôle fut rendu par M. Dickens,
elle abasourdit, littéralement, ceux-là même qui

avaient le plus compté sur la souplesse de son intelligence et son parfait sentiment des choses dramatiques. Ce qui, sous ma plume, était resté une
esquisse, devint, grâce à lui, une réalité palpitante
et vivante, un tableau achevé, dans lequel les plus
grands effets tragiques étaient obtenus sans rien
coûter à la plus exacte, à la plus scrupuleuse vérité.
On ne peut que donner une faible idée d'un jeu
pareil, et cette idée ne se peut donner qu'en dé-
crivant l'effet produit sur l'auditoire. Cet effet fut
double. On se tut d'abord, on respirait à peine;
plus tard on pleura. C'est tout ce que j'en puis dire,
et n'est-ce pas assez?

Après les trois représentations du *Phare* données
chez M. Dickens, les mêmes acteurs le jouèrent
encore une fois, en public, sur le charmant petit
théâtre que le colonel Waugh a fait élever dans sa
résidence de Campden-House, à Kensington. Ce fut
au bénéfice d'une institution de charité que cette
quatrième représentation eut lieu, et depuis il n'y
en a pas eu d'autre.

On me demandera sans doute comment une pièce
produite sous de si favorables auspices n'a pas été
représentée sur les théâtres de Londres? En fait,
deux des principaux directeurs ont demandé le
manuscrit et l'ont examiné à loisir: l'un et l'autre
ont déclaré ensuite qu'ils n'avaient pas à leur disposition d'acteurs qui pussent faire valoir convenablement les rôles de ce petit drame, celui-là surtout
que Ch. Dickens avait rempli avec un talent et un

succès si remarquables. Singulier aveu, et qui jette
une étrange lumière sur la situation actuelle de nos
entreprises dramatiques. On remarquera que, pour
adapter la pièce, — telle que je l'avais originaire-
ment écrite sans me douter qu'elle pût être jouée à
Tavistock-House, — aux besoins de cette représentation imprévue, je ne lui avais fait subir aucun
changement. Caractères, récits, dialogues, tout était
resté intact, sauf quelques coupures portant sur des
narrations inutiles. Ainsi donc il demeure avéré que
ce qu'ont pu faire quelques amateurs zélés, et l'effet
qu'ils ont obtenu devant un auditoire d'élite, des
plus compétents et des plus difficiles, les comédiens
de profession le déclarent au-dessus d'eux, — au-
dessus même de ce qu'ils osent tenter.

Du moment où il m'était ainsi prouvé qu'il est impossible d'écrire maintenant, pour la scène anglaise,
une pièce originale, sans avoir d'avance façonné
chaque personnage selon les aptitudes spéciales de
l'acteur qui le doit représenter, j'ai dû renoncer
à toute démarche auprès des directeurs de théâtre.
Aucun ne pouvait m'offrir de plus amples ressources que ceux de leurs collègues qui se déclaraient
hors d'état de monter ma pièce. On ne me l'a plus
demandée; je ne l'ai plus offerte.

Le *Phare* va maintenant paraître, imprimé pour
la première fois, en langue française (1). Aux amis

_____

(1) Le *Phare* a paru primitivement, nous l'avons déjà dit,
dans un recueil périodique, l'*Ami de la maison*, publié sous la
direction de M. Ed. Charton.

qu'il s'était fait de ce côté de la Manche vient
s'adjoindre, sur l'autre rive, un nouveau patron.
M. E.-D. Forgues, qui veut bien se charger de le
faire connaître à ses compatriotes. Mon premier
drame va donc se produire tout d'abord devant des
yeux accoutumés à ces chefs-d'œuvre scèniques dont
l'influence incontestée s'étend de Paris, ce grand
centre intellectuel, sur tout l'univers civilisé. Je
n'ose anticiper les résultats probables de cette expérience périlleuse; je me borne donc à espérer
que le *Phare* ne jettera aucun discrédit sur le généreux intérêt que lui a porté son traducteur.

W. WILKIE COLLINS

Londres, 1er Juillet 1856.

LE PHARE

PERSONNAGES

AARON GURNOCK, gardien en chef du phare.
MARTIN GURNOCK, fils d'Aaron, deuxième gardien.
JACOB DALE, troisième gardien.
SAMUEL FURLEY, pilote.
UNE DAME.
PHŒBÉ DALE, fille de Jacob.
AUTRES GARDIENS, MATELOTS, etc.

LE PHARE

ACTE PREMIER.

La scène représente l'intérieur du second phare d'Eddystone, construit par John Rudyerd. Elle se passe en 1748. — Une chambre du phare : porte à gauche ; du même côté, plus rapprochée des spectateurs, une fenêtre fermée par un volet extérieur, et un contrevent à coulisses. A droite, un lit creusé dans l'épaisseur du mur, et masqué par un mauvais rideau. Cheminée ; tout auprès, un grand coffre et un tabouret séparés par une table. Une cruche d'eau, un sablier, une ardoise. — Au lever du rideau, JACOB DALE est assis près de la table, penché sur l'ardoise qu'il regarde. MARTIN GURNOCK, de l'autre côté de la table, est endormi par terre, la tête appuyée sur le coffre. — Un certain temps s'écoule avant qu'une seule parole soit prononcée. On n'entend que le sifflement du vent au dehors, et le bruit des vagues qui viennent se briser contre le phare.

SCÈNE PREMIÈRE.

JACOB. Martin !... Martin Gurnock !... Allons, mon garçon, réveillons-nous un peu... Il faut que je vous parle... (*Nouveau silence.*) Comme le phare, tremble !... J'ai bien cru, il y a une heure, que l'orage nous accordait une trêve... Mais non, plus d'espoir, plus de secours à attendre... Avant que le temps se soit assez raffermi pour que la barque aux provisions puisse prendre la mer, nous serons tous morts de faim sur ce roc abandonné... Martin !... ho! Martin!... levez-vous et causons!...

Martin relève lentement la tête sans parler.

JACOB. Comment vous va, mon garçon? Vous êtes jeune, vous êtes robuste, vous devez résister plus longtemps que votre père et moi... bien plus longtemps, mon ami.

MARTIN. J'ai la tête à moitié perdue... Un vide étrange... des éblouissements... Je rêvais... et cependant je ne dormais pas... Je pense que c'est la faim... la faim et la faiblesse où elle m'a réduit... n'est-il pas vrai, Jacob ?...

JACOB. Certainement, mon garçon... Nous en sommes là tous les trois. Ma tête est aussi à l'envers que la vôtre... Voici notre *livre de loch*... (*montrant l'ardoise*) c'est tout ce que je puis faire que de fixer assez ma main et mon regard pour y noter cette nouvelle journée.

MARTIN. Encore un jour !... Y a-t-il longtemps que minuit a sonné ?...

JACOB, *retournant le sablier*. Il est une heure du matin... Voici notre journal d'hier. (*Il lit.*) « 16 décembre 1748... » Je vais maintenant inscrire celui d'aujourd'hui. (*Il écrit.*) « 17 décembre. Vent d'orage soufflant encore du sud-ouest. Pas de secours à espérer de la côte ; provisions entièrement épuisées. »

MARTIN. Combien de jours y a-t-il, présentement, que la barque est venue pour la dernière fois ?

JACOB. (*Il feuillette et il lit.*) « Phare d'Eddystone, lundi 19 novembre. La barque est venue de Ram-Head. Elle apporte dix jours de provisions pour les trois gardiens. » (*Il compte avec le crayon sur l'ardoise.*) Du lundi 19 au lundi 26, une semaine ; au lundi 17, quatre semaines... Quatre semaines aujourd'hui, Martin ; quatre semaines pendant lesquelles la tempête a battu cette roche déserte...

quatre semaines pendant lesquelles pas un bateau n'a pu prendre la mer... quatre semaines où nous sommes restés abandonnés, et avec des provisions pour dix jours seulement.

MARTIN. Il eût fallu épargner davantage... Il eût fallu nous mettre au quart de ration dès la première semaine.

JACOB. D'ici à bien peu de temps nous n'aurons plus ce reproche à nous faire, Martin !... Notre besogne ici-bas touche à son terme... Quelques heures de plus ou de moins, et tout sera dit.

MARTIN. Ne reste-t-il pas un peu d'eau-de-vie ?

JACOB. Oui ; un ou deux doigts environ... Elle est là, dans une bouteille. (*Il montre le tiroir.*)

MARTIN. Quelques gouttes à chacun nous empêcheront de mourir aujourd'hui... Et qui sait, d'ici à demain, ce qui peut survenir ! (*Il regarde du côté du lit.*) Mon père a-t-il remué, a-t-il ouvert la bouche depuis que je me suis assoupi contre cette table ?

JACOB. Je n'ai rien entendu.

MARTIN. Chut !... J'ai cru l'entendre bouger. (*Il va vers le lit, soulève un coin du rideau, et regarde ; Jacob remet le sablier dans le tiroir.*)

JACOB. Comment va-t-il ?

MARTIN, *revenant vers la table.* Mal, Jacob ; sa tête se prend, il a l'œil hagard, et murmure, d'une voix plaintive, je ne sais quelles lamentations incohérentes.

JACOB. Vous rêviez tout à l'heure, me disiez-vous, mon garçon ?... Et à quoi, s'il vous plaît ?

MARTIN. A votre fille, Jacob; au cottage qu'elle
habite sur le bord de la mer. Dans une sorte de
demi-sommeil, je pensais à Phœbé... Au moment
où votre voix m'a réveillé, je me voyais, un jour
de fête, fumant ma pipe au coin de la cheminée,
tandis que la jeune ménagère vaquait à son travail,
assise vis-à-vis de moi.

JACOB. Amère pensée que celle-là pour le vieux
père de Phœbé, se mourant loin d'elle dans ce maudit phare! amère pour vous aussi, puisqu'à la Noël
prochaine vous alliez devenir son mari!

MARTIN. Oui... On a dû publier nos bans à l'é-
glise, justement hier, pour la troisième fois... La
paroisse a dû penser à nous pendant cette lecture.

JACOB. Penser à nous... et prier pour nous peut-
être, mon camarade.

MARTIN. Sans doute, prier pour nous... prier pour
le vieil Aaron Gurnock et pour Jacob Dale...prier
pour le pauvre fiancé Martin Gurnock, en songeant
qu'il se meurt de faim, séparé de celle qui devait
être sa femme, par dix à douze milles de mer fu-
rieuse.

JACOB. Et il ne s'est écoulé qu'un an, Martin, depuis qu'elle vous a promis sa main.

MARTIN. Pas même un an... il s'en faut de six
longues semaines..... Avez-vous donc oublié ce
congé que j'obtins pour aller à terre; et comme j'en
revins, ramenant avec moi Phœbé dans la barque?

JACOB. Moi, l'oublier?... Ah! je m'en souviens
tout aussi bien que vous. Je me la rappelle, la pau-

vre enfant, m'emmenant avec elle dans la soute aux provisions. « Peste, Phœbé, lui dis-je, vos joues sont rouges comme mon bonnet de pêche... Qu'a donc pu vous dire Martin pendant la traversée ?... — Il m'a demandé... et elle s'arrêta court... il m'a demandé de m'épouser. — Je m'en doutais, et je me doute bien aussi que vous n'avez pas dit non... » Elle lève sur moi ses grands yeux humides, me fait signe que j'ai deviné, me passe un bras autour du cou et se met à m'embrasser... « Je sais, dit-elle ensuite, comment je consolerai mon bon vieux père. » Et elle m'embrasse de plus belle... Ah ! Martin, je n'ai pas oublié tout cela... ma mémoire n'a pas encore péri tout entière.

MARTIN. Moi, j'ai d'elle un souvenir... Une boucle de ses cheveux nouée dans un bout de ruban qu'elle portait, le dimanche, autour du cou. (*Il la retire de sa cravate.*) Ce n'est pas grand'chose, mais si la barque n'arrive pas à temps pour nous tirer d'affaire, je n'aimerais pas que ceci tombât dans les mains du premier venu.

JACOB. Alors, ne le remettez pas là dedans... Nouez-le à votre veste... Elle le verra... et cette petite relique lui parlera clairement, alors que nos lèvres ne pourront plus lui rien dire.

MARTIN. Comment cela ?

JACOB. Vous le demandez ? Alors vous ne connaissez pas ma fille comme je la connais... La mer aura beau lancer haut ses vagues, et le vent souffler à faire trembler le ciel ; dès qu'une embarcation partira de terre pour venir au phare, qu'il soit jour ou qu'il soit nuit, qu'il y ait danger ou non, chance ou non chance, ma Phœbé sera de l'équipage.

(Pause; l'orage, qui a grondé de temps à autre pendant ce dialogue, redouble en ce moment ses éclats.)

MARTIN. Quand êtes-vous monté pour la dernière fois au *Crow's nest* (1)?

JACOB. Hier soir, à dix heures.

MARTIN. Avez-vous rien vu?

JACOB, *se levant.* Du côté de terre, la brume était trop épaisse. Vers la haute mer, il y avait une éclaircie et une échappée de lune. J'ai vu les vagues accourir vers nous de l'Atlantique, hautes et menaçantes; et, regardant avec la lunette de nuit, il m'a semblé entrevoir un navire.

MARTIN. Chassait-il vers la mer?

JACOB. C'est plus que je n'en saurais dire. Toujours est-il que s'il vient à la côte par un temps pareil, sa chance de sauvetage ne vaut pas ça. *(Il mord l'ongle de son pouce.)*

MARTIN. Il m'étonnerait bien s'il était encore au vent de nous à l'heure présente. *(Il va vers la fenêtre fermée.)*

JACOB. Attention, s'il vous plaît!... Cette fenêtre n'a pas été réparée depuis que, l'autre soir, une mouette donna contre; prenez garde aux écla-.

_____

(1) *Nid du corbeau;* Expression technique et pittoresque, désignant la cime du phare.

boussures d'écume!... Attention, Martin, elles tapent dur.

MARTIN. Je n'ouvrirai qu'un moment. (*Il ouvre le volet du dehors; la tempête rugit et s'entend mieux; l'écume vient frapper à la fenêtre et tombe jusqu'au milieu de la scène. Martin referme à la hâte, et revient vers la table en essuyant sa figure mouillée d'eau de mer.*)

JACOB. Eh bien?

MARTIN. Pire que jamais..... Le brouillard s'est encore abattu sur nous. (*Jacob qui s'était rassis, se relève.*) Où donc allez-vous?

JACOB. Je monte au *Crow's nest.* Vous savez la consigne. Lorsque le phare est noyé dans le brouillard, les gardiens doivent avertir les navires d'éviter les rochers d'Eddystone, en sonnant le gong sans interruption... Vous laisserez ici la porte ouverte, afin que s'il arrivait quelque accident je puisse descendre sans retard... Adieu, Martin. (*Il sort.*)

SCÈNE II.

MARTIN. Adieu, Jacob!... Pauvre vieux... il aurait dû me confier cette besogne... Il est trop faible pour y suffire... trop faible, j'en suis certain. (*Il serre dans le coffre la cruche d'eau, puis regarde du côté du lit.*) Je n'entends pas remuer mon père... Je crains bien que le gong ne le dérange... Mais à ceci pas de remède... Tant que durera le brouillard il faut que le gong retentisse. (*Il s'assied près de la*

*table, tournant le dos au lit, qui reste visible pour le
spectateur.*) Le souvenir de Phœbé !... (*Il porte le
ruban à ses lèvres.*) Pauvre chère Phœbé!... Je suis
bien sûr qu'elle était hier à l'église, lorsqu'on a lu
nos bans. (*Le premier coup du gong retentit dans le
phare.*) Bravo! vieux Jacob... On peut compter sur
sa parole, à celui-là... Le voilà travaillant déjà...
Ce premier coup n'aura pas beaucoup troublé le
sommeil de mon père .. Irai-je voir?... Non, j'at-
tendrai qu'il m'appelle... Il gémit et murmure:
« J'ai faim, » dès qu'il m'apperçoit... et je n'ai pas
un morceau de pain a lui donner. Oh! cet orage!...
cet orage!... Quand donc le vent s'apaisera-t-il...?
Quand baissera la mer soulevée? (*Second coup de
gong. — Une main paraît, écartant le rideau du
lit.*) Je ne veux pourtant pas renoncer à toute espérance... La pensée de Phœbé m'en empêche... Hier
soir, pendant un moment, la tempête a faibli... Il
pourrait encore y avoir un calme d'ici au lever du
jour... (*Le rideau s'écarte bruquement, et Aaron
Gurnock paraît, se soulevant sur le lit : figure pâle,
cou nu, cheveux en désordre.*)

AARON, *d'une voix faible et sans quitter son lit.* Martin!... Martin!...

MARTIN, *qui n'entend rien et reste immobile.* Si la
barque pouvait arriver à temps... et si Phœbé,
comme le disait son père, fait partie de l'équipage...
Oh!... quelle réunion ce serait!... Mon cœur bon-
dit, rien que d'y penser. (*Troisième coup de gong.
Aaron se jette hors du lit, et vient s'appuyer à la chaise*

sur laquelle son fils est assis.) Comme nous nous
raconterons, d'ici à bien des années, cette horrible
tempête et nos angoisses dans le phare... Combien
nous rendra plus cher l'un à l'autre le souvenir de
ce péril, de cette affreuse détresse !...

AARON, *posant sa main sur l'épaule de son fils.*
Martin !...

MARTIN. Ah !.... c'est vous, mon père ?... vous
m'avez fait peur... Voulez-vous vous asseoir ?
(*Aaron fait un signe négatif.*) Asseyez-vous sur ce
coffre, il est plus près du feu... Avez-vous froid ?

AARON. Froid ?... Non... pas froid.

MARTIN. C'est bien ce que je pensais, couché
comme vous l'êtes, tout habillé, avec le caban de
pêche en guise de couverture... Est-ce que vous
avez encore grand'faim ?

AARON. Faim ?... Non... pas faim.

MARTIN. Nous avons déjà eu un petit calme, cher
père. Avant peu de temps nous en aurons peut-être
un autre, et, s'il arrive, nous pouvons nous attendre à voir arriver la barque... M'entendez-vous ?...
La barque peut arriver d'un moment à l'autre...
avec des secours, des provisions...

AARON. Pas de secours pour moi.

MARTIN. Si fait, certes ; pour vous comme pour
moi, comme pour Jacob.

AARON. Où est-il, Jacob ?

MARTIN. Là-haut, dans le *Crow's nest.....* Nous
sommes dans le brouillard, et il sonne le gong.
(*Quatrième coup.*) Tenez... entendez plutôt !... Il est

tout aussi vieux que vous, le pauvre homme, et il
ne boude pas devant l'ouvrage... Ne vous laissez pas
abattre, mon père... Faites comme moi... espérez
jusqu'au bout.

AARON. J'en ai fini avec l'espérance, Martin... je
me sens mourir.

MARTIN. Non... non: vous êtes tout bonnement un
peu faible... C'est la diète qui en est cause.

AARON. Je me meurs, vous dis-je... et je meurs
entouré de tout ce qui rend la mort horrible.

MARTIN, *à part.* Le voilà qui bat la campagne...
Il n'a plus conscience...

AARON. Que parlez-vous de conscience ?... Qui
vous a dit?...

MARTIN. Personne ne m'a rien dit... je parlais au
hasard... Ne vous fâchez pas.

AARON, *divaguant.* Ah! oui... voilà ce que c'est
que d'être savant... Il a été à l'école, lui... il voit
dans ma conscience... (*Avec un cri de terreur:*) Martin! n'allez pas en parler à Jacob !... Jacob est un
honnête homme, sans doute... un honnête homme
à sa manière... mais il ne sait rien garder pour lui...
Il dirait des choses... il aurait peur... il irait à terre
trouver le magistrat... Lui et moi, nous sommes
de vieux amis... eh bien, malgré cela, voyez-vous...
il me ferait pendre... Tant que je serai en vie, pas
un mot à Jacob ! (*Le gong retentit pour la cinquième
fois.*)

MARTIN. Qu'est-ce donc qu'il faut taire à Jacob?
AARON. Ne vous l'ai-je pas dit?

MARTIN. Non,

AARON. Quel poids sur mon âme!... Il faut pourtant, avant de mourir, que je l'en soulage... Eh bien, je... (*A ce moment, il pose le coude sur la table et l'en retire aussitôt avec un mouvement convulsif.*) Qu'est ceci?... du sang?...

MARTIN. Eh! non... non... Jacob vient de boire un peu d'eau... quelques gouttes ont été répandues sur la table... voilà tout.

AARON. Ah! c'est de l'eau, maintenant... Il y a quelques années, c'était bien du sang.

MARTIN, *à part.* Avec quel bizarre entêtement il revient là-dessus !

AARON. C'est bien là ma vieille table?

MARTIN. Sans doute...

AARON. La vieille table que j'avais du temps que j'étais fermier, là-bas, sur la côte.

MARTIN. Mais oui!...

AARON. La vieille table que j'achetai à l'époque de mon mariage... et qui, depuis lors, n'a jamais cessé de m'appartenir?

MARTIN. Oui, oui... mille fois oui!...

AARON. Eh bien!... voilà justement l'endroit où il posa le couteau... (*Il le montre du doigt.*) Il était resté du sang après la lame... Une goutte tomba là... là...

MARTIN, *à part.* Encore cette histoire !... (*A son père, qui continue à montrer du doigt l'endroit mouillé de la table:*) Laissez donc, père, ne vous tourmentez pas comme cela... Il ne m'entend plus...

17.

la tête est partie... Que puis-je faire pour lui?... Ah! l'eau-de-vie... ma portion d'eau-de-vie... (*Il prend la bouteille dans le tiroir.*) Tenez, père, buvez-moi ceci!... Vous allez tout de suite vous sentir plus fort... et votre tête s'en trouvéra bien...

AARON. Vraiment?... (*Il boit.*) Ah!... que c'est bon!... Je durerai encore un peu, grâces à ceci.

MARTIN. N'est-ce pas que cela vous remet le cœur et vous guérit l'esprit.

AARON. Plus fort, c'est vrai... mais guéri, non... Que disais-je, tout à l'heure, quand vous m'avez donné cette liqueur.

MARTIN. Vous disiez que vous aviez je ne sais quoi sur la conscience... vous disiez que cette tache sur la table, c'était du sang..... Mais, à présent que vous êtes plus fort et plus raisonnable...

AARON. Oui, maintenant que je suis plus fort... je vais tout vous dire... Asseyez-vous là, près de moi... là, tout près, et laissez-moi parler... Hier au soir, quand vous m'avez souhaité bonne nuit, n'avez-vous pas senti trembler mes mains?

MARTIN. C'est vrai.

AARON. Hier soir, voyez-vous, le secret pesait lourd sur mon cœur. Il m'empêchait de m'endormir. J'ai entendu Jacob monter là-haut, dans son lit. Je vous ai entendu quand le sommeil vous a pris. J'ai entendu passer le vent et gronder la mer... Je ne dormais donc pas... je ne rêvais pas..... j'étais parfaitement éveillé... et j'ai vu *son* fantôme...

MARTIN. Le fantôme de qui?

AARON. Le fantôme de la dame au capuchon noir, avec ses longues manches blanches et la cicatrice rouge à son cou... Elle s'est approchée de mon lit; elle m'a parlé : « Révélez tout, disait-elle, révélez tout avant de mourir, malheureux Aaron! »

MARTIN *s'écartant.* Voyons, père, ne me regardez pas ainsi... Ne parlez pas avec cette voix étrange!... Peu à peu, la terreur me gagne... Il me vient une pensée... Oh!... allez, retournez dans votre lit, et pas une parole de plus.

AARON. Il faut que j'achève. Rasseyez-vous!... C'était du vivant de votre mère... Il y a sept ou huit ans, et vous vous en souvenez sans doute... alors que j'avais cette ferme sur les côtes du pays de Cornouailles.

MARTIN. Oui... après?

AARON. Vous rappelez-vous aussi cet automne où nous eûmes tant de malheurs, et où je dus emprunter?... Vous fûtes contraint de partir avec votre mère, et d'aller quelque temps résider dans sa famille...

MARTIN. Je me rappelle.

AARON. Quand vous fûtes partis, je restai seul à la maison, il est vrai... mais vingt quatre heures ne s'étaient pas écoulées que quelqu'un vint me tenir compagnie : un vieux camarade à moi, du temps où j'étais encore garçon. Il s'appelait Benjamin Trauter. Votre mère l'avait toujours détesté. Elle disait qu'un honnête homme et lui ne pou-

valent passer par les mêmes chemins. Il s'était donc
tenu à l'écart jusqu'à ce qu'elle eût quitté la maison. Mais il y vint, à peine en était-elle sortie...
Vous ai je dit que nous étions alors en automne?...

MARTIN. Mais oui... oui... Allez donc!

AARON. C'était l'automne, et par un vrai temps
d'automne, lourd et chaud, chargé de brouillard...
Nous vivions à la ferme, Benjamin et moi, tous
deux bien bas percés. Les dettes s'accumulaient
derrière moi; devant moi s'ouvraient les portes de
la prison. Lui n'avait pas au monde un shelling
vaillant. Un soir qu'il était assis dans la cuisine,
au coin de l'âtre, grommelant sur la dureté des
temps et travaillant sa cervelle pour y trouver
quelque moyen de se procurer de l'argent... Tenez,
la brume de mer s'était élevée sur les landes envi-
ronnantes, et toute l'après-midi nous avait enve-
loppés... Tout à coup, mon vieux chien de berger
se dresse sur ses jambes et se met à grogner...
Nous entendons frapper à la porte. J'y vais, j'ouvre,
et sous l'auvent je trouve... une dame. (*Le gong
sonne encore, pour la sixième fois.*)

MARTIN. Une dame?... Une dame seule, à cette
heure, dans ces landes désertes!

AARON. Elle était là, debout, tenant par la bride
un robuste poney du Devon. Aucun domestique,
personne avec elle. « J'ai perdu mon valet, me dit-
elle, à quelques milles d'ici, dans ces épaisses
brumes de mer. Il faudrait me donner asile pour
cette nuit, à moi et à mon poney. » Il y avait

derrière la selle deux valises. Je la priai d'entrer ;
Benjamin déchargea le cheval. Les valises étaient
pesantes, et, en les soulevant, il me jeta un regard
qui ne me plut guère. (*Martin frissonne.*) Qu'avez-
vous donc à trembler ainsi ?

MARTIN, *détournant la tête.* J'ai froid.

AARON. J'enlevai les valises des mains de mon
compagnon, et je fis entrer la voyageuse dans la
cuisine. Elle portait un capuchon noir bordé de
blanc tout autour du visage, et une robe noire à
manches blanches, longues et pendantes... C'était
une belle personne ; ses yeux avaient de l'éclat ; sa
physionomie respirait la franchise et la bonté.
« Nous sommes bien pauvres, lui dis-je ; ma femme
est loin d'ici, et je n'ai pas grand'chose à manger
qui se puisse offrir. — Ne vous inquiétez pas de
ceci, répondit-elle ; je n'ai besoin que d'abri et de
repos. — Vous n'êtes pas du pays ? repris-je. —
Non, dit-elle, je ne suis pas du Cornouailles-Sud,
mais du Devonshire-Nord. Avez-vous un lit sur
lequel je puisse m'étendre ? — Oui, lui dis-je ; et je
la conduisis dans la chambre, où je montai pour
elle les deux valises. — Nous reparlerons demain
matin de vous et de votre pauvreté, » me dit-elle...
Voilà toutes les paroles que nous échangeâmes,
tout ce que je lui dis et tout ce qu'elle me dit.

MARTIN. Tout !... Sans doute ce soir-là... N'est-ce
pas, mon père, que ce fut tout, mais pour ce soir-là
seulement ?...

AARON. Tout... et à tout jamais. (*Septième coup*

de gong.) Lorsque je fus rentré à la cuisine, j'eus le temps d'allumer ma pipe et de la finir avant que Benjamin revînt de l'écurie. « Vous avez mis bien du temps à jeter de la litière sous le cheval, » lui dis-je. Il ne me répondit pas ; il ne m'adressa pas même un regard. « La dame étrangère, repris-je, est installée dans la chambre de ma femme... — Et où sont les valises ? me demanda-t-il brusquement. — En haut, avec elle, comme de raison, » lui répondis-je. A ces mots, il se mit à rire. « De quoi riez-vous ? » lui demandai-je. Encore une fois, pas de réponse. Il avait l'air de vouloir s'endormir. Moi-même, bientôt, n'ayant rien à faire, ni personne à qui parler, je me sentis porté au sommeil. Je m'engourdis dans mon fauteuil de bois. Cependant je n'étais pas tout à fait endormi. J'entendais, en effet, mon chien qui s'agitait, et je vis, à peu près comme dans le brouillard d'un rêve, Benjamin monter sur la pointe du pied ; je l'entendis aller et venir dans la chambre du haut, puis il en sortit tout à coup. Ma tête alors s'appesantit plus que jamais, et je perdis tout sentiment de moi-même... (*Martin se lève.*) Pourquoi vous reculer ainsi ?..,.. Qu'y a-t-il en moi qui vous fasse peur ?

MARTIN. Vous me le demandez ?

AARON *sans répondre, et continuant.* Je ne sais combien de temps je dormis, ni pourquoi je m'éveillai. Je m'éveillai cependant tout d'un coup. En ce moment, le chien, accroupi à mes pieds, tremblait et gémissait. Une odeur de brûlé s'était répandue, dont je ne pus me rendre compte. La chandelle, aux trois quarts consumée, ne jetait plus qu'une faible lueur. Il faisait cependant assez clair pour que je visse Benjamin, debout non loin de moi. D'une main, il tenait un couteau ; de l'autre, un sac de cuir qui semblait pesant..... Quand mes yeux s'ouvrirent, ils rencontrèrent les siens fixés sur moi. Il était auprès de la table où nous sommes assis maintenant, et, lorsque nos regards se rencontrèrent, il y posa le couteau..... Je me levai ; je vis quelque chose dégoutter de la lame, et voici l'endroit qu'elle mouillait ainsi... Là, Martin, là même... *(Il saisit le bras de son fils pour commander son attention.)*

MARTIN, *s'écartant brusquement.* Ne me touchez pas !...

AARON, *avec l'accent de la réprimande.* Martin !...

MARTIN. Ne me touchez pas !...

AARON. Qui vous dit que je l'ai tuée ?...

MARTIN. Avez-vous dénoncé, livré le coupable ?

AARON. Non.

MARTIN. Avez-vous... Oh ! je ne puis articuler ces paroles... en vérité, je ne le puis.

AARON, *avec hésitation.* Je... je l'aidai à cacher le corps.

MARTIN. Grand Dieu !

AARON. Nous l'emportâmes, tout habillée, tout en noir, avec son capuchon et ses longues manches blanches, par l'étroit sentier taillé dans le rocher qui termine la lande. Nous la descendîmes ainsi jusqu'au bord de la mer. Pendant tout ce chemin,

pas un mot échangé entre nous. Le brouillard
s'était dissipé, la marée était basse, les sables de
la grève étincelaient sous les rayons de la lune
d'août... Nous l'emportâmes ainsi, toujours muets,
dans la Grotte des Choucas... Vous la connaissez...
Vous savez que la mer, selon qu'elle monte ou
descend, remplit ou vide cette cavité profonde...
Nous y laissâmes ce pauvre corps, appuyé contre
un monceau de coquillages et d'algues marines...
Nous revînmes ensuite à la ferme... et, de rechef,
pas une parole pendant tout le trajet... Benjamin...

MARTIN. Où est-il, cet homme, à présent?

AARON. Il est où je serai bientôt. Il a été tué dans
une rixe de cabaret... Benjamin, disais-je, alla
droit à l'écurie ; il en fit sortir le poney, tout sellé,
qu'il conduisit à l'extrême pointe des rochers... et
je l'y suivis, ne pouvant plus rester seul... Là, il
poussa le malheureux animal, qui tomba pesam-
ment sur les rochers inférieurs... Alors, se tournant vers moi : « Nous sommes sauvés, me dit-il...
J'ai brûlé les draps pendant que vous dormiez
encore... Maintenant, combien vous faut-il ?... » —
Il ouvrait, en même temps, le sac de cuir qu'il avait
mis dans sa poche. « Rien, lui dis-je : c'est le
prix du sang, je n'y toucherai pas... » — Il n'ajouta
pas un mot, et nous nous séparâmes immédiatement. Il s'en alla de son côté, à travers la lande ;
je revins du mien, vers la ferme. Au bout de deux
jours, les recherches commencèrent ; mais la marée
avait devancé les recherches. Quand le constable

et ses agents vinrent visiter la Grotte des Choucas,
ils la trouvèrent vide. Ils ne mirent la main que
sur les débris du poney, retenus dans les anfrac-
tuosités des rochers. Le jour suivant, ils dépistèrent
le valet de la dame, qui, égaré dans le brouillard,
était allé tomber dans un trou de mine abandon-
née... D'après cela, on supposa généralement
qu'elle avait dû, elle aussi, rouler dans quelque
précipice, ou peut-être tomber à la mer du haut de
quelque falaise. (*Le son du gong, affaibli, se fait entendre pour la dernière fois.*)

MARTIN. Jamais un seul mot ne vous est échappé
qui pût mettre sur la trace du crime ?

AARON. Jamais oreille vivante, jusqu'à ce jour,
n'a reçu l'aveu que je viens de vous faire... De tous
côtés, mon fils, accoururent ensuite les gens du
pays qu'elle habitait ; — les pauvres qu'elle avait
nourris, habillés, instruits, comme s'ils eussent
été ses propres enfants... Ils pleuraient tous, en
parlant d'elle... Ils racontaient comment, depuis
la mort de son mari, elle était restée dans ses
vêtements de deuil, vivant toujours seule, toujours occupée de bonnes œuvres... Ils maudis-
saient nos brumes, nos brouillards du Cornouailles,
et le jour où, entendant parler des pauvres gens
de la côte, de leur misère, de leurs souffrances,
elle était partie pour venir les aider de son
argent, de ses conseils..... Leurs enfants, les
enfants qu'ils avaient amenés avec eux, pleuraient
aussi et demandaient si vraiment on ne reverrait

jamais la bonne *lady Grâce*... car c'est ainsi qu'ils avaient surnommé cet ange de miséricorde... Lady Grâce!... lady Grâce!... (*En prononçant ce nom avec le cri du désespoir, il se jette sur la table et cache sa tête dans ses mains. — Silence. — On n'entend que le bruit de la tempête.*)

MARTIN. Mon père!... (*Il essaye de relever Aaron, mais il s'écarte encore une fois.*) Oh! Phœbé!... Phœbé!... comment oserai-je lever les yeux sur vous, après tout ce que je viens d'entendre!... Le fils d'Aaron Gurnock est-il bien digne de porter un gage de votre amour?... — Qu'entends-je?... on dirait un cri venu de la mer...

JACOB, *appelant d'en haut*. Martin!... Martin!...

AARON, *se redressant, terrifié*. C'est Jacob... Il a tout entendu... il a notre secret...

JACOB, *de même, à la cantonade*. Martin!... la barque... Elle vient de terre...

(*On entend héler de la mer : Ohé ! du phare !... Jacob répond d'une voix faible. — Cris de joie dans le lointain.*)

AARON. Oh! Martin... ne me laisse pas approcher par Jacob... Je suis sûr qu'il sait tout.

MARTIN, *sans prendre garde à cette adjuration*. Ils viennent de terre... Et Jacob a dit que Phœbé serait avec eux... Oserai-je bien la regarder, maintenant?... Elle lira sur ma figure l'horreur que je m'inspire à moi-même... Elle la retrouvera jusque dans le son de ma voix. (*Bruit et paroles au dehors.*)

PHŒBÉ, *qu'on ne voit pas encore.* Mon père! mon père!.. Grâce à Dieu, nous n'arrivons pas trop tard.

SCÈNE III.

JACOB. (*Il entre en scène.*) De ce côté, Phœbé; c'est là qu'ils sont...

(*Phœbé entre à son tour. — Elle court à Martin et lui jette les bras autour du cou. Samuel Furley et les gardiens de rechange qui formaient l'équipage de la barque entrent après elle. Ils apportent des paniers, des hottes d'osier, des jarres de grès, etc., qu'ils rangent dans le fond. Jacob prend part à ce travail.*)

PHŒBÉ. Martin !... cher Martin !... Oh ! que vous êtes pâle!... comme vous avez l'air triste, abattu, découragé!... Moi aussi, allez, j'ai bien souffert!... ces terribles semaines m'ont miné le cœur... Et votre père, Martin... je ne le vois pas? (*Elle se retourne du côté d'Aaron, qui promène ses regards soupçonneux, tour à tour, sur chacun des nouveaux arrivés.*) Comme il est changé!... On dirait qu'il me reconnaît à peine. (*Elle fait un pas vers lui; Martin l'arrête.*)

MARTIN. Votre manteau, Phœbé... laissez-moi vous l'ôter... Il est transpercé de pluie et d'eau salée.

PHŒBÉ Ah! pour trempés, nous le sommes.... La vague a failli m'enlever mon capuchon... Dame, la tempête était si forte, la mer si méchante!.. (*Elle fait encore un pas vers Aaron ; Martin la retient par la main.*) Eh bien ! Martin, vous voulez donc

m'empêcher d'aller serrer la main à votre père ?...
(*A voix basse.*) A celui qui sera *mon* père dans
quelques jours ?...

MARTIN, *à part.* Son père... Le complice de Benjamin Trauter !...

PHOEBÉ. Vous dites?...

MARTIN. C'est tout au plus si, maintenant, on peut
parler à mon père... (*Avec effort.*) Il a l'esprit un
peu égaré... C'est la faiblesse qui suit une longue
diète...

PHOEBÉ. C'est vrai..... Vous n'aviez plus rien à
manger!... A son âge, c'est terrible ! Et mon pauvre
vieux père en était là, lui aussi... (*Au pilote.*)
Allons donc, master Furley... vous êtes bien long à
défaire ces paniers... Faut-il que j'aille vous donner
un coup de main?...

FURLEY. Non, la belle enfant; nous n'avons pas
besoin de vous... Asseyez-vous, reposez-vous...
c'est le plus nécessaire, après une traversée comme
la nôtre.

MARTIN, *approchant deux tabourets, pendant que
deux matelots arrangent la table.* Venez, Phœbé,
venez vous asseoir à côté de moi. (*Il jette du côté de
son père un regard inquiet.*)

PHOEBÉ. Hier, Martin... hier, à cette heure-ci,
j'étais à l'église, pensant à vous... et je me demandais si jamais je pourrais m'asseoir ainsi près
de vous. (*Elle s'assied.*)

FURLEY. (*Il s'avance, un poêlon à la main.*) Attention, mes gars !... (*Aux hommes de l'équipage.*) Et

qu'on se remue un peu pour le dîner... Mon brave
Aaron !...

AARON, *tressaillant.* Martin !... il veut m'emmener à terre !... Martin, empêchez-le... défendez-moi !..
(*Martin se lève.*)

FURLEY, *à Martin.* Fiez-vous à moi pour le rendre
sage... Jacob m'avait bien dit que la tempête et la
faim lui ont un peu brouillé la cervelle ; mais j'en
viendrai à bout, soyez tranquille. (*A Aaron.*) Vous
emmener à terre ?... Eh bien ! et pourquoi pas ! C'est
votre tour de venir à terre.

AARON. Non !

FURLEY. Je vous dis que si, moi... C'est votre tour,
comme celui de Jacob, comme celui de Martin.
Nous avons amené les trois gardiens de corvée...
c'est pour vous relever, ce me semble, et nous
allons vous ramener tous trois à la côte, dès que
nous vous aurons radoubé l'estomac avec quelque
chose à manger.

AARON. Manger !... Nous allons manger ?

FURLEY. Sans doute... et une fameuse soupe, rem-
bourrée d'orge et de pommes de terre... Voilà, mon
brave ami, ce qui convient le mieux à vos estomacs
moitié morts de faim. (*Il met la soupe à chauffer.*)

PHŒBÉ. Y a-t-il bien des jours que votre père est
ainsi, Martin ?

MARTIN, *avec embarras.* Non... quelques jours à
peine... un ou deux tout au plus... Je ne me rappelle guère...

PHŒBÉ, *reprenant sa conversation commencée.* Eh

bien, comme je vous le disais, j'ai assez bien tenu
ferme jusqu'à ce qu'on ait publié nos bans... Mais
alors, quand j'ai entendu prononcer votre nom et
le mien, je n'ai pu résister davantage, mes larmes
ont éclaté... Jugez un peu... à l'église,.. devant tout
le monde !... (*Martin, évidemment distrait, retourne
la tête du côté de son père.*) Eh ! mais... il n'écoute
seulement pas... Martin !...

Martin. Oui, Phœbé...

Phœbé. Vous ne semblez pas écouter ce que je
vous dis.

Martin. Vous vous trompez... j'écoutais, certainement... Vous disiez?...

Phœbé, *tristement*. Moi ?... rien. Je ne disais
rien.

Martin. Je vous assure que j'écoutais.

Phœbé. Je parlais seulement... comme on parle,
vous savez... de ce qui s'était passé à l'église...
J'étais si affaiblie par l'inquiétude... les craintes...
Un rien devait m'ébranler... Imaginez-vous ce que
je souffrais, Martin, en écoutant ce vent cruel qui
soufflait sans fin ni trève, et comme s'il devait ne
s'arrêter jamais !... En voyant cette blanche écume
des vagues soulevées, toujours la même, le matin,
à midi, le soir, toujours... Et, chaque jour, je
questionnais Furley, je questionnais les pêcheurs :
« Peut-on les aller secourir ? Peut-on embarquer ?... »
Et toujours, toujours la même réponse ; « Pas de
barque, ma fille, qu'on puisse mettre à flot par un
temps pareil !... » (*Martin regarde encore du côté*

d'Aaron.) Ah!... Martin... les soirs se passaient à pleurer... Et je m'éveillais le matin, le cœur tout endolori des angoisses de la veille... J'en étais venue à croire que, moi aussi, je mourrais, et je me demandais si on aurait la bonne pensée de nous mettre au moins dans la même fosse... Mais il ne m'écoute plus... Pourquoi donc regarde-t-il toujours de ce côté avec tant d'inquiétude?

FURLEY, *accroupi devant l'âtre.* Le potage est prêt... A présent, ce qu'on va faire, il faut y mettre le temps... (*Il a versé la soupe dans des écuelles. Aaron et Jacob mangent à table ; Phœbé porte son écuelle à Martin.*)

JACOB. Grand Dieu!... rien que cette odeur vous ranime.

FURLEY. Hein! quel bouquet vous a ces parfums?.. Doucement là, mon brave Aaron... Je ne vais pas vous en laisser avaler tout d'un coup à discrétion... J'ai passé, moi aussi, par la famine, avec un équipage naufragé... Et je sais ce qui arrive des gens qui se gorgent après une longue diète... Halte, Jacob!... vous allez vous échauder le gosier... Voyez Martin... de vous trois, c'est celui qui absorbe son potage avec le plus d'élégance.

AARON, *tendant son écuelle à Furley.* Encore!...

JACOB, *même geste.* Encore!...

FURLEY. Encore?... en voilà, des manières!... Attendez un brin et soufflez!... Croyez-vous que je vais vous laisser avaler toute une potée de soupe dans l'état où vous êtes?

PHŒBÉ. Donnez-leur en un peu plus, master Furley... un peu plus ne leur fera pas mal... Tenez... Martin, lui aussi, a vidé son écuelle.

FURLEY. Parbleu !... On peut s'en fier à vous, la belle, pour ne pas oublier Martin.

PHŒBÉ. Martin, vous sentez-vous un peu mieux?

MARTIN. Oui, Phœbé... je me remets déjà.

PHŒBÉ. Je vais obtenir de Furley qu'il vous accorde un petit supplément de ration. (*A part.*) Il m'a regardée, enfin, comme autrefois... Peut-être, après tout, avais-je tort de le croire changé pour moi.

FURLEY. A présent, veut-on me promettre de manger posément?

JACOB. Oui.

AARON. Oui, oui !

PHŒBÉ. Martin mérite part double pour sa retenue.

FURLEY. Ah! vraiment, belle demoiselle?... Si on vous le laissait à nourrir, vous me l'auriez tué d'ici à demi-heure. (*Il remplit encore les écuelles.*) Seconde distribution de soupe... et qu'on y mette le temps, ou la troisième sera longue à venir... Halte !... Je n'ai pas confiance... (*Il lève la cuiller.*) Attention... je commande la manœuvre. Allons en mesure !

AARON. Laissez-nous tranquilles.

JACOB. C'est vrai... Ne nous ennuyez pas.

FURLEY. Silence dans les rangs !... et qu'on s'arrête, ou je jette par cette fenêtre tout ce qui reste de potage. (*Temps d'arrêt général; mouvement d'effroi.*)

Ah! ah! je sais me faire obéir, à ce qu'il paraît.
(*Brandissant la cuiller.*) Qu'on suive le mouvement,
l'œil fixé sur moi, et si la manœuvre va bien, il y
aura ration supplémentaire. Une... deux... trois...
avalez... Quatre... cinq... six... avalez encore...
Halte!... halte! vous dis-je, ou, de par tous les
diables, la soupe s'en va dans la mer... Sept...
huit... neuf... avalez!... Dix... onze... Ah! mais les
écuelles sont déjà vides?... J'avais distribué quatre
cuillerées... je n'ai pas mon compte... Où est le
numéro quatre?

Jacob, *se frottant l'estomac.* Il est... à sa place.

Furley. Ha! ha! ha!... Voici donc le moment de
lâcher les écluses hollandaises. (*Il sort de sa poche
une bouteille de liqueur de Hollande.*) Voici, mes
petits chérubins... Buvez, et soyez heureux!...
Laissez-m'en de quoi remplir ma dent creuse...
A votre santé... Buvez donc, Martin... Phœbé, vous
devriez avoir l'air plus contente que ça.

Phœbé, *à part.* Il y a quelque chose... Martin est
tout changé... Il ne prend plus garde à moi... il n'a
pas l'air de se douter que je suis près de lui...
Pourquoi cette obstination à regarder toujours son
père, et d'un air si troublé? (*On entend dans le
lointain la détonation d'une pièce d'artillerie. Émotion
générale.*)

Martin. Un coup de canon! (*Seconde détonation.*)

Jacob. Un vaisseau en détresse! (*Troisième coup
de canon.*) Attendez... Je sais quel est ce navire.

Martin. Comment cela?

JACOB. Ne vous rappelez-vous pas que, ce matin, dans le *Crow's nest*, j'ai signalé un vaisseau?

MARTIN. C'est vrai... un bâtiment au vent de nous... Mais il était loin.

JACOB. Je crains bien qu'à présent il ne soit trop près... Lorsque j'ai regardé pour la dernière fois, avant de quitter le gong... j'ai vu le même navire décoiffé de toutes ses voiles, et portant sur nous en droite ligne... Montez là-haut, Furley, et voyez un peu ce qui se passe... vous pourrez nous le signaler à l'aide du gong. (*Furley sort, accompagné des gardiens de rechange.*)

SCÈNE IV.

MARTIN. Êtes-vous bien certain d'avoir signalé un bâtiment ce matin?

JACOB. Positivement, bien qu'il y eût encore au large un peu de brouillard. (*On entend le gong sonner à coups redoublés*). J'avais bien deviné!... le navire est en péril!... (*Aaron se détourne, et va s'accroupir au coin de l'âtre.*)

PHŒBÉ. Puis-je être bonne à quelque chose, mon père?... Employez-moi, s'il en est ainsi...

JACOB. Attendez un peu, Phœbé.

(*Martin s'élance vers le contrevent à coulisses et l'ouvre tout entier. On entend mieux que jamais le sifflement du vent et le bruit des flots. Ce bruit continue jusqu'à la fin de l'acte. Toute cette scène, depuis le moment où on entend le premier coup de canon, doit être jouée avec une extrême rapidité.*)

MARTIN, *près de la fenêtre.* Le brouillard se lève maintenant. Je distingue très-bien le vaisseau.

JACOB. Près de nous ?

MARTIN. Près à faire trembler.

PHOEBÉ. Ciel ! que va-t-il advenir de ces pauvres gens?

JACOB. Voyez-vous si c'est un gros bâtiment ?...

MARTIN. Non, c'est un brick... le mât de hune enlevé... sa voile de beaupré en lambeaux... Il chasse droit sur nous, à la merci du vent et de la mer. (*Entre Furley.*)

SCÈNE V.

FURLEY. Des cordes !... des cordes !... D'ici à deux minutes, ils auront donné sur les rochers d'en bas... Pour sauver l'équipage, nulle autre ressource que d'avoir nos cordes toutes prêtes avant que le vaisseau n'ait touché... (*Appelant à la porte.*) Sortez les cordes du magasin...; portez-en dans la galerie... portez-en ici... gardez-en là-bas,

PHOEBÉ. Donnez-moi quelque chose à faire !... Employez-moi, je vous en conjure !

MARTIN. Vivement, par ici !... vivement, les cordes !... (*Entrent les gardiens avec un paquet de cordages.*)

FURLEY. Attention, mes gars !... Suivez-moi dans la galerie... (*Il sort, suivi par les gardiens; Phœbé ouvre le coffre et en tire des couvertures.*)

SCÈNE VI.

MARTIN. (*Il revient à la fenêtre et hèle le navire à l'aide d'un porte-voix.*) Ohé! du brick, ohé!

PHŒBÉ. Qu'y a-t-il donc?...

MARTIN. Ils lancent une embarcation par-dessus la muraille d'arrière.... C'est en finir avec la vie... (*Hélant de nouveau.*) Ohé! du brick!... ne vous fiez pas à la barque.

JACOB. Ils n'entendent pas; le vent est trop fort.

MARTIN. La corde, Jacob... vite, la corde!... (*Jacob et Martin lancent la corde hors de la fenêtre.*) Doucement, Jacob... en voilà assez pour le moment. (*Hélant les gardiens d'en bas.*) Hé! là-bas! faites monter un homme à la galerie.

PHŒBÉ. La barque, Martin!... que font-ils de la barque, à présent?...

MARTIN. La barque est équipée... elle vogue loin du brick. (*Hélant les gens du haut.*) Ohé! de la galerie!... Nous pouvons vous envoyer un homme de plus!... voulez-vous?

JACOB, *regardant.* Ah!... voyez la vague!... La barque!... la barque est chavirée!... (*Cri de Phœbé.*)

PHŒBÉ. Mon père, mon père, regardez encore!... Combien en reste-t-il à bord du brick?...

JACOB. Trois ou quatre au plus... serrés sur le pont, l'un contre l'autre.

MARTIN, *appelant à la porte.* Montrez les flammes bleues, vous autres, là-bas... Le flot prochain poussera le brick sur les rochers. (*On voit le reflet des flammes bleues.*)

Jacob, *toujours près de la fenêtre, à Phœbé.* La barque vient d'échouer sur la pointe du récif d'en bas. Le nom du navire est peint en blanc sur la poupe... Vous avez de jeunes yeux, Phœbé !... lisez-nous cela.

Phœbé, *montée sur une chaise pour regarder au dehors.* Je puis lire, mon père, — Oh ! le vaisseau !... comme il se rapproche !

Jacob. Vite, le nom... le nom !...

Phœbé. Je le vois très-bien, mon père... Le nom inscrit sur la poupe, c'est... Lady Grace.

Aaron, *frémissant et en sursaut.* Quoi ?

Phœbé, *plus haut.* Lady Grâce !

Aaron, *avec un cri de terreur.* Martin !.., entendez-vous ?... lady Grâce ?

(*Au même moment, on entend craquer le vaisseau, qui donne contre les rochers. Phœbé se laisse tomber à terre et cache sa figure dans ses mains. Martin s'élance vers son père pour le calmer. Le rideau tombe.*)

ACTE SECOND.

Même décor qu'au premier acte, FURLEY, les nouveaux GARDIENS du phare et trois MATELOTS sont en scène, occupés à rouler des paquets de cordages. JACOB est assis à droite, sur le coffre, épissant deux bouts de corde. PHŒBÉ travaille, assise sur un tabouret, à ses pieds. MARTIN, seul, à gauche, regarde par la fenêtre.

SCÈNE PREMIÈRE.

FURLEY. Allons, mes gars !... ces cordes ont eu largement le temps de sécher, depuis hier !

PREMIER MATELOT. Fiez-vous à nous pour en avoir soin, master Furley ; ces cordages nous ont sauvé la vie. Et après vous, après les gardiens ici présents, nous les tenons pour les plus utiles amis que nous ayons au monde.

PREMIER GARDIEN. Sachez gré, mon brave, à qui de droit : à Martin Gurnock, que voici, et à master Furley... Sans eux, nous n'aurions jamais pu faire passer jusqu'à votre brick la première corde, qui a tout sauvé.

FURLEY. Oui-dà !... Et comment aurions-nous fait, nous autres, sans ce brave homme, qui, au risque de ses os, a grimpé sur le beaupré du brick et réussi à saisir cette corde au vol ?

PREMIER MATELOT. A la bonne heure ; mais qui a jeté la corde assez juste pour que je la pusse attraper ?... Non, non... m'est avis que tout le mérite revient aux gens du phare... et je n'en démords pas.

FURLEY. Eh bien, moi, je sais gré surtout à cette corde... (*il montre celle que tient le matelot*) à cette corde, qui a tenu bon et qui vous a sauvés...

PREMIER GARDIEN. Fameux brin de chanvre, tout de même... fabriqué par Thoddy, de Plymouth.

PREMIER MATELOT. Ah bah !... vraiment ?... Eh bien... (*Il fait claquer la corde.*) Thoddy, de Plymouth est mon homme.

FURLEY, *soulevant un autre cordage.* Ah ! mais, n'allons pas oublier celle-ci... Si on me demandait qui a sauvé la dame passagère à votre bord, je lui en attribuerais l'honneur.

PREMIER GARDIEN. Et, j'en réponds, elle vaut encore mieux que la première... Fabriquée chez Tinkler, de Falmouth.

PREMIER MATELOT. Tinkler, de Falmouth, a droit à l'amitié de la dame... mais Thoddy, de Plymouth, voilà mon homme.

PREMIER GARDIEN, *montrant la corde que tient Furley.* Comment établissez-vous que c'est justement par Tinkler, de Falmouth, que la passagère a été sauvée ?

PREMIER MATELOT. En tout cas, il faut bien le reconnaître, lorsque Thoddy, de Plymouth, a été solidement établi entre le phare et le brick...

FURLEY. Un instant... Et d'abord, est-il vrai ou non que vous autres, sur le brick, vous nous avez expédié la dame solidement attachée dans un fauteuil?... Que répondez-vous ?

PREMIER MATELOT. Sans doute... Mais qui a conduit le fauteuil jusqu'au phare?... Thoddy, de Plymouth.

MATELOTS ET GARDIENS. Il a raison, ma foi... c'est Thoddy... Thoddy, de Plymouth.

FURLEY. Un instant... Thoddy, de Plymouth, je vous l'accorde, a porté le poids du fauteuil... Mais quand il a fallu haler ce fauteuil et le maintenir fixe, du brick au phare, à qui avions-nous recours?... A Tinkler, de Falmouth.

PREMIER GARDIEN. Ah ! pour ceci, master Furley, vous êtes dans le vrai... je reconnais que c'est Tinkler.

GARDIENS ET MATELOTS. Oui, oui... Tinkler, de Falmouth.

PREMIER MATELOT, *soulevant son paquet de cordes.* Ah ! laissez donc... Thoddy, de Plymouth, voilà mon homme. (*Il sort.*)

PREMIER GARDIEN. Bah, bah!... croyez-moi, mes amis... Voilà, des deux, le meilleur brin de corde... (*Il prend le rouleau des mains de Furley.*) Mon homme à moi, c'est Tinkler, de Falmouth. (*Il sort, suivi des matelots et des gardiens.*)

SCÈNE II.

FURLEY *les regardant s'en aller.* Bon, très-bien !... mais quelle que soit la corde qui vous a tirés d'affaire, il n'en est pas moins clair que vous autres tous, et la dame passagère, êtes maintenant en sûreté dans le phare... c'est l'essentiel !... surtout à présent que nous avons vu le brick s'en aller par morceaux sur les récifs... (*Il se tourne du côté de Phœbé.*) Eh bien, ma belle ! vous avez l'air tout abattue, ce matin... Êtes-vous montée voir comment va cette dame, à présent qu'elle s'est reposée toute la nuit?

PHŒBÉ *tristement.* Oui... elle a bien dormi... et parle de s'en retourner à terre, ce matin, avec la barque.

FURLEY. Très-bien... Et commencez-vous à savoir qui elle est?

PHŒBÉ. Tout ce que je sais d'elle, c'est qu'elle est bonne autant qu'on le puisse être. Nous avons causé longuement, et elle a semblé prendre tant d'intérêt à ce qui pouvait m'intéresser moi-même, que nous sommes maintenant comme de vieilles amies... Elle m'a fait une foule de questions auxquelles j'ai répondu tout droit... et je crains bien, à l'heure qu'il est, de n'avoir plus un secret pour elle.

FURLEY. Rien de plus simple, petite fille... Vous ne seriez pas femme si vous saviez tenir votre langue.

JACOB, *quittant des yeux, pour la première fois, l'ouvrage qui l'occupe...* Que vous a dit cette dame, Phœbé?

PHŒBÉ, *jetant un regard du côté de Martin.* J'aimerais mieux, mon père, ne pas le répéter à présent.

FURLEY. Suffit. Maintenant, que cette dame soit ce qu'elle voudra, je la déclare une des meilleures que j'aie jamais dévisagées. Il fallait la voir hier, sa vie au hasard d'un cordage plus ou moins solide, la mer béante au-dessous d'elle, le vent criant la mort à ses oreilles; il fallait la voir, ne soufflant pas un mot inutile, ne perdant pas un moment la tête, calme, énergique... Ah! c'était un spectacle comme on en a rarement sous les yeux... Vous étiez avec nous, Jacob, quand nous l'avons tirée de là... Vites-vous jamais femme de ce calibre?

JACOB *brusquement.* Non!

FURLEY. « Non! » *(A part.)* La réponse n'est pas longue, ami Jacob. *(A Martin.)* Il me semble, Martin, que ni vous, ni votre père, n'avez encore vu cette dame... Est-ce la vérité?

MARTIN, *brusquement.* Oui!

FURLEY, *à part.* Encore une réponse peu fatigante... *Non,* dit l'un... *Oui,* dit l'autre. Y aurait-il eu quelque grabuge entre nos trois gardiens?...

PHŒBÉ. Savez-vous, maître Furley, quand la barque doit retourner à terre?

FURLEY. Dans demi-heure, si la dame est prête à partir. Le soleil brille... la mer devient maniable...

la traversée de retour sera une vraie partie de plaisir.

Phoebé, *à part.* Une partie de plaisir !... pas pour moi, toujours.

Furley. Vous dites, mon enfant ?...

Phoebé. Rien, Furley... je ne dis rien.

Furley, *à part.* Allons... décidément, je gêne par ici... voilà qui est clair comme eau de roche... (*Haut à Martin.*) Dites donc, vous, là-bas, je vais voir à équiper la barque. (*A part.*) Ah ! cette fois, la réponse est encore plus courte... on ne répond pas du tout. (*Il sort.*)

SCÈNE III.

Martin, *à part.* Oh !... ce secret... ce honteux, cet effrayant secret !... (*Il regarde autour de lui.*) Jacob, je voudrais vous faire une question.

Jacob *brusquement.* Allez !

Martin, *encore près de la fenêtre.* Lorsqu'un homme a commis... un crime... et qu'un autre l'aide à ne pas en porter la peine... est-il vrai que la loi regarde aussi ce dernier comme coupable... et qu'elle le punit comme tel, dès qu'elle a pu l'atteindre et le convaincre ?

Jacob, *d'un air bourru.* Je ne sais pas.

Phoebé *timidement.* Pourquoi faites-vous cette étrange question ?

Jacob *bas, à Phoebé.* Ne lui parlez pas... Après

sa conduite vis-à-vis de vous, vous ne devez pas
lui adresser la parole.

PHŒBÉ. Oh!... mon père!

MARTIN. C'est une histoire que j'ai lue... et je
voulais savoir... je voulais savoir si le livre disait
vrai. (*Il regarde de nouveau par la fenêtre.*)

JACOB, *écartant le tabouret de Phœbé de manière à
ce qu'elle tourne le dos à Martin.*) Encore une fois, ne
lui parlez pas!... — Que vous a dit cette dame là-
haut?... — Furley n'est plus là... que vous a-t-elle
dit?...

PHŒBÉ, *baissant la voix.* Elle a été si bonne pour
moi... elle m'écoutait si bien... et quand elle vous
parle, elle a, mon père, un si doux sourire!...

JACOB. A la bonne heure!... Mais comment en
est-elle venue à vous demander vos secrets?

PHŒBÉ. Je ne sais pas, moi, comment elle a vu
que j'en avais... Mais elle m'a dit que j'avais l'air
un peu triste... elle m'a demandé si j'avais quelques chagrins, et si elle pouvait me venir en aide.

JACOB. Je comprends tout cela... Mais quel rapport y a-t-il entre ces paroles et les secrets que
vous lui avez confiés, dites-vous?

PHŒBÉ. Je lui en ai parlé... parce que...

JACOB. Parce que...

PHŒBÉ. Parce qu'elle m'a dit, ensuite, que je
devais avoir un amoureux... et alors...

JACOB. Alors?

PHŒBÉ. Alors elle m'a demandé s'il était bon et
fidèle...

JACOB. Ah!... je commence à comprendre.

PHŒBÉ. Elle me regardait d'un air si bon, avec ses yeux si doux, si limpides, que... vraiment, père, je ne sais comment cela s'est fait... mais je lui ai tout conté.

JACOB. Tout ce que je vous ai forcée à me dire ce matin?

PHŒBÉ. Oui... tout ce qui s'est passé entre Martin et moi... et comment il a tout à coup changé... sans même me dire ce qui m'avait fait perdre son attachement... Elle m'a parlé, à ce sujet, comme si elle eût été ma mère; elle m'a offert, si je le voulais de parler à Martin avant de quitter le phare.

JACOB. *Elle*, lui parler!... Allons, allons, je ne m'en fâcherai pas. Elle ne doit avoir, j'en suis bien sûr, que de charitables intentions... Mais c'est à votre père de parler, Phœbé!... et c'est ce que je vais faire, tout présentement... Martin Gurnock!...

PHŒBÉ. Oh! non, pas à présent, père... pas à présent.

JACOB. Si fait... à l'instant même... Martin Gurnock, venez par ici; écoutez un peu... j'ai quelque chose à vous dire.

MARTIN. Parlez, Jacob; je vous écoute.

PHŒBÉ. Laissez-moi m'en aller, père... laissez-moi m'en aller auparavant.

JACOB. Vous en aller?... Au fait, mon enfant, cela vaut peut-être mieux... Allez donc, si vous le préférez ainsi.

PHŒBÉ. Ne lui parlez pas trop durement, père.

JACOB. Et pourquoi?... Vous a-t-il ménagée, lui? (*Phœbé fond en larmes.*) Allons, allons, mon enfant, pas de pleurnicheries... Une bonne scène, si vous voulez, mais pas de larmes... Voyons. séchez-moi ces yeux-là, et laissez-nous quelques minutes tête à tête. (*Il la conduit vers la porte.*) Allez... allez maintenant... et quoi que vous fassiez désormais, ne pleurez plus !...

(*Phœbé sort, Jacob revient vers Martin.*)

SCÈNE IV.

JACOB. Avez-vous entendu ce que ma fille vient de me dire?

MARTIN. Non.

JACOB. Elle m'a recommandé de ne pas vous parler durement. Regardez-moi donc en face, comme un honnête homme, et dites-moi si vous méritez bonté ou rudesse... Vous ne répondez pas?...

MARTIN. Je n'ai rien à répondre.

JACOB. Il faut cependant parler, si vous voulez devenir mon gendre... Pourquoi ce changement à l'égard de Phœbé? N'allez pas vous figurer qu'elle est venue me porter des plaintes !... Hier soir, après toutes les agitations, tout le tumulte de ce sauvetage, c'est moi qui ai remarqué votre embarras, votre froideur... J'ai arraché à ma fille l'aveu qu'elle aussi s'en était aperçue... Vous ne lui parlez pas

comme à votre ordinaire... Vous vous tenez à l'é-
cart d'elle, comme si son voisinage vous faisait
honte... Vous lui tourmentez le cœur avec votre silence, vos airs mystérieux, vos regards tristes...
Vous vous conduisez, je vous le répète, comme si
vous rougissiez d'elle,.. comme si vous aviez honte
de prendre ma Phœbé pour votre femme,

MARTIN. Moi, honteux d'elle?... Si vous disiez que
j'ai peur... à la bonne heure... vous seriez plus
près de la vérité.

JACOB. Peur de l'épouser?... Pourquoi?

MARTIN. Parce qu'un jour, c'est elle qui pourrait
avoir honte de moi.

JACOB. Sur ma parole d'honnête homme, je commence à penser que vous pourriez bien, en ceci,
dire vrai. — Et depuis quand, je vous prie, cette
crainte s'est-elle fourrée en votre cervelle?... Hier
encore, vous me parliez de ma fille : est-ce depuis
lors?

MARTIN. Oui.

JACOB. Serait-ce qu'un des hommes arrivés avec
Furley vous aurait apporté quelques nouvelles de
terre?

MARTIN. Je n'ai reçu aucunes nouvelles.

JACOB. Ah!... aucunes nouvelles? Alors, je vais
encore une fois vous demander pourquoi vous êtes
si changé depuis hier... Nous ne sommes pas à
terre où, à chaque instant, on reçoit tantôt l'un,
tantôt l'autre, et où chaque heure peut apporter
quelque changement de résolutions... Nous sommes

ici trois hommes enfermés dans un phare, et parfaitement isolés... qu'a-t-il pu arriver qui vous ait
fait repentir de vos projets?... Voyons!... expliquez-
vous comme un brave homme.

MARTIN. J'ai quelqu'un à consulter auparavant...
quelqu'un dont je dois me garder de compromettre
la situation... quelqu'un à qui pourrait nuire un
seul mot imprudemment risqué.

JACOB. Qui donc?... (*Voyant Martin hésiter.*)
Qui?... Voyons, parlez!

MARTIN. Ah! Jacob... ayez un peu de confiance
en moi... et un peu de pitié pour ce que je souffre...
J'ai de terribles anxiétés à combattre.... Je passe
par une épreuve où peut-être jamais personne n'a
passé avant moi... C'est la vérité que je vous dis là,
Jacob... De quelque côté que je me tourne, quelque
part que je prenne, le danger où je suis, soit de
commettre une terrible méprise, soit de participer
à une indigne tromperie, se présente devant moi et
arrête la parole sur mes lèvres... Donnez-moi le
temps de réfléchir à ce que je dois faire... et jusqu'à ce que ce temps soit écoulé, accordez-moi, par
pitié, la confiance que je réclame.

JACOB. Je vous donne... une demi-heure... Dans
une demi-heure la barque de Furley sera prête à
à partir pour la côte... Je suis un homme tout rond,
moi... je n'entends rien à tous ces détours, à toutes
ces cachoteries, à toutes ces raisons de dissimuler
et de se taire... Je vous donne la demi-heure qui va
s'écouler avant qu'on ne se rembarque... Si alors

vous ne pouvez pas vous expliquer un peu plus
clairement que vous ne l'avez fait tout à l'heure...
si vous ne pouvez pas tout nous expliquer, à Phœbé
comme à moi... l'affaire est faite, Martin Gurnock,
et il ne sera plus question de rien entre nous...
C'est moi, son père, entendez-vous, qui vous tiens
ce langage, et vous devez me connaître pour un
homme qui ne se dédit guère. (*Il sort.*)

SCÈNE V.

MARTIN. Demi-heure... demi-heure pour décider
l'avenir de ma vie... et celui de Phœbé... Demi-
heure pour choisir entre un aveu qui doit tout perdre et une tromperie qui me dégraderait pour jamais à mes propres yeux ! (*Entre Phœbé.*)

SCÈNE VI.

PHŒBÉ. Martin... j'ai tout entendu !...
MARTIN, *terrifié.* Tout ?...
PHŒBÉ. Tout ce que vous vous êtes dit, mon père
et vous... Quel est cet effrayant secret qui menace
de nous séparer ?... Oh !... Martin, est-il bien sûr,
bien sûr... que vous m'êtes encore fidèle ?
MARTIN. Fidèle jusqu'au fin fond de mon cœur...
jamais plus fidèle qu'en cet instant même.
PHŒBÉ. Alors, confiez-moi ce secret... Quel qu'il
soit, je prends sur moi de le révéler à mon père...
Vous vous détournez de moi... Ne voulez-vous pas

me le confier? Vous lui ferez donc vous-même cet
aveu?.... Non... Eh bien, dites-le-moi : je le lui
tairai... Nous n'avons que bien peu de temps à
nous... d'ici à demi-heure, la barque partira...
Martin, songez-y!... Tout ce que nous avons d'espoir
en ce monde est maintenant compromis... Êtes-
vous décidé, oui ou non?

MARTIN. Non.

PHŒBÉ. Et cependant, tout à l'heure encore, vous
disiez à mon père, — je l'ai entendu, — que vous
m'aimiez plus que jamais!

MARTIN. Oh! Phœbé!... Vous aussi, vous vous
méfiez donc de moi?...

PHŒBÉ. Non, Martin... Tout mon cœur se fie à
vous... et le monde entier vous soupçonnât-il, ce
cœur ne douterait pas encore... J'ai parlé trop
vite... Oubliez ce que j'ai pu dire... Réfléchissez seulement au peu de temps qui nous reste... Songez
que cette demi-heure, cette demi-heure qui doit
tout décider, s'écoule et nous échappe.

MARTIN. Si seulement je savais à qui demander
conseil! Je ne puis me résoudre à prendre seul un
parti... et ici, dans ce phare, personne qui puisse
me venir en aide.

PHŒBÉ, à part. Personne !... Et cette dame qui
d'elle-même, tout à l'heure, s'offrait pour parler à
Martin... si elle voulait seulement lui tenir ce langage persuasif qui me consolait ce matin... Je veux
le lui demander... je veux la voir, et sans une minute de délai. (Elle va vers la porte; là, s'arrêtant,

elle revient vers Martin.) M'avez-vous pardonné ces paroles jetées au hasard ?... Quoi que mes lèvres aient pu dire, mon cœur, Martin, n'a rien perdu ds sa confiance en vous. (*Elle lui tend la main.*)

MARTIN. Oh! ma Phœbé!... bonne, généreuse, fidèle enfant!

PHŒBÉ, *à part.* Où trouver cette dame ?... Tout mon espoir, à présent, est en elle. (*Elle sort.*)

SCÈNE VII.

MARTIN, *seul.* Comment me décider?... Comment pourrais-je même réfléchir, avec ce double danger qui me menace, quelque parti que j'adopte?... Phœbé! (*Il se retourne et ne la voit plus.*) Partie!... peut-être pour ne plus revenir!... Ah! mon père, mon père... mieux eût valu périr dans mon berceau que de vivre pour entendre vos aveux d'hier!... (*Entre Aaron Gurnock.*)

SCÈNE VIII.

AARON. Eh bien, mon garçon... la barque retourne à terre... Que faites-vous ici, tout seul?

MARTIN. Et de qui me rapprocher, je vous prie?... Quel honnête homme puis-je regarder en face?...

AARON. Voilà une étrange façon de répondre... Pourquoi me tenez-vous un pareil langage?

MARTIN. Il y a plus d'une chambre dans ce phare... Allez de votre côté, moi du mien.

AARON. Arrêtez!... Vous m'avez parlé comme au pire ennemi que vous puissiez avoir ici-bas... qu'ai-je donc fait?

MARTIN. Ce que vous avez fait?... Que diriez-vous d'un homme qui mettrait obstacle à mon mariage avec Phœbé Dale?... Ne reconnaîtriez-vous pas que cet homme est mon ennemi?

AARON. Soit; mais suis-je cet homme, moi?

MARTIN. Et de qui donc parlerais-je, à votre avis?... Souvenez-vous de ce que vous m'avez dit hier... Qui m'a révélé l'horrible secret de l'assassinat de lady Grâce?... Qui m'a dégradé à mes propres yeux?... Qui m'a rendu insupportable le regard des autres, en m'apprenant que j'ai pour père le complice d'un meurtrier et d'un voleur?... Qui, répondez?...

AARON, *avec assurance*. Eh bien, qui?...

MARTIN. Vous vous faites mon écho?...

AARON. Non : je vous demande, à mon tour, qui vous a dit que votre père était le complice d'un meurtrier et d'un voleur?...

MARTIN, *stupéfait*. Vous me le demandez?...

AARON. Sans doute... Qui vous l'a dit? (*Silence, pendant lequel ils se regardent fixement.*)

MARTIN. Avez-vous oublié le moment où vous êtes sorti de votre lit pour venir vous asseoir ici?

AARON. Je n'ai gardé de tout cela aucun souvenir.

MARTIN. Allons donc!... Voici l'endroit même où vous vous êtes assis... Là était la table sur laquelle avait été répandue cette eau... cette eau que vous

preniez pour du sang. (*Aaron s'éloigne brusquement... Martin fait aussi quelques pas. Ils se trouvent ainsi avoir passé d'un côté de la scène à l'autre.*)

MARTIN, *à part*. Comme sa physionomie a changé,
aussitôt que j'ai parlé de cette tache de sang.

AARON. Que murmurez-vous donc, là-bas ?... Parlez net !... De quoi me soupçonnez-vous donc !...
Vous venez de prononcer le mot *sang*... Serait-ce un
assassinat?... Ah ! j'ai vraiment un fils respectueux
et soumis !... Vous honorez les cheveux gris de votre père... ha ! ha ! ha !... Il y a dix ans, pour un
regard comme ceux que vous me jetez, un bon coup
de poing m'eût fait justice, et vous eût rappelé à
vos devoirs... Maintenant que je suis vieux, il faut
me borner à rire de vos extravagances... ha ! ha !
ha !... Au diable vos regards soupçonneux !... J'ai
horreur des espions !... je maudis, je méprise l'espionnage.... Eh bien, voyons, que soupçonnez-
vous ?... Parle, vil espion; de quoi m'accuses-tu ?
Parle, parle !...

MARTIN, *à part*. A-t-il bien la tête à lui ?

AARON. De quoi me croyez-vous coupable, enfin ?

MARTIN. Vous parlez de soupçons !... mais je ne
soupçonne pas... je me souviens... Je sais ce que vous
m'avez appris hier, vous-même... je sais l'histoire
de ce meurtre abominable... l'assassinat de lady
Grâce...

AARON. L'assassinat de lady Grâce !... Et dans
quel almanach, je vous prie, avez-vous lu cette histoire ?... (*Il détourne les yeux et semble chercher.*)

19.

Lady Grâce ?... Un beau nom, ma foi !... Qu'était cette lady Grâce ?... j'entends parler d'elle pour la première fois de ma vie.

MARTIN. Pour la première fois... Ah ! je donnerais ma main droite, croyez-le bien, pour savoir qu'en effet vous êtes innocent.

AARON. Innocent de quel crime ?

MARTIN. De toute participation à ce meurtre, accompli dans la chambre à coucher de la ferme, et dont les traces s'effacèrent dans la Grotte des Choucas...

AARON. La Grotte des Choucas !... un excellent abri pour la contrebande !... Que s'est-il passé dans la Grotte des Choucas ?...

MARTIN. Ne vous y êtes-vous pas trouvé, une nuit, avec Benjamin, et entre vous deux, gisant, le cadavre d'une femme ?... une nuit ou la marée était basse... une nuit où la grève étincelait sous les rayons de la lune d'août ?...

AARON. Ah ça ! mais, d'où vient que vous osez m'adresser de pareilles questions ?... Comment me parlez-vous de ce qui s'est passé hier ?... Hier, vous n'étiez pas dans votre bon sens... Hier, affaibli par la faim, vous aviez le délire... Je vous trouve bien hardi, vraiment, de me tenir ici sous vos regards de Judas, pleins de soupçons odieux... et de me parler sans cesse de ce qui s'est passé hier... (*Il saisit son fils par le bras.*)

MARTIN. Ah !... ne me touchez pas !... je ne puis supporter le contact de cette main... Je la vois encore me montrant ces gouttes d'eau éparses sur notre vieille table... ces gouttes d'eau que vous preniez pour des gouttes de sang. (*Aaron s'écarte encore brusquement, et remonte la scène. Même jeu que plus haut. Martin et lui retraversent le théâtre.*)

AARON, *après un silence, changeant tout à coup de voix et d'allures.* Martin, nous nous échauffons peu à peu, et nous allons nous fâcher tout de bon, si nous continuons ainsi... Je suis un peu trop prompt dans mes paroles... Vous avez aussi quelques reproches à vous faire en ce qui me touche... parlons de tout ceci avec plus de calme... Hier, j'étais à moitié mort de faim et de faiblesse... Jacob m'a dit lui-même que je n'étais pas dans mon bon sens... Ceci est-il vrai ?...

MARTIN, *surpris.* Oui, *ceci* est vrai.

AARON. J'avais donc l'esprit un peu égaré, comme l'assure Jacob ; j'étais affamé, sous le coup d'un trépas imminent ; ceci, vous l'avez vu de vos propres yeux... Maintenant, Martin, je vous le demande, doit-on s'attendre à ce qu'un homme dans cet état ne dise que des choses sensées et vraies ?... Est-il juste de soupçonner quelqu'un sur ce qui a pu lui échapper quand il n'avait pas la tête à lui ?...

MARTIN. Je ne sais trop... Aucune certitude, en effet... (*A part.*) Serait-il possible que cette horrible confession fût le mensonge délirant d'un pauvre insensé ?...

AARON. J'ai ouï-dire, Martin, que des hommes mourant de faim, quand le vide se fait dans leur tête, ont des rêves étranges, même quelquefois des visions... or je me souviens que je rêvais... Toute la nuit, j'ai eu des visions terribles...

MARTIN, *à part.* La saison... l'entretien avec le meurtrier... ce chien qui gémissait et tremblait... le sac de cuir rempli d'argent... les larmes de ces pauvres gens et de leurs enfants après la mort de leur bonne protectrice... le costume même de la dame... il m'a donné tous ces détails, et bien d'autres encore... Se peut-il donc que des souvenirs aussi précis se retracent dans les rêves incohérents de la fièvre ?

AARON. Pour Dieu, Martin, ne restez pas ainsi à murmurer dans votre coin... Parlez-moi... Dites tout haut ce que vous avez à dire !

MARTIN, *toujours à part.* Et ce cri... ce cri qu'il a poussé lorsque Phœbé a prononcé le nom du brick... Ah ! certes, il ne m'avait dit que la vérité...

AARON. Quelqu'un a parlé de lady Grâce !... Comment m'est revenu ce nom... lady Grâce ?... (*La Dame naufragée entre à ce moment ; elle porte le costume d'il y a cent ans, exactement le même qu'Aaron a décrit dans le premier acte. Elle entre sans bruit et reste appuyée au mur du fond ; de sorte que ni Aaron ni Martin, qui lui tournent le dos, ne la peuvent apercevoir.*)

SCÈNE IX.

MARTIN. Vous m'avez dit que son spectre vous était apparu... vous m'avez dit que ce spectre vous

avait appelé par votre nom, et que vous remettant
en mémoire un secret fatal, il vous avait ordonné
de le révéler. « Parlez, Aaron Gurnock, vous disait
le fantôme, parlez avant de mourir! » (*La Dame
frissonne, et tourne du côté d'Aaron un regard inquiet.*)

AARON. Rêves que tout cela, mon fils... rêves
d'une cervelle troublée.

MARTIN. Vous m'avez décrit le costume que portait l'apparition... Un capuchon noir, bordé de
blanc autour du visage; une robe noire, de longues
manches pendantes...

AARON. Des rêves!... des rêves!

MARTIN. Plût au ciel que vous eussiez rêvé tout
cela!

AARON, *faiblement.* Des rêves, vous dis-je.

MARTIN. Oh! si toute cette épouvantable histoire
est réellement un rêve... si vous n'avez pris aucune part à l'assassinat de lady Grâce, prouvez-
le-moi donc, et rendez-moi le bonheur de toute ma
vie... Prouvez-le-moi, et que je puisse, en toute sécurité de conscience, épouser Phœbé... Mon père,
mon père... dites-moi loyalement, en une seule parole, sincère et vraie, si tout ce que vous m'avez
raconté hier, au sujet de lady Grâce... si tout cela
était vérité ou mensonge!

AARON, *haut et avec effort.* Mensonge!

LA DAME, *s'avançant entre eux.* Vérité!

AARON, *levant les yeux sur elle et tombant à ses
genoux.* Pardon! pardon!...

MARTIN. Dieu nous soit en aide !... C'est le fantôme que mon père a vu... c'est le vêtement de lady Grâce, tel qu'il me le décrivait...

AARON, *à genoux, les mains étendues vers l'apparition.* Vous êtes venue me trouver la nuit... vous vous êtes glissée près de mon chevet, sans que j'eusse entendu le bruit de vos pas... vous m'avez ordonné de parler... j'ai obéi... Pourquoi ai-je démenti ce premier aveu ?... pourquoi m'exposer à vous voir revenir encore, à l'improviste... au moment où j'avais le mensonge dans le cœur, le mensonge sur les lèvres ?... Épargnez-moi !... épargnez-moi !... Songez à quel point la tentation était forte quand j'ai renié mes paroles !... songez que la honte de mon crime m'avilissait aux yeux de mon propre fils !... Comment rester sincère, quand on s'expose ainsi au mépris de son enfant ?... Épargnez-moi : je me suis repenti !... Ne me tourmentez plus... laissez-moi mourir en paix !...

MARTIN. Mais, mon père, cette dame qu'on a sauvée hier du naufrage...

AARON. A genoux, Martin... à genoux devant un spectre sorti de la tombe !...

LA DAME, *à Martin, qui veut encore ouvrir la bouche.* Chut !... chut !... laissez-moi parler. (*à Aaron.*) Aaron Gurnock, lady Grâce vit encore... c'est elle qui est devant vous... c'est elle qui vous parle.

AARON. Le spectre m'a bien parlé, la nuit... mais il n'avait pas cette voix...

LADY GRACE. Relevez-vous : prenez cette main que je vous tends.

AARON. Le spectre, la nuit, m'a regardé ; mais il n'avait pas ces yeux...

LADY GRACE. Prenez cette main, vous dis-je, et assurez-vous que je suis, comme vous, de race mortelle... Relevez-vous, ou, si vous demeurez agenouillé, que ce soit uniquement pour rendre grâces... La miséricorde céleste, qui m'a sauvée, s'est étendue jusqu'à vous, et vous a préservé du péché mortel où vous alliez tomber... Vous avez toute chance de repentir et d'expiation... Voyons, prenez ma main... assurez-vous que je suis vivante. (*Aaron, bien qu'hésitant encore, se décide à obéir ; à peine a-t-il touché la main de lady Grâce qu'il tombe sans connaissance à la renverse. Martin le reçoit dans ses bras et l'assœit sur le coffre. De là il glisse à terre et se trouve étendu aux pieds de lady Grâce.*)

LADY GRACE, *faisant signe à Martin de poser sur ses genoux la tête du vieillard.* Il n'est qu'évanoui... Laissez-moi le soin de le faire revenir.

MARTIN. Vous !

LADY GRACE. Oui... ces soins-là nous regardent... (*Contemplant Aaron, dont elle soutient la tête inanimée.*) Comme il a souffert !... Ce n'est pas seulement le temps qui a creusé sur son front ces rides profondes... (*Elle passe son mouchoir sur le visage d'Aaron, puis elle défait le nœud de sa cravate.*)

MARTIN. Ah ! Madame, voir vos charitables mains s'employer à le secourir... et penser que...

LADY GRACE. N'ajoutez pas un mot, Martin!... Dans le naufrage de notre brick sur ces rochers, dans ce miraculeux salut que j'ai dû aux hôtes de ce phare, il y a autre chose qu'un simple hasard... L'aide providentielle à laquelle je dois de vivre encore ne m'a tirée de péril que pour me mettre à même de secourir et de pardonner. (*Elle écarte le col de chemise d'Aaron.*) Là... il sera mieux ainsi... N'est-ce pas que, dès hier, il avait tout avoué?... C'est ce que j'ai cru comprendre en entrant ici... car j'ai entendu les dernières paroles de votre entretien.

MARTIN. Il m'avait, en effet, tout avoué, Madame... c'est-à-dire tout ce qu'il savait.

LADY GRACE. Il est naturel que je vous apprenne le reste. Mon dernier souvenir de la ferme est d'avoir vu près de mon lit, un couteau à la main, un homme bien plus petit, bien plus brun que votre père. — Cet homme vit-il encore?...

MARTIN. Cet homme est mort.

LADY GRACE, *penchée sur Aaron.* Voyez!... il est déjà bien moins pâle. (*Elle écarte les cheveux du front d'Aaron, et l'évente de son mouchoir tandis qu'elle continue.*) Je me souviens ensuite de m'être réveillée, me sembla-t-il, à bord d'un navire, et d'avoir été questionnée par des inconnus, dans une langue étrangère... Quelques jours après, je sus que j'avais été recueillie par des contrebandiers dans la Grotte des Choucas; qu'ils m'avaient emmenée... puis qu'un corsaire français nous avait donné chasse et capturé le navire.

MARTIN. Vous devez être fatiguée, Madame, de lui servir d'appui... voulez-vous me permettre...

LADY GRACE. Non ! non !... D'ici à quelques minutes il ira mieux. (*Elle tâte le pouls d'Aaron.*) On sent son pouls se raffermir de minute en minute... Nous étions au nombre des premiers prisonniers que firent les Français. La guerre de Sept ans venait de commencer. Ma blessure fut longue à se guérir... L'exil aussi était lourd à supporter. Cependant, en me rendant utile à ceux de mes compatriotes qui partageaient ma captivité... en consolant leurs afflictions, en soignant leurs maladies, j'appris la patience et me résignai mieux à mon sort... Le traité de paix ne fut signé qu'il y a quelques mois... Je n'ai pu m'embarquer pour Plymouth que tout récemment, sur ce navire qui s'est perdu hier.

MARTIN. Le *Lady Grâce* !...

LADY GRACE. Auquel on avait donné mon nom. Mes compagnons de captivité, gardant bon souvenir du peu de bien que j'avais pu leur faire, avaient instamment demandé que le premier bâtiment anglais expédié d'un port de France, après la conclusion de la paix, fût appelé *Lady Grâce*. (*Montrant Aaron.*) On entend mieux sa respiration... La connaissance lui revient un peu... Prenez-le, maintenant, Martin. Peut-être y aurait-il danger à ce que son premier regard tombât sur moi.(*Martin s'assceoit à la place de lady Grâce.*) Un mot encore avant qu'il ne soit revenu à lui... Il y a ici une jeune fille qui s'est montrée parfaitement bonne pour moi depuis notre naufrage... Elle s'appelle Phœbé, n'est-il pas vrai ?

MARTIN. Oui, Madame... Phœbé Dale.

LADY GRACE. Éventez encore un peu sa figure. (*Elle montre Aaron, et donne son mouchoir à Martin.*) Elle m'a parlé d'un obstacle à votre mariage et d'un changement survenu dans votre conduite vis-à-vis d'elle... A présent, je m'explique tout... J'ai entendu ce que vous disiez des aveux de votre père et de la barrière insurmontable qu'ils plaçaient entre vous et Phœbé... Vous avez un cœur loyal, Martin..., et votre délicatesse, votre courage, obtiendront certainement leur récompense. Moi, — qui, mieux que personne, ai le droit de vous donner cette garantie, — moi donc, je vous affirme que vous pouvez maintenant épouser Phœbé sans une arrière-pensée quelconque. Je vous promets, en outre, que votre bonheur et le sien seront, désormais, sous ma garde.

MARTIN. Oh ! Madame ; comment vous remercier assez ?... comment me montrer digne ?...

LADY GRACE. Chut !... Votre père reprend connaissance... Plus un mot de tout ceci... Je vais dire à Phœbé que toutes ses inquiétudes sont finies. (*Regardant Aaron.*) Ayez bien soin de lui pendant les premiers moments ! (*Elle sort.*)

SCÈNE X.

AARON, *revenant à lui.* Où suis-je?... Qu'est-il arrivé?...

MARTIN. Rien de fâcheux, mon père... rien qui ne doive nous laisser pleins de reconnaissance et d'espoir pour le reste de nos jours.

AARON. Suis-je bien maître de mes sens?..... L'ai-je vue, *elle*?... Y a-t-il longtemps?... Est-ce tout à l'heure?... L'ai-je bien réellement vue vivante?

MARTIN. Vivante... une vraie femme en chair et en os... Que dis-je?... un ange de miséricorde et de bonté.

AARON, *s'écartant de Martin et se redressant, assis sur le coffre.* Miséricorde, dites-vous... Attendez... La tête me tourne... Laissez-moi une minute face à face avec moi-même. (*Martin s'éloigne de quelques pas; entre Phœbé.*)

SCÈNE XI.

PHŒBÉ. Eh bien, Martin !... ne vous disais-je pas que la bonne dame nous viendrait en aide?... Je savais qu'en nous adressant à elle, tout finirait bien.

MARTIN. Est-ce que vous savez aussi, Phœbé, *comment* tout cela s'est arrangé?...

PHŒBÉ. Non, vraiment. Croyez-vous donc que

j'aie attendu les explications?... J'étais bien trop
aise... La Dame est d'abord venue me dire que mes
anxiétés touchaient à leur terme. Mon père est
entré là-dessus, et m'a dit qu'il avait été très-injuste
envers vous... Il paraît que, dans ce moment-là,
j'ai rougi bien fort, car ils se sont mis à sourire
tous les deux... Et moi, sans demander mon reste,
je me suis échappée pour venir vous retrouver...
Rappelez-vous, Martin, ce que je vous disais : — Tout
le monde doutât-il de vous, moi j'aurai toujours
confiance. (*Entrent lady Grâce et Jacob.*)

SCÈNE XII.

LADY GRACE, *à Martin.* Votre père est-il assez
calme, à présent, pour qu'on puisse lui parler?

MARTIN. Je vais, Madame, le préparer à vous entendre. (*Lady Grâce prend Phœbé à part.*)

JACOB. Martin, mon garçon, m'est avis que j'ai
des excuses à vous faire pour m'être mêlé de vous.

MARTIN. Pas un mot de plus, Jacob... Pour Dieu!
jamais un mot là-dessus. (*Il va vers Aaron. — Entrent Furley et les trois nouveaux gardiens.*)

SCÈNE XIII ET DERNIÈRE.

FURLEY. La barque est parée... Jacob, voici les
hommes qui vous relèvent de garde... ils prennent
leur tour. — Aaron, Martin, attention!... La barque

est parée, on vous dit... (*Lady Grâce, quittant Phœbé, s'approche d'Aaron et de Martin.*)

PHŒBÉ, *à Jacob.* La barque est parée !... Comme ces mots ont changé de sens, mon père, depuis le moment où nous les avons entendus pour la dernière fois ! (*Se tournant vers Lady Grâce.*) Ah ! la bonne dame, la bonne chère dame !...

AARON, *à Martin.* Et cette main a aidé à la porter dans la grotte où les flots devaient venir la chercher !... Quelle expiation peuvent lui offrir mes plus cruels remords !... Me pardonner !... Peut-elle bien me pardonner ? (*Il cache sa figure dans ses mains.*)

MARTIN. Pouvez-vous vous lever, mon père ?... la Dame voudrait vous parler. (*A Lady Grâce.*) Il est encore bien faible, Madame !... le pauvre homme a besoin d'un bras pour s'appuyer.

LADY GRACE. Il aura le mien, Martin. Votre place, à vous, est auprès de Phœbé !... Songez donc ! vous allez faire les premiers pas sur le chemin de l'église, et, dans un cortége nuptial, il est de rigueur que le fiancé et la fiancée marchent ensemble... Phœbé, ma chère... vous n'avez pas un visage de circonstance... Faut-il donc vous dire qu'on doit se montrer plus gaie un jour de noces ? (*Elle fait signe à Martin de regarder Phœbé ; puis, touchant légèrement l'épaule d'Aaron, elle lui tend la main.*) La barque nous attend... la barque qui *me* ramène vers ces bons paysans si affectueux, si reconnaissants... la barque qui *vous* conduit au mariage de votre fils... Prenez ma main... je vous en prie... au besoin, je vous l'ordonne. (*Aaron s'agenouille et baise la main de lady Grâce.*) Le privilége du pardon, Aaron Gurnock, est de ceux que nous pouvons tous revendiquer. (*Comme ils s'acheminent vers la porte, les nouveaux gardiens s'installent à leur poste, et le rideau baisse lentement.*)

FIN

TABLE

Imprimerie L. TOINON et Cie, à Saint-Germain en Laye.

PROMENADE AUTOUR D'UN VILLAGE, par GEORGE SAND.. 1 vol.

PROPRE A RIEN, par le major WHYTE MELVILLE, traduit de l'anglais par BERNARD DEROSNE (sous presse) 1 vol.

RÉCITS DE LA VIE RÉELLE, par CLAUDE VIGNON.. 1 vol.

LA RELIGION DES IMBÉCILES, par HENRI MONNIER. 1 vol.

RÊVERIES D'UN CÉLIBATAIRE, par IK. MARVEL (sous presse).. 1 vol.

ROMANS IRLANDAIS — Scènes de la vie champêtre, par WILL. CARLETON, traduit de l'anglais par L. DE WAILLY .... 1 vol.

LES ROUÉS SANS LE SAVOIR, par LOUIS ULBACH, 3e édition.. 1 vol.

SANS NOM, par WILKIE COLLINS, traduit de l'anglais par E.-D. FORGUES, 2e édition..................... 2 vol.

SCHINDERHANNES ET LES BANDITS DU RHIN, par PHILIBERT AUDEBRAND. .... 1 vol.

LE SECRET DE POLICHINELLE, par L. LAURENT PICHAT.. 1 vol.

LA SŒUR AINÉE, par MARC BAYEUX .... 1 vol.

SOUVENIRS ET IMPRESSIONS LITTÉRAIRES, par GEORGE SAND.. 1 vol.

SUZANNE DUCHEMIN, par LOUIS ULBACH, 3e édition.. 1 vol.

LA TERRE CHAUDE, scènes de mœurs mexicaines, par LUCIEN BIARD....................................... 1 vol.

THÉATRE COMPLET, par G. SAND................. 3 vol.

> Tome 1er. François le Champi. — Le Démon du foyer.— Maître Favilla. — Françoise.
>
> Tome 2e. Claudie. — Lucie. — Le Pressoir. — Flaminio.
>
> Tome 3e. Le Mariage de Victorine. — Mauprat. — Comme il vous plaira.
>
> Chaque volume se vend séparément.

LES TOQUÉS, par DE BELLOY...................... 1 vol.

LE TOUR DU MONDE PARISIEN, par HENRI MARET. 1 vol.

THÉATRE :

Imprimerie L. Toinon et Cᵉ, à Saint-Germain.